KB162435

을 유 세 계 문 학 전 집 · 101

망자들

망자들

DIE TOTEN

크리스티안 크라흐트 지음 · 김태환 옮김

❖ 을유문화사

옮긴이 김태환

서울대학교 사법학과를 졸업하고 같은 학교 대학원 독어독문학과에서 박사 학위를, 오스트리아 클라겐푸르트대학에서 비교문학 박사 학위를 받았다. 현재 서울대학교 독어독문학과 교수로 재직 중이다. 지은 책으로『푸른 장미를 찾아서―혼돈의 미학』,『문학의 질서―현대 문학이론의 문제들』,『미로의 구조―카프카 소설에서의 자아와 타자』등이, 옮긴 책으로 페터 V. 지마의『모던/포스트모던』, 한병철의『피로사회』, 프란츠 카프카의『변신·선고 외』등이 있다.

을유세계문학전집 101
망자들

발행일·2020년 3월 30일 초판 1쇄 │ 2020년 6월 10일 초판 2쇄
지은이·크리스티안 크라흐트│옮긴이·김태환
펴낸이·정무영│펴낸곳·(주)을유문화사
창립일·1945년 12월 1일│주소·서울시 마포구 서교동 469-48
전화·02-733-8153│FAX·02-732-9154│홈페이지·www.eulyoo.co.kr
ISBN 978-89-324-0489-9 04850 978-89-324-0330-4(세트)

- 값은 뒤표지에 표시되어 있습니다.
- 옮긴이와의 협의하에 인지를 붙이지 않습니다.

차례

프라우케와 호페에게

우리는 모두 너무나 무서워, 우린 모두 너무 외로워, 우린 자신의 존재 가치를 보증해 줄 우리 바깥의 무언가가 절실히 필요하다. 그러나 이런 것들은 사라져 버린다. 반드시 사라져 버린다. 마치 그림자들이 해시계를 지나가듯이. 슬프지만 어쩔 수 없는 진실이다.

－ 포드 매독스 포드

나는 심장이 하나뿐이다. 그것은 나 외에는 아무도 알 수 없다.

－ 다니자키 준이치로

제1부 조(序)·

I

도쿄에서 수십 년 만에 가장 많은 비가 온 5월이었다. 구름이 잔뜩 끼어 끈적끈적한 회색빛을 띠던 하늘은 며칠 전부터 짙고 검푸른 빛깔로 변색되었고, 언제 또 이런 엄청난 물난리가 난 적이 있었는지 거의 아무도 기억해 낼 수 없을 정도였다. 모자도, 외투도, 기모노도, 제복도, 제대로 맞는 것이 없었다. 책, 문서, 두루마리, 지도 등이 불룩해지기 시작했다. 고집 센 나비 한마리가 날아가다가 소낙비를 맞아 아스팔트에 짓눌렸다. 아스팔트의 움푹 팬 자리에 물이 가득했고, 그런 물구덩이마다 저녁때면 식당의 화려한 조명 간판과 초롱들이 고집스럽게 비치고있었다. 박자도 없이 철벅이는 끝없는 소낙비 줄기에 부서지고 쪼개진 인공의 빛.

젊고 잘생긴 장교가 이런저런 실수를 저질렀다. 그래서 그는 도시 서쪽에 있는 초라한 집에서 스스로를 처형하려 하고 있었다. 무비카메라 렌즈가 옆방 벽의 구멍에 설치되어 있었는데, 카메라 돌아가는 소리가 민감한 무대를 방해하지 않도록 그 구멍 안쪽으로 천으로 된 띠가 둘러져 있었다. 장교는 무릎을 꿇고 하얀 겉옷을 양옆으로 펼쳤다. 손끝은 거의 보이지 않게 떨리지만 잘 살펴 가며 정확하게 목표 지점을 찾아냈고 허리를 굽혀 자기 앞 백단향 통나무 위에 놓인 숨 막히게 날카로운 **단도**를 더듬어 집어 들었다. 그는 숨을 멈추고 귀를 기울여 다시 한 번 비 내리는 소리를 들어 보려 했다. 그러나 벽 뒤에서 낮게 들려오는 기계음 같은 덜거덕 소리가 전부였다.

날카롭게 갈린 번득이는 단도의 끝이 복대와 그 아래에 있는 뱃살, 볼록한 부위 주위로 치모가 듬성듬성 나 있는 그 하얗고 고운 뱃살을 살짝 째자마자, 칼날은 벌써 사내의 부드러운 피부 조직을 통과하여 내장 속으로 미끄러져 들어갔다. 그리고 한 줄기 핏물이 옆쪽에 무한히 섬세한 붓질로 그려진 족자, **가케지쿠** 위로 날았다. 버찌색 붉은 피는 마치 누가 의도적으로 그린 것처럼, 이를테면 어떤 화가가 그림에다 붓을 채찍처럼 한 번 휙 휘두르기라도 한 듯이, 벽감에 우아하고 고졸하게 걸려 있는 **가케지쿠** 위로 쫙 뿌려졌다.

죽어 가는 남자는 고통스럽게 신음을 내뱉으며 앞으로 기울어졌고, 그러다가 거의 의식을 잃을 뻔했다. 하지만 무지막지한 노력으로 몸을 다시 일으켜 세웠다. 이제 그는 똑바로 앉아서 이미 몸속에 꽂혀 있는 칼을 자기 쪽으로, 왼쪽에서 오른쪽으로 당겼다. 그러고 나서 그의 시선은 자신을 촬영하는 카메라 구멍을 지나 위쪽을 향했다. 그는 끝내 밝게 빛나는 젤리처럼 응고된 핏덩어리를 토해 냈다. 두 눈은 무한 속에서 허옇게 무너져 내렸다. 지시에 따라 카메라는 계속 돌아갔다.

필름의 현상 작업이 끝난 뒤에 사본은 기름 묻은 셀로판 봉투에 봉인된 채 빗속에서 조심스럽게 운반되었다. 마지막 전차는 열한 시경에 있었다. 복사본은 정시에 정확하게 배달되어야 했다.

2

베른 출신의 영화감독 에밀 네겔리는 덜거덕거리는 비행기의 금속 동체 안에서 불편하게, 그러나 꼿꼿이 앉아 있었다. 손끝을 물고 뜯으면서. 봄이었다. 이마는 축축해졌고, 그는 긴장과 초조 속에서 눈알을 굴리고 있었다. 곧 현실이 될 것만 같은 파국적 재앙이 닥쳐오고 있음을 감지했다고 믿었기 때문이다. 손끝을 빨고 물어뜯었다. 피부에 생채기가 나고 빨개져 가는 동안, 그는 비행기가 갑자기 하늘에서 번쩍하면서 터져 버리는 것을 거듭 상상했다.

끔찍했다. 그는 어쩔 줄을 몰랐다. 동그란 안경알을 닦고, 일어나서 화장실로 갔다. 그러나 뚜껑을 들어올리자 구멍을 통해 아래쪽으로 허공이 시야에 들어왔다. 깜짝 놀란 그는 마음을 달리 먹고 객실의 자기 자리에 다시 앉았고, 상처 난 손끝으로 그림 잡지의 표지 위를 두드려 댈 뿐이었다. 그러다가 결국에는 음료수를 한 잔 청했다. 음료수는 오지 않았다.

네겔리는 취리히에서 새로운 베를린으로 가는 길이었다. 이 경직되고 불안하며 변덕스러운 국민이 온통 집착하고 있는 도시를 향해. 아래쪽으로 투르가우*의 얼룩얼룩한 숲들이 지나쳐 갔다. 그리고 나서 잠시 반짝거리는 보덴호*의 물결이 보이다가 저 아래 그림자에 덮인 프랑켄 지방*의 낮은 평야 지대와 그곳의 인적 없는 외딴 마을들이 눈에 들어왔다. 비행기는 계속 북상하여 드레스덴 너머로 날아갔다. 윤곽 없는 구름이 다시 시야를 가릴 때까지.

어느새 비행기는 덜컹덜컹 흔들거리면서 하강하고 있었다. 무슨 이유 때문에 베를린 중앙공항에서 비행기 수리 작업이 이루어질 것이라고 했다. 프로펠러 케이스 어딘가에 결함이 있다는 것이다. 그는 넥타이 끝으로 젖은 이마를 닦았다. 마침내 사과의 말과 함께 커피가 왔다. 그는 커피 잔에 입술을 대는가 싶더니 곧 창밖으로 무색의 흰 허공을 내다보았다.

아버지가 1년 전에 돌아가셨다. 그러자 마치 아버지의 죽음이 자기 자신의 죽음을 알리는 최초의 징후라도 된다는 듯이, 중년의 나이가 느닷없이, 하루아침에, 얌전히 숨어 몰래 세력을 확산해 가던 애상의 감정, 사그라들 줄 모르는 자기 연민과 함께 들이닥쳤다. 이제 다음에 올 것은 최후의 연령대, 백발의 시절뿐이고, 그 후에는 완전한 공허 외에는 아무것도 없다. 네겔리는 그러한 공허가 주는 그로테스크한 느낌 때문에 손가락 끝을 물어뜯었고, 그 바람에 손가락 피부는 투명한 우윳빛 껍질로 너덜너덜 뜯겨 나갔다.

스위스 집에서 그는 종종 겨울에 완전히 알몸이 되어 눈 쌓인 자신의 정원에 나가는 꿈을 꾸곤 했다. 그는 허리를 굽히고, 숨쉬기 운동을 하고, 쪼그려 앉고, 머리 위를 맴도는 까마귀들을 바라보았다. 눈 속에서 먹이를 찾으며 스스로에 대한 어떤 의식도 없이 우아하게 납빛 하늘을 떠다니는 까마귀들을. 그는 냉기에 맨발이 마비되는 것도 모르고, 회오리치는 투명한 결정체 같은 고통도 느끼지 못하고, 눈물이 흘러 눈 위로 떨어지는 것도 알지 못했다.

컷! 하는 외침 소리가 들렸다. 보조가 피펫*을 들고 배우에게 다가오면서 눈물 클로즈업 신을 준비했다. 배우는 쪼그려 앉은 채로 꼼짝하지 않았고, 표정도 얼어붙은 듯했다. 그는 동시에 눈을 크게 떴다. 종종 그렇듯이 인위적으로 짜낸 눈물이 과도하게 연극적으로 비칠 수 있으니, 좀 더 편안히 자연스럽게 울기 위해서였다. 바로 이 순간 네겔리는 카메라 앞에 선 것도 자기요, 카메라 뒤에 선 사람도 자기임을 깨닫는다. 그리고 이러한 분열 상태 앞에서 어떤 비인간적인, 곤혹스러운 전율을 맛본다. 대개 이때 그는 잠에서 깨어나곤 했다.

에밀 네겔리는 준수한 용모의 남자였다. 그는 대화할 때 늘 살짝 앞으로 몸을 기울이는 버릇이 있었다. 그것은 대단히 공손해 보이는 태도였지만 결코 억지스럽게 느껴지지는 않았다. 옅지만 물러 보이지는 않는 금빛 눈썹 아래로 스위스인다운 뾰족한 코가 훤히 드러났다. 그는 섬세하고 주의 깊었으며, 신경이 말하자면 피부 바깥에 나와 있는 타입이라서, 얼굴이 빨리 빨개졌다. 확고한 세계상에 대한 건강한 회의는 그의 천성이었다. 약한 턱 위에 삐죽거리는 아이의 것 같은 부드러운 입술이 있었다. 그는 거의 보이지 않게 무늬가 들어간 영국제 모직 양복을 입고 있었는데, 바지는 다리 부분이 지나치게 짧았고, 아래쪽은 겉으로 한 단 접혀 있었다. 그는 담배를, 때로 파이프 담배를 피웠다. 술은 마시지 않았다. 그는 물기 있는 파란 눈으로 고통스럽고 신기한 세계를 내다보았다. 먹는 것으로 말하면 완숙 달걀에 버터를 바른 시골 빵과 얇게 썬 토마토를 곁들여 먹기를 가장 좋아하는 척했지만, 사실은 식사를 전혀 즐겨하는 편이 아니었다. 양분 섭취의 과정은 지겨웠고, 때로 역겹기까지 했다. 그는 저녁 식사 전까지 커피밖에 마시지 않을 때가 많았는데, 그럴 때면 주변 사람들은 포도당 결핍에 따른 그의 짜증에 시달려야 했다.

네겔리의 밝은 금발은 이마 위와 뒤통수 부분이 많이 빠져 버렸고, 그래서 네겔리는 빗으로 길게 자란 머리 가닥을 관자놀이에서 끌어와 대머리를 가리기 시작했다. 또한 어느새 점점 더 처져 가는 이중 턱을 가리기 위해 턱수염을 길러 보기도 했지만, 그 결과에 실망하고는 서둘러 도로 싹 밀어 버렸다. 예전에는 아침에 거울을 볼 때만 보이던 검푸른 눈 밑 주름은 이제는 낮이 되어도 줄어들 줄을 몰랐다. 사용하는 여러 안경을 벗으면 시력은 나날이 나빠져 갔다. 초점이 흐릿해졌다. 보름달 모양으로 볼록한 배는 마른 편에 속하는 몸의 나머지 부분과 뚜렷한 대조를 이루었고, 힘주어 집어넣어도 감출 수 없는 지경이 되었다. 그는 몸이 전반적으로 처지고, 둔중해지는 것을 느꼈다. 사정없이 닥쳐오는 덧없음의 공격 앞에서 무언의 멜랑콜리는 계속 늘어만 갔다.

3

네겔리의 아버지는 삶에 눌려 살짝 줄어든, 마르고 거의 유약하다고까지 할 수 있는 사내였다. 그는 늘 어마어마하게 비싼 와이셔츠를 입었다. 셔츠의 좁은 커프스가 손목을 감싸고 있는 자리, 거기에 보이는 금으로 된 납작한 손목시계와 가장자리에만 아주 조금 털이 나 있는 가는 손, 그것은 어린 에밀에게 막연한, 무언의, 거의 성적인 것에 가까운 동경을 불어넣었다. 언젠가 자기 손도 베른의 고급 레스토랑의 하얀 테이블보 위에, 표범과 같이 일격을 가할 준비가 되어 있는 힘이자 고귀한 자제심의 표현으로서, 그렇게 우아하게 놓여 있기를.

그런데 그것은 또한 훗날 어머니가 이야기해 준 바에 따르면, 그가 아주 어렸을 때 약간 덩어리진 거친 밀죽을 안 먹으려 했다고 얼굴을 때리곤 하던 손이었고, 달걀과 함께 달걀까개'를 벽에다 내동댕이친 손이기도 했다. 그때 그 가엾은 도구는 쟁그랑

하고 금속성 소리를 내며 붉은 타일에 부딪혔고, 달걀은 터지면서 혐오스러운 오렌지색 노른자 자국을 벽에다 남겼던 것이다. 그 자국은 이후 수년 동안 눈에 띄게 뚜렷이 남아 있었고, 흐릿해진 뒤에도 적어도 그곳에 노른자 자국이 있었다는 것은 짐작할 수 있었다.

그러나 그 손은 베른에서 아버지와 함께 길을 건널 때 어린 네겔리가 당시 스위스에서 막 보편화되기 시작한 자동차들이 왼쪽에서 쌩쌩 달려오는지 주의 깊게 봐야 한다는 것을 잊어버리면, 옆에서 그의 손을 꼭 잡아 주기도 했다. 그런 다음에는 그를 잡아당겨서 보도 위에 안전하게 되돌려 놓았다. 그 손은 그를 안심시키고 그의 마음을 따뜻하게 해 주었고, 그가 그렇게 원하던 느낌, 잘 보호받고 있다는 안정감을 주었다. 그는 그 손을 거의 반세기 뒤에 수도에 있는 엘펜슈타인 복음병원의 임종실에서 붙잡게 되는데, 그러면서 그 순간 마지막 친근한 감정을 억지로 꾸며 내고 있다는 데 부끄러움을 느꼈다.

대체 이 **이마와시이**˚한 시선을 어디에 두나. 어차피 모든 시선이 모여드는 천장을 올려다볼지, 아니면 똑바로 앞을 향해 임종 침대 위 전등 빛 속에서 차가운 초록색으로 번쩍이는 나무 테두리—거기에 옛날을 추억하는 사진이나 건강 회복 기원 카드 따위를 붙일 수 있게 되어 있었다—를 바라보아야 할지, 아니면 시선을 차라리 아래로 깔고 과거로 돌려서 이제 마침내 소리도, 탄식도 내지 않고, 예전에 들었던 이야기들이 돌아오기를 바랄 것인지. 검은 까마귀와 검은 개의 이야기들. 그런 이야기를 들을 때 에밀은 부모님 침대 발치에서 마치 동굴 속에 웅크리듯이 아버지의 은여우 담요를 돌돌 말고는 작은 손으로 아버지의 친숙한 엄지손가락을 더듬었다. 아버지의 손.

아버지는 평생 동안 그를 **필립**이라고 불렀다. 45년 동안 아버지는 유머로 서툴게 위장된 잔인함을 그에게 투사한 것이다. 마치 자기 아들 이름이 에밀이라는 걸 모른다는 듯이, 아니 아예 알고 싶지 않다는 듯이. 필립. 강세는 첫번째 ㅣ 모음에 두고, 가차 없이 냉정하게 굴종을 요구하는 듯한 부름. 자라나는 아이의 마음에 이런저런 벌이나 이런저런 불쾌한 과제의 위험이 더 이상 느껴지지 않을 때, 그럴 때나 겨우 **피-디-부스**라고 부르는 소리가 들려와 부드럽게 위안을 준다. 그의 이름도 아닌 엉뚱한 이름에 대한 비하적인 애칭.

아버지가 죽었을 때, 그러니까 네겔리가 아버지를 엘펜슈타인에서 살아생전 마지막으로 보았을 때, 그는 등 뒤로 팔을 집어넣으면서 아버지를 살살 침대에서 일으켜 보았다. 그렇게 해도 되는지 알지도 못하면서. 하지만 그의 아버지는 죽어 가고 있지 않은가! 누가 그에게 그런 행위를 금지한단 말인가? 박사님은 깃털처럼 아주 가벼웠고, 등과 엉덩이 부분은 소름끼칠 정도로 쪼글쪼글했고, 게다가 오래 누워 있었기 때문에 온통 검푸른 반점으로 뒤덮였으며, 가장자리는 누리끼리한 색으로 변해 있었다.

너무나 친숙한 아버지의 얼굴은 에밀에게 다른 어떤 것보다도 더 가깝고 매력적이었다(아버지가 유틀란트 반도˚에 피서 갔을 때 뾰족뾰족한 발트해°의 소나무 아래 해변에서 지내면서 길렀다가 곧 다시 밀어 버려―나중에 아들도 같은 일을 되풀이한다―어린 네겔리를 실망시킨 허옇게 얼룩진 수염, 왼손 오른손에 하나씩 있는 수수께끼 같은 파란 점, 귓바퀴와 뺨 사이의 문신들, 아랫입술과 턱 사이 작은 고랑에 서툰 솜씨로 꿰맨 흉터 등). 그런데 이 얼굴이 이제는 백 살 먹은 거북이의 양피지 같은 가죽 피부를 닮아 있었다. 다가오는 죽음은 피부를 양쪽 귀 언저리에서부터 뒤쪽으로 당겨 놓았다. 아버지의 **작은 말소리**는 무너진, 썩은, 흑요석 색깔의 치아 사이로 새어 나오고 있었다.

창 앞에서 스산한 바람이 고집스럽게 휘휘 불어대고 있을 때, 아버지는 등 뒤에 분명 텅 비어 있는 병원 벽을 두고 누가 거기다 아랍어 문자를 적어 놓지 않았는지 에밀에게 물었다. 그는 또 물었다. 저기, 내 아들 필립아, 봐라, 군복무를 잊어버린 것은 아니냐. 이 비인간적인 병원에서 대체 언제 나갈 수 있느냐. 아들이 나를 왜 여기에 머무르게 하고 있는지도 뚜렷하지 않은데 말이다. 그리고 가장 중요한 물음은 그가, 즉 필립이 죽어 가는 늙은이에게 아주 사소한 봉사, 마지막 봉사를 할 생각은 없는지였다. 그 부탁이야 거절할 수 없을 테지.

그는 떨리는 손을 내저으며 필립에게 가까이 오라고 했다. 아주 가까이, 아버지의 입술이 귀에 닿을 수 있을 만큼. 그는 낄낄거리며 말하기를, 자기가 이미 상당히 오래전부터 이 닦기를 거부했고, 삶의 마지막 1년 동안은 오로지 초콜릿과 설탕을 탄 따뜻한 우유만을 마셨기 때문에 구강은 푹푹 썩어들어 가는 중인

데 이제 어마어마하게 중요한 것, 최종적인 말을 속삭이고자 한
다는 것이다.

　그는 에밀의 손목을 꽉 움켜쥐고 말했다. 그래, 더 가까이 와
라. (네겔리는 이제 맨드레이크 냄새 같은 노인의 썩은 구취를
맡을 수 있었다. 아버지가 마지막 안간힘을 다해 아들을 더 가
까이, 아주 바짝 끌어당기는 동안 그는 괴상하게도 아버지의 검
은 이가 자기를 물어 버릴 거라고 상상했다.) 이제 단 하나의 소
리, **하** 하는 소리가 거의 힘차다고 할 정도로 울렸다. 그에게 철
자 'H'를 크게 내쉴 만큼의 힘은 남아 있었던 것이다. 그리고 나
서 연통 같은 목구멍에서 딱정벌레처럼 그르릉 하는 소리가 났
고 아버지는 숨을 거두었다. 네겔리는 흐리고 축축해진 아버지
의 눈을 부드럽게 감겨 주었다.

4

아마카스 마사히코[*]는 부엌 옆 큰 방에서 베개에 팔꿈치를 대고 누워 있었다. 위스키 반 잔을 따르고 전축에는 바흐 소나타 음반을 걸어 놓고는 가정용 영사기로 영화를 거의 반까지 보았다. 그는 배 바깥으로 칼 손잡이가 방종하게 튀어나와 있는 그 젊은 사내가 토하려 하는 장면까지 보고 그 이후로 넘어갈 수가 없었다. 아마카스는 피를 볼 수 없었다. 혐오스러웠다. 그는 영화 속에 포획된 실재의 탈인간적 이마고 앞에서 마비된 듯했다.

이 모든 짓거리는 언젠가 잠깐 그의 손에 들어온 갈색 빛깔의 사진 시리즈를 상기시켰다. 중화 제국에서 한 범법자가 **능지처참**의 고통 속에서 죽어 가는 모습을 담은 사진이었다. 죄수는 야만적이게도 칼로 이리저리 저며졌고, 그렇게 고문이 진행되는 동안 성 세바스찬처럼 황홀경 속에서 하늘을 향해 시선을 던지고 있었다. 피부가 벗겨지고, 몸의 끝부분들이, 손가락들이 하나하

26

나 절단되었다. 아마카스는 마치 만지면 죽는 독이 그 사진에 발려 있기라도 한 것처럼 경악하며 사진들을 떨어뜨렸다. 재현하고 복사해서는 안 되는 것이 있다. 어떤 사건은 우리가 그 일이 재현된 것을 보기만 해도 스스로 거기에 연루된 것 같은 죄의식을 느끼는 것이다. 이것으로 충분했다. 모든 것이 거기 있었다.

그는 최근 갑자기 눈이 심하게 흐려져서 친한 의사에게 치료 받은 일이 있는데, 그 의사는 눈앞에서 손을 흔들어 가며 상세히 진찰한 끝에 비교적 중증의 감염이라는 진단을 내렸고, 곧바로 대기실에서 핀셋으로 속눈썹을 몇 가닥 뽑아냈다. 거의 참을 수 없을 만큼 심한 고통이었다. 문제의 속눈썹은 안으로 눈동자를 향해 자라난 모양이었다. 그는 이제 다시 또렷이 볼 수 있게 되긴 했지만, 채 1분도 걸리지 않은 치료 과정에 대한 기억은 이 자살을 영화적 실재로 만든 기록물과 유사하게 깊은 불쾌감을 불러일으켰다.

아마카스는 지난 몇 주 동안 족히 10여 편의 유럽 극영화를 보았다. 무르나우*, 리펜슈탈*, 르누아르*, 드레위에르*. 스위스 영화감독 에밀 네겔리의 〈풍차〉도 그 가운데 하나였다. 적막한 스위스 산지 마을을 배경으로 한 단순한 이야기로서 그 긴 호흡의 서사 방식은 오즈*나 미조구치*를 떠오르게 했고, 아마카스에게는 그것이 초월적인 것, 영적인 것을 정의하려는 시도로 보였다. 네겔리는 분명 영화 예술의 수단으로 사건의 부재 속에서 신성한 것, 말로 표현할 수 없는 것을 드러내는 데 성공을 거두고 있었다.

네겔리의 카메라는 때때로 석탄 아궁이에, 장작더미 위에, 동그렇게 머리를 땋은 하녀의 뒤통수에, 금빛 솜털이 먼지처럼 앉은 뒷목에 오랫동안 별 이유 없이 머물러 있다가, 열려 있는 창을 통해 마법처럼 전나무 숲 쪽으로, 눈 덮인 산정으로 미끄러져 나아갔다. 카메라는 비물질적인 순수한 시선처럼 느껴졌다. 그 영화감독의 카메라는 마치 유영하는 정령 같았다.

아마카스는 이 스위스 영화를 보면서 자꾸 꾸벅꾸벅 졸았는데, 불과 몇 초의 순간이었는지 몇 분의 시간이 지나 버렸는지는 알 수 없었다. 머리는 옆으로 떨어졌고, 자신이 날고 있다거나 어쩌면 물속을 산책하고 있다는 느낌이 잠깐 스쳐간 뒤에 그는 소스라치며 갑작스레 잠에서 깨어났다. 다양한 회색조의 색깔을 띠고 깜빡거리며 떠다니는, 거의 대상이 없다시피 한 영화의 모자이크 조각들은 아마카스의 꿈속 이미지들과 섞여 들었고, 그의 의식은 보랏빛 광택의 막연한 불안으로 뒤덮였다.

그런데 지금 그가 눈앞에 둔 것은 저 혐오스러운 자살 영화였다. 실제 죽음의 기록. 아마카스는 손을 까딱하여 영사기를 끄고 담배에 불을 붙였다. 탁상용 선풍기의 눅눅한 바람 속에 앉아 필름을 독일에 보내지 않고 차라리 정부 지하 문서 보관소에 처박아 두고 잠가 버린 다음 영영 잊어버리는 게 낫지 않을까 생각했다. 서서히 그도 모든 믿음을 잃어버린, 그런 종류의 인간이 되어 가고 있었다. 남은 게 있다면 진짜가 아닌 것에 대한 믿음일지도 몰랐다.

그는 자기 나라의 철저한 비밀주의, 모든 걸 이야기하지만 결국 아무것도 말하지 않는 과묵함이 혐오스러웠지만, 마찬가지로 일본인이라면 누구나 그렇듯이 영혼이 없는 듯한 외국인에 대해서도 아주 깊은 의심을 품고 있었다. 그러나 그들을, 그들의 뻔뻔한 무관심을 황제와 민족에 대한 영예로운 의무를 수행하는 데 활용할 수만 있다면 그렇게 해야 했다.

나방 한 마리가 부엌에 잘못 들어와 찬장 주위를 빙빙 돌면서 덜그럭거리는 소음을 냈다. 아마카스는 접시와 잔을 행주로 닦아 조심스럽게 선반에 도로 넣고, 하염없이 집의 지붕을 두드리는 비에 귀를 기울였다. 독일인들은 그래도 다 괜찮을 것이다. 그는 그 영화를 바로 내일 베를린으로 보낼 것이다. 결국 진짜 느낌은 어떤 언어적 표현이나 슬로건보다는 사진이나 영화를 중심으로 모습을 갖추게 될 것이다. 영화 속 장교의 고통은 매혹적인 동시에 참고 보기 어려운 것이다. 끔찍한 것이 뭔가 더 높은 것, 신적인 것으로 거룩하게 변용되는 것. 흠 없는 죽음의 동경을 지닌 독일인들은 이를 잘 이해할 것이다.

아마카스는 복도를 통해 욕실로 건너갔다. 코를 닦고, 박엽지를 말아서 종이뭉치를 만들고 그것으로 도스토옙스키풍의 망아 상태에서 귀를 청소했다. 그러고서 냄새를 맡아 보았다. 노랗게 변색된 자리에서는 아무 냄새도 나지 않았다. 그는 종이를 구겨 현대 서양식 변기 속에 던져 넣고, 물을 내리고, 소용돌이치는 강한 물살이 바흐 소나타의 마지막 부분에 박자를 맞추면서 점잖지 못하게 구르륵 하고 전부를 아래로 빨아들이는 것을 지켜보았다.

5

다음날 아침 그는 비를 뚫고 전차를 타고 정부 청사로 갔다. 도착해서 자기 사무실 문 뒤에 모자와 외투를 걸고 차와 약간의 밥을 시킨 다음 하루 종일 우니베르줌 영화사'에 보낼 독일어 편지를 썼다. 스스로 생각해도 과하다는 생각이 들었지만 어쨌든 보안상의 이유로 편지를 외무부의 타자실에서 단정한 용모의 (유감스럽게도 다리가 약간 짧은) 독일인 여비서에게 받아쓰게 하지 않고 스스로 타자기를 사용하여 작성했다. 깨끗이 손질된 채 자판 위로 올려져 굽은 아치를 이룬 창백한 두 개의 검지로.

아마카스가 다소간 만족스럽게 확인한 것처럼 그것은 교묘한 조종술의 걸작이었다. 편지 속에는 자기 비하와 아첨이, 조심스러운 요청과 터무니없는 장담이 적당히 뒤섞여 있었다.

그는 빼어난 칼 자이스 카메라렌즈와 최고의 아그파 필름 처리법으로 일본에서 일할, 즉 일본에서 영화를 촬영하고 제작할 용의가 있는, 그러니까―이렇게 말해도 된다면―전능으로 보이는 미국 문화제국주의에 맞서서 작업할 용의가 있는 독일 전문가들을 보내 달라고 청했다. 그 제국주의가 빚어낸 결과물들이 바이러스처럼 쇼와 체제의 제국 전체에, 특히 극장을 통해, 그러니 결과적으로 당연히 거리에, 서민 사이에 퍼져 나가고 있는 것이다. 이 때문에 예컨대 최근에는 수난을 겪고 있는 일본 영화를 보호하고 장려하기 위해 쿼터제까지 도입되어야 할 형편이었다.

위대한 영화의 나라인 독일과 접촉해야겠다는 그의 결심을 촉발한 것은, 그는 이어서 썼다, 미국 총영사, 미국 영화 제작사 및 배급사 협회* 대표들과의 비밀 회동이었다. 그들은 이 자리에서 상기한 쿼터제의 도입을 통해 폐쇄된 (이는 물론 기존의 식민지 조선, 대만과 새로 획득한 해외 영토인 만주국에도 해당된다) 영화 시장을 개방할 것, 그렇게 하지 않으면 유감스럽게도 장차 미국에서 제작되는 모든 영화에서 악당 역할뿐만 아니라 부정적인 함의를 지닌 모든 인물까지도 일본 출신 배우에게 맡길 수밖에 없음을 분명히 했다.

이것이, 아마카스는 썼다, 일본도 미국 입장이라면 써먹었을 꽤나 우아한 한 수지만, 우리가 아시아 시장에 제공하고자 하는 국내 영화는 할리우드 영화에 비해 그 영향력이 한참 떨어진다. 일본 영화에는 영원한 호소력을 지닌 서사성, 수출 가능성, 보편적인 것으로 인정받을 수 있는 **기술**이 부족하다. 아주 간단히 말하자면, 일본 영화는 미국 영화를 따라잡을 만큼 좋지 못한 것이다.

이러한 상황에서 필연적으로 나온 생각이 독일, 그러니까 그

문화적 토양을 우리나라의 것만큼이나 존중할 수 있는 유일한 나라와 연합 전선을 형성하자는 것이었다. 따라서 여기에 공식적으로 다음과 같은 소망을 표명하는 바이다. (이런 난센스를 실제로 종이에 적는 것이 내키는 일은 아니지만) 도쿄와 베를린 사이에 **셀룰로이드 추축**을 건설하자는 것이다.

그다음으로 진짜 핵심 문제가 온다. 이 모든 사탕발림 같은 말 배후에 놓인 가장 중요한 것. 이렇게 청해도 된다면 독일 영화감독을 한 명 파견해 달라. 한 명이 아니라 여러 명이면 더 좋다. 하지만 일착으로 떠오르는 사람은 아르놀트 팡크'다. 그는 팡크의 영화 〈몽블랑의 폭풍〉을 보고 깊이 감탄한 바 있다. 이 영화는 사물 뒤편의 어떤 것, 그의 영혼을 건드리는 무언가를 보여 주었다. 어떤 금단의, 비밀스러운 횔덜린적 지대에 팡크는 카메라를 가지고 발을 디딘 것이다. 이 울림의 공간은 진정 완벽하게 독일적이지만, 동시에 보편적이기도 하다. 일본인인 그도 그것을 명백하게 알아볼 수 있다.

한번 편하게 생각하고 솔직히 써 보겠다. 팡크가 올 수 없다면, 프리츠 랑'을 혹시 기대해도 될까? 프리드리히 무르나우와 카를 프로인트'는 유감스럽게도 할리우드에 영영 가 버렸으니 어쩔 도리가 없을 것이다. 무르나우는 심지어 얼마 전에 자동차 사고로 죽지 않았나. 아, 〈제복의 처녀〉'도 특별히 인상적이었다. 개인적인 얘기를 덧붙여도 된다면 그의 기숙학교 시절을 상기시켰다. 그토록 급진적인 동시에 그토록 개인적인 영화는 이 나라에서는 전혀 불가능하다.

오스트리아나 네덜란드 감독을 보내도 좋다. 호텔 숙박비, 여비, 일비, 포괄적 사례비, 전부 정부에서 부담할 것이다. 이 문화 교류가 최고위층의 지원을 받는 것은 당연한 일이다. 따라서 독일 관료들도 몇몇 동행하여 모든 면에서 완성된 일본 제국의 면모를 접해 보고자 한다면 이 또한 열렬히 환영할 것이다.

편지에 일본에 대한 더 깊은 이해를 돕기 위해 변변치 않은 영화 한 편을 동봉하는 바이다. 솔직히 말해 이 편지로 우파 영화사의, 더 나아가 찬탄받아 마땅한 위대한 독일 민족의 관심이 일깨워졌으리라는 기대에서.

그는 여기까지 편지 쓰기를 마치고 맨 마지막 장 아래에 거칠지만 우아한 형태를 갖춘 예식적 글씨체로 **아마카스**라고 서명했다. 이어서 타자기에 리본을 교체해 넣고 다 쓴 리본은 나중에 태워 버리기 위해 서류 가방에 집어넣었다. 관용 봉투에 밀봉된 필름 릴과 편지도 함께 그 가방에 넣었다.

작은 소포는 같은 날 외교 우편으로 우파 영화사의 대표를 수신인으로 하여 베를린으로 보내졌다. 그 소포는 상하이, 캘커타, 이스탄불을 경유하여 대체로 별일 없는 비행 끝에 일본 대사관에 도착했고 이어서 베를린의 반듯반듯한 가로수 길을 통해 마차로 운반되었다. 그러나 정작 영화사에 와서는 대표의 격에 참으로 잘 어울리게 마호가니로 마무리된 고아한 동판이 붙어 있는 우편함에 머물러 있었다. 후겐베르크˙ 대표님은 여행 중이었기 때문이다. 그는 스위스에서 만년설 스키 휴가를 즐기는 중이었다.

6

네겔리는 정확히 사흘 동안 울었다. 잠이 오지 않는 밤에는 오래오래 발저*를 읽었고, 새벽 네 시 반경 베로날을 먹었다. 마치 잠과 망각을 가져오는 검은 독거미에 물리기라도 한 것처럼, 삶의 마지막 순간에 그렇게 힘이 없어지다니. 그 때문에 그는 아버지를 경멸하는 것일까? 아버지는 마지막에 무슨 말을 하려 한 것일까? H는 한 단어의, 아니면 심지어 한 문장의 시작이었을까? 모든 것을 해명할 수도 있었을 최종적 생각, 용서는 아니라 해도 적어도 부분적인 면죄의 문장?

이런, 이야기할 것이 그렇게나 많았지만 이야기할 시간은 늘 없었다(그런 생각을 하면서 그는 손을 주무르고 비벼댔다. 손이 아파서 분홍빛으로 물들 때까지). 오해가 산더미처럼 쌓였다(아버지가 남성의 사랑을 마다하지 않았다는 그의 믿음은 결코 공개적으로 표명된 적은 없지만 그는 내밀하게 자기 자신을 향해서 계속 그렇게 주장해 왔는데 이 역시 아마 오해가 쌓이는 데 한몫했을 것이다). 그 오해를 푸는 데는 열 번의 인생이 필요했으리라. 그것은 거듭 꼬인 매듭이었다. 그 모든 것이. 그래서 그는 사흘 만에 애도를 중단하고 장례 과업에 전적으로 매달렸다. 프로테스탄트적 조바심에서 자기 혼자만이 이 일을 인간적으로 바르게 수행할 수 있다고 믿으면서.

스위스의 개신교 교회는 정해진 대로 조금도 원칙에 어긋남이 없이 네겔리의 아버지를 베른 고향땅에 묻었다. 에밀이 그렇게 하도록 조치한 것이다. 햇살이 찬란히 빛나는 겨울날이었다. 그런데도 아침에 매장을 위해 얼어붙은 흙을 적절히 퍼내는 데 곡괭이까지 동원되어야 했다.

목사는 정말 예의 바르면서도 냉정한 설교로 아직 잠재하고 있는 불화로 인해 조문객들이 품고 있을 적대적 생각에서 김을 빼 버렸는데, 이때 그의 목깃은 너그러운 망각의 가루 층을 기억 위에 덮은 간밤의 눈보다도 더 하얬다.

설교가 끝나자마자 누군가가 종의 밧줄을 잡아당겼다. 그 청동 소리에 검은 옷을 입은 그림자 같은 형상들이 밝게 해가 비쳐 드는 눈 쌓인 출구의 왼쪽과 오른쪽으로 사라져 갔다.

몹시 지친 네겔리는 선글라스를 쓴 채로 셰익스피어의 『폭풍』의 두 줄을 중얼거렸다. 머리에 쉽게 떠오르기는 역시 『햄릿』이지만 이 구절(그것은 몇 길 아래 해저에 두 눈을 뜨고 누워 있는 아버지를 묘사한 것이었다)이 지금에 더 적합하게 여겨졌다. 네겔리는 그러고서 뒷걸음질하며 (그는 마음속으로 절을 했던가?) 봉해지지 않은 무덤에서 물러났는데, 이때 키가 크고 어깨가 넓으며 안색은 우울하고 볼이 붉은 낯선 사내가 목사에게 몇 마디 속삭이는 것이 보였다. 사내는 성직자의 손에 입을 맞추려 했지만, 그런 교황 신봉자 같은 허물없는 태도가, 아니면 그의 길고 더러운 손톱이 혐오스러웠기 때문인지, 목사는 아주 단호하고 다급하게 손을 빼고, 성난 얼굴로 검지를 뻗어 자칭 조문객에게 공동묘지의 문을 가리켰다.

사내는 빠른 발걸음으로 자리를 떴다. 그는 큰 발로 살짝 절면서 검은 옷자락을 휘날리며 언덕을 미끄러지듯 내려갔다. 마치 꼭 아래로 가서 아레강*의 만년설 녹은 물을 손에 묻혀야 한다는 듯이, 그렇게 해서 저 아래 마테 구역*을 흐르는 무균의 차가운 강물의 소독 작용으로 네겔리 노인의 죽음에 관한 위선적인 루터주의적 설교를 아예 없었던 것으로 만들 수 있다는 듯이.

목사는 따뜻한 데서 차 한 잔 하자며 네겔리를 목사관으로 초대했고 그곳에 갔을 때 그에게 함부르크 출신의 젊은 성가대 지휘자를 소개했다. 성가대 지휘자는 차와 함께 마실 브랜디 한 병을 내놓았는데 그것은 아마도 자신의 손 떨림을 막기 위해서이기도 한 것 같았다. 여덟 개의 마호가니 의자가 견실하게 대칭을 이루며 나무 판을 댄 하얀 벽에 밀쳐져 있었고 그 위에는 바로미터가 걸려 있었다.

아버님 일은 결국 다 끝나고 마무리되었군요. 독일인 지휘자는 이렇게 말하면서 조개탄 두 덩이를 조심스럽게 무쇠난로에 집어넣었다. 네겔리는 동의하는 듯이 고개를 끄덕였지만, 그 일이라는 게 뭘 말하는 것인지는 더 묻지 않았다. 바깥에 그 유령 같은 남자가 누구였는지도.

목사는 코의 내용물을 꽃무늬 손수건에다 뺑 소리가 나도록 풀고 흰 털이 나 있는 귓바퀴를 검사하듯이 잡아당겨 보았다. 그러고 나서는 담배에 불을 붙였다. 아니, 절대, 그 남자 얘기는 더 이상 하고 싶지 않다. 천만다행으로 끝난 거다. 거의 밤 귀신 같은. 대명천지에. 담배 하겠소? 네겔리는 피우고 싶은 마음이 있었지만 사양했다. 깊이 빨아들인 연기가 목사의 폐 속으로 침투했다가 요란하게 다시 나왔.

어쨌든 그에게 지근거리에서 이해할 수 없는 소리가 귓속으로 들어왔다는 것이다. 그것도 단 하나의 음절, 단 하나의 철자일 뿐이었는데(혹시 H였을까? 네겔리는 소름이 끼쳤다). 그러나 그들은 이에 대한 생각은 더 하지 않기로 하고, 서둘러 손가락 끝으로 브랜디 잔을 들어 올리며 신교도답게 조심스러운 태도로 건배했다. 더 이야기할 것도 없었고, 설사 뭔가가 있다고 하더라도, 지금은 이야기하기에 적당한 장소도, 시간도 아니었다.

더 이어진 것은 네겔리의 약혼녀 이다에 대한 안부뿐이었다. 예예. 이다는 일본에 있죠. 세상에, 무지하게 멀지 않소. 지구 반바퀴 거리인데. 그렇다는 뜻의 끄덕임과 침묵. 차 좀 더 하시겠소? 그러고서 목사는 목사관 벽, 잠언 경구 액자 위쪽에 걸린 채 프로테스탄트적 태도로 똑딱거리며 가고 있는 시계를 올려다보았다.

하지만 네겔리가 독일 여성과 결혼하려 하는 것은 기쁘고 정말 잘된 일이다. 성가대 지휘자가 재빨리 말했다. 그, 즉 성가대 지휘자의 막강한 조국에 대한 스위스인들의 태도에는 경외심과 아울러 과민한 거부반응이 공존한다고 할 수 있다. 그들은 독일의 어마어마한 문화 토양을 빌려 와서 건설의 토대로 삼으면서도 이를 개선하고, 더 정밀하게 만들었기에, 거칠고 생경한 원본을 보면 어쩔 줄 모르고 당혹스러워하는 것이다. 그런데 약혼녀 이다가 오래된 발트 지역 가문이거나 아니면 심지어 스웨덴 가문 출신은 아닌지?

이때 성가대 지휘자의 상관인 목사는 복음주의 개신교회의 대표자가 그런 식의 생각을 발설하는 것은 온당치 않다고 나무라는 듯이 가시 돋힌 시선으로 지휘자를 쏘아보았다. 이제 차 모임은 다시 냉랭한 시계 소리에 사로잡힌 납덩어리 같은 침묵 속으로 빠져들었다.

7

목사의 소파. 그것이 시들어 가는 장밋빛이라는 것을 유심히 본 네겔리는 이 상황을 기억에 담아 두었다가, 언젠가, 많은 세월이 흘러, 천연색 영화가 발명된 지도 한참 지난 뒤에, 자신의 마지막 영화에서 배경 장면을 구성하기 위해 어떤 연극의 소품 가운데서 몇 개의 가구를 고를 때 이를 다시 떠올렸다. 마치 기억이 (어떤 명암, 어떤 희귀한 향기에 대한 기억이) 삶의 주변에서 늘 떠다니며 삶을 동반하는 정령이기라도 한 것처럼. 생의 마지막 순간에 네겔리는 말할 것이다. 영화 백 년의 역사를 통틀어 천재는 딱 다섯 명뿐이었다고. 브레송*, 비고*, 도브젠코*, 오즈, 마지막으로 그 자신.

그의 말이 옳았을까? 그렇고말고. 당연하다. 그는 늘 옳았다. 한편으로. 우리는 도브젠코의 우크라이나 벌판의 이삭을 본다. 이삭의 꽃들은 소리 없이 스쳐가는 북풍 속에서 천천히 흩날려 사라져 간다. 다음으로 장 비고의 수수께끼 같은 밝은색 목선(木船)이 그늘진 다리 아래를 미끄러져 가는 것이 보인다. 그다음에는 브레송의 쓸쓸하고 불안한, 신성한 어스름 빛. 끝으로 우리는 옆에서 빛이 비쳐 드는 오즈의 방을 들여다본다. 카메라는 일본식으로 서양에서 통상적인 위치보다 족히 1미터 정도는 낮게 세워져 있다. **장지**는 계속 열려 있으나 화면의 틀에서 벗어나는 일이 없다. 이들 감독의 모든 노력에서 핵심적인 것은 검은색 표현의 불가능성이라는 문제였다. 아니, 그뿐만 아니라 어떻게 신의 현존을 보여 줄 것인가도 그들에게 중요했다.

다른 한편으로 네겔리는 물론 이제 겨우 위대한 감독이 되는 도상에 있었을 뿐이다. 그는 아직은 위대한 감독이 아니었고, 다만 그렇게 될 몇몇 싹이 드러났을 뿐이다. 그는 최근에 파리에서 마리 투소'의 삶과 죽음을 영화화했다. 그녀가 밀랍으로 제작한 로베스피에르, 마리 앙투아네트, 당통, 마라의 데스마스크가 장막 뒤에 숨어 서판을 바탕으로 프랑스혁명의 무시무시한 사건들을 이야기하는 그런 영화였다.

그러나 그 영화는 비열한 파리 대주교가 검열의 가위를 휘두르는 바람에 본모습을 알아볼 수 없을 정도로 망가져 버렸다. 네겔리는 밤에 뫼리스 호텔에서 플로베르의 독일어 번역본을 읽었는데(불룩한 잔에 담긴 광천수가 침대 옆 탁자 위에서 조용히 반짝였고, 저편 옷장에서는 나방이 양복에서 스웨터로 파닥 하고 몸을 옮겼다가 다시 돌아왔다), 한 문단 한 문단 읽을 때마다 자신의 작품이 얼마나 형편없는지, 얼마나 불완전하고, 알

맹이 없는 태만함을 드러내는지 깨닫고 점점 더 큰 낙담에 빠졌다. 그러다가 잠들기 직전에 여러 해 전에 아버지가 며칠 파리에 가서 함께 지내자고 제안한 일이 떠올랐다.

그는 이미 당시에도 프랑스적인 것 일반에 대해, 특히 파리에 대해 더 자세히 설명할 수는 없는 어떤 깊은 혐오감을 품고 있었음에도 불구하고, 의무감에 아버지의 초대에 응할 수밖에 없었다. 그에게 파리는 무가치하고 불경한 도시, 무엇보다도 저속한 도시로 느껴졌다. 프랑스인들은 다 가짜다. 그들이 쓰는 이런 상투어조차도. **작품 속에서 부르주아처럼 단정하고 평범할 수 있도록 삶에서 난폭하고 독창적으로 되시오.***

아버지가 적포도주 소스 달팽이 요리, 개구리 넓적다리, 끔찍한 토끼 스튜를 두고 진미까지는 아니라 해도 훨씬 더 우월하고 심오한 문화의 최상의 표현이라며 찬양할 때, 에밀은 그 요리들 앞에서 구역질이 났다. 아버지는 시내를 돌아다니며 미식의 즐거움을 만끽했지만, 에밀은 밤이면 몰래 작고 허름한 여관에서 (그들 형편으로는 그런 정도의 숙소밖에 구할 수 없었다) 집에서 가져온 시골 빵에 자넨산(産) 치즈, 토마토 슬라이스, 완숙 달걀을 얹어 먹었다. 네겔리의 아버지는 프랑스 여행 마지막 저녁을 위해 몇 달 전부터 벌써 막심 레스토랑에 자리를 예약해 두었다. (그저 혼자서 특별하다고 여기는 연보라색 연필로 예약 신청 편지를 써서 베른에서 파리로 보낸 것이다.) 최고급으로 꾸며진 레스토랑에 들어설 때—테이블별 조명이어서 전체적으로는 어두웠다—아버지는 고조되는 긴장을 겨우겨우 억누르면서 거만한 태도로 예약 손님임을 밝혔다. 예, 맞습니다. 지배인은 검은 양복을 단정하게 갖춰 입은 작은 외국 남자를 연민 섞인 눈초리로 훑어보면서 대답했다. 예약되어 있습니다. 잠깐만요. **네 여기, 므슈 부르주아와 그 아드님을 위한 멋진 테이블입니다.**

아니요, 아니. 뭔가 착오가 있군요. 내 이름은 네겔리요. **베른 출신의(de Berne) 네겔리 박사.** 아시겠소. 에밀은 아버지의 야심이 부끄러웠다. 그래도 뜯어보는 다른 손님들의 따가운 시선을 받으며 끝없는 형극의 길을 통과한 끝에 마침내 자기들에게 배정된 냄새 나는 화장실 입구 옆 테이블에 자리를 잡은 뒤에는 순전히 아버지를 생각해서 역겨운 회색 베이컨으로 덮인 **투르네도 로시니**°와 우글쭈글한 달팽이를 씹어 삼켰고(질긴 고무 같은 달팽이 살은 이로 끊기지 않아서 그 달팽이를 날굴 먹듯이 억지로 꿀꺽 넘겨 버렸다), 엄청나게 비싼 보르도의 맛을 칭찬했다. 상한 포도 주스를 줬어도 맛의 차이를 못 느끼고 마실 수 있을 정도로 그는 포도주에 대해 아는 것이 없었고 관심도 없었지만 말이다.

반쯤 취한 손님이 젖은 손을 바지 양옆에 닦으면서 비틀비틀 뒷간에서 겨우 빠져나왔다. 그가 그들의 테이블을 지나가면서 엉덩이를 돌리다가 부딪히는 바람에 잔에 담긴 포도주가 테이블 냅킨에 쏟아졌다. 프랑스인답게 그 사내는 사과할 줄 몰랐다. 암모니아 냄새가 에밀 주위를 감돌았고, 그 아래로 분뇨의 향기가 무겁고 들큰하게 도사리고 있었다.

8

.

파리에서 끊임없이 떠오른 죽은 아버지에 대한 생각은 그의
정신을 흐려 놓았다. 침울해진 그는 플로베르의 독서로 한층 더
일그러져 보이게 된 파리를 떠나 스칸디나비아로 향했다. 마담
투소 영화의 참담한 실패 이후 그는 덴마크의 노르디스크 영화
사*에서 자신의 첫 번째 유성영화를 만들 예정이었다. 그러나
네겔리는 이 시기에 단 한 컷도 찍을 수 없었고, 공간 이동을 통
해, 그러니까 정처 없이 이곳저곳 떠다님으로써, 재앙에 대한
기억을 머리에서 몰아내려 했다. 어떤 착상도 떠오르지 않았다.
앞으로 배우의 언어가 훨씬 더 심오한 시각적 언어를 뒤덮을 거
라는 생각, 부유하는 카메라의 시적인 운동이 앞으로 범용한 대
화의 거친 소리에 깔릴 거라는 생각을 그는 전혀 받아들일 수 없
었다.

그는 고틀란드섬*에서 몇 주일을 보냈다. 해변을 산책하고, 일

찍 머리가 센 옛 친구를 만나고, 술을 마시고, 낙엽을 줍고, 이어서 함순을 만나러 빗발 날리는 침침한 쇠를란데트*로 올라갔다. (네겔리는 노르디스크 영화사의 요청으로 접근하기 어려운 이 고집스러운 노르웨이인에게 소설 『신비』의 영화화 가능성에 관해 상의할 계획이었다. 그러나 이 작가는 네겔리에게 절인 사과와 물만 내주고 몇 시간 동안 집 앞 나무 벤치에서 기다리게 했고, 그동안 자신은 집 이층에서 몸을 꼬는 요가 연습에 몰두하고 있었다.) 그 나날들은 그러니까 네겔리에게 하염없는 기다림, 계속 연장되기만 하는 잿빛 기다림의 시기였다. 마침내 그의 비서가 독일식의 정확한 표현법에 따라 작성된 우파 영화사의 편지를 보내왔다. 베를린으로 와 달라는 초청장이었다(그 편지는 그의 앞으로 오슬로 우체국에 와 있었다. 한편 함순은 영화 제안에 아무 관심도 보이지 않고 거부하는 태도를 고수했다). 그는 기차를 타고 남쪽으로 돌아갔다. 예테보리* 방향으로. 이어서 말뫼*로. 그러나 더 따뜻해지지는 않았다.

그는 결국 기차에서 졸다가 꿈에서 아버지를 보았다. 아버지의 주름진 목과 의료용 문신으로 새겨진 점들, 검버섯이 뒤덮인 그의 선한 얼굴, 황야의 갈라진 땅처럼 주름이 깊게 팬 목 뒤로 흘러내린 새하얀 머리, 살짝 치켜 오른 키르기스스탄인의 눈 같은 아주 연한 담청색 눈, 마지막으로, 나중에 본, 병실의 벽감 안쪽 벽의 데스마스크, 그 위를 부드럽게 쓰다듬는 스위스 자작나무의 그림자.

44

9

아마카스 마사히코의 유년은 점점 바래 가는 그의 기억 속에서 겨울 하늘처럼 무겁고 흐린 시절로 나타났다. 과도하게 조숙하고 별난 소년이던 시절. 그는 아직 세 살도 채 되지 않아 부모님에게 감정을 넣어 연극적으로 신문을 읽어드렸고, 다섯 살이 되자마자 정밀하면서도 숭고한 빛으로 채색된 자살의 환상에 빠졌으며, 호된 매질의 위협으로 폭력적인 그림책의 소유가 금지되자 밤에 몰래 집의 정원 금작화 나무 아래 구덩이를 파고 그 속에 그동안 모아 온 상당한 양의 그림책을 숨겨 두기도 했다.

마사히코는 매우 어린 나이에 기숙학교로 보내졌다. 물론 너무 일렀다. 그는 언제나 개방적이고 현대적이며 교양 있는 태도를 보이던 부모님이 자기를 제국에서 가장 가혹한 축에 들어가는 구타실에 집어넣으리라고는 미처 생각하지 못했다. 그것이 단순히 몰라서 일어난 일인지, 아니면 아마카스 부부가 어떤 교육적 목표에 따라 의도적으로 결정한 일인지, 아마카스는 결코 알아낼 수 없었다.

어쨌든 그들의 개방성이란 것도 사실 아주 오래된 것은 아니었다. 아마카스의 할머니만 하더라도—당시에 이미 사라진 미의 이상을 좇아서—이를 까맣게 칠할 정도로 옛 전통에 묶여 있는 분이었으니 말이다.

매년 가을방학이면 가족은 기차로 동북 지방인 홋카이도로 여행을 갔다. 버섯도 따고 화려한 단풍도 감상할 겸 해서. 아버지와 어머니는 벌써 여름부터 단풍이 보여 주는 긍정적이고도 멜랑콜리한 색조의 명랑함을 고대하고 있었다.

어린 마사히코는 늘 가족이 소풍 장소에 와서 자리를 잡으면 (그리고 위에서 단풍나무, 낙엽송, 너도밤나무의 잎이 수만 가지 황홀한 색조를 띠고 반짝이는 가운데 어머니가 조심스럽게 눈같이 희고 큰 아마포 천을 펼치고 그 위에 단지 몇 개와 검은색, 빨간색으로 옻칠된 작은 상자들, 아몬드유 병과 맥주병을 올려놓으면), 곧바로 이 나무 혹은 저 나무 뒤로 사라지곤 했다. 놀이를 핑계 삼았지만, 실은 자신의 은신처에 들어가 그곳을 돌아다니는 파충류들을 몰아내고 자기 장례식의 온갖 풍경을 실컷 상상하려는 것이었다.

어머니가 앞뒤 가리지 않고 큰 소리로 울면서 유골 단지 앞에 앉아 있다. 아버지도 앉아 있다. 뺨 안쪽 면을 질근질근 씹으면서 조용히 스스로를 향해 아주 극단적인 비난을 퍼붓고 있다. 진한 감색 교복을 입은 반 아이들, 몇 주 동안이나 매일 아침 지리 수업 전에 땅딸막하고 병적이다 싶을 만큼 말이 없는 마사히코를 그의 팬티 고무줄을 이용해 옷걸이에 매달아 놓곤 하던 그 아이들도 그곳에 말없이 서 있었다. 약간 옆으로 비켜나, 죽음 앞에서 겁먹은 모습으로. 그들 머리 위 이파리들 사이사이로 햇빛 다발이 쏟아지고 있었다.

노쇠하고 마른 체구에 안경을 쓴 그의 선생님 한 사람이 오더니, 손목 안쪽으로 관자놀이를 비비면서 늘 잘되라는 생각뿐이었던 것은 정말이니 믿어 달라고 했다. 그러나 이젠 엄격한 학교 교육(그리고 예를 들면 훈육 도구로 낚싯대를 사용하는 것)이 얼마나 잘못된, 끔찍한 해를 가져올 수 있는지 깨달았다고.

이렇게 머릿속에서 허구적 장면을 환하게 비추자 소년은 기분 좋은 전율로 충만한 나머지, 바지를 내리고 하체를 수피에 비벼대기 시작했다. 움직임은 점점 더 격렬해졌다. 부모님이 재에서 그의 유해를 젓가락으로 모아들이는 장면을 상상했을 때, 그의 눈 뒤 뇌의 측좌핵 어딘가에서 미약한, 아쉽게도 너무 짧은 불꽃이 튀었다. 소년은 숨을 낮게 헐떡이면서 보리수에다 무정액 사정을 했다.

그가 풀린 무릎으로 비틀거리며 돌아오면, 아무것도 모르는 부모님은 (어머니는 대개 바로 이 순간에 낮잠에서 깨어나곤 했는데) 새로 취미를 붙인 가족 의식, 버섯 바구니를 옆에 두고 낙엽 속에 누워 도호쿠대학 독문학 퇴임 교수인 아버지가 일본어로 힘들여 번역한 하이네 시를 낭독하는 의식에 마사히코도 동참하게 했다. 아버지는 하늘을 향해, 두세 잔 맥주에 부드럽게 마사지된 목소리로 다소 우스꽝스럽게 R 음과 L 음을 헷갈리면서, 원시를 낭송했다. 아, 그는 얼마나 아버지를 미워했는지!

마사히코는 진작 독일어를 혼자 익혔던 터라, 반쯤은 의도적인 것 같은 아버지의 틀린 발음 때문에 속이 뒤틀렸다. 반면 아버지는 아들의 천재성이 자랑스러운 것은 인지상정이었지만 이와 동시에 아주 심한 불편함을 느끼기도 했다. 그에게 마사히코는 대단히 섬뜩한 존재였다. 그 섬뜩함은 심해 바닥 영원한 어둠 속에 살고 있다는 눈도 없이 더듬거리는 **괴물**에 대한 상상이 주는 으시시한 느낌과 비슷한 것이었다.

아홉 살이 채 안 되어 일곱 개 언어를 마스터하고 산스크리트어를 독학하고 있는 아들. 아침밥을 먹으면서 부끄럼 타는 표정으로 복잡한 알고리즘을 써내려 가고 집에 있는 그랜드피아노로 피아노협주곡을 작곡하며 하이네를 독일어로 읽는 이 아들이 아버지 눈에는 냉혹한 악령에 사로잡힌 아이로 보였다. 그 악령 때문에 아이는 점점 더 기괴할 정도로 커져 가는 지적 충동에 떠밀려 가고 있었다. 많은 부모들이 그런 재능 있는 아이가 있었으면 하겠지만, 바로 그런 아이 앞에서 아마카스 부부는 공포를 느꼈다.

때때로 그들은 다락방 작은 상자 앞에 앉아서 마사히코가 젖먹이일 때, 걸음마를 시작할 때, 목제 욕조에서 물장구치며 즐거워할 때, 색동 고무공을 만져 볼 때 찍은 사진들을 들여다보았다. 그러면 모든 것을 짓누르는 듯한 슬픔이 찾아왔다. 사진 속에 꽁꽁 얼어붙어 있는, 결코 되돌아올 수 없는 시간을 오직 그리움의 힘만으로 다시 불러내려고 안간힘을 쓰고 있는 기분이었다. 자연에 반하는 힘이 아이를 빼앗아 갈 것임을 예감하고 있기라도 하듯이.

일본 원주민 아이누족은 자신의 초상이 마법에 붙들리면 그 과정에서 영혼이 달아날 거라고 믿기 때문에 사진 찍히기를 거부하는데, 마사히코 부모의 느낌도 그런 것과 유사한 데가 있었다. 그들에게는 반대로 그림이 오히려 진짜 아들이고, 그들 옆에서 자라고 있는 진짜 아이는 단지 복제품, 가짜 거울상, 무시무시한 호문쿨루스*인 것처럼 느껴졌다.

10

그의 성욕의 새가 저 유아적인 억압과 죽음의 환상이 머무르고 있는 낮은 지역에서 실제 성욕으로 날아오르기 시작한 것이 언제였을까? 일찍, 그것 역시 일찍 시작되었을 것이다. 아마 아홉 살 혹은 열 살쯤 된 때였으리라. 마사히코.

발단은 보모였을 것이다. 여우 털 같은 것이 보송보송 난 팔뚝이 보라색 체크무늬 원피스에서 가늘고 깨끗하게 뻗어 있던 보모. 둘이 서로 관자놀이를 붙이고 엎드려 일본군이 비겁하게 도망가는 소비에트 군대를 중국 선양시에서 격파하는 장면이 담긴 화보집을 뒤적거릴 때 그녀는 스커트를 위로 걷고 너무나 가늘고 긴 황새 다리를 그의 다리 위에 걸쳤던 것이다. 그때 보모의 숨결에서는 비스킷 향이 났다.

그는 그녀의 다리 무게와 근육의 수축을, 그리고 그것과 연결되어 있는 호흡기관의 높은, 희망적인 떨림을 느끼면서, 검지손가락을 반쯤 열린 그녀의 촉촉한 구강 속으로 집어넣었다. 그녀는 나직하게 그의 이름을 불렀고, **이쿠(갈게)**라고 했다.

그 후 그들은 꼭 껴안고 누워서 바람이 나뭇가지로 **장지**를 두드리는 소리를 들었다. 그는 누구를 또 그렇게 사랑할 수 있을까 싶을 만큼 그녀를 사랑했다. 4개월 뒤 그녀는 도쿄에서 비교적 사소한 자동차 사고로 목숨을 잃었다. 그녀는 나이가 너무 어려서 차를 운전해서는 안 되었건만, 운전대 앞에 앉았다가 운전대와 좌석 사이에 짓눌리며 폐가 으깨졌다. 유리조각들이 만화경처럼 반짝거리며 비가 되어 내렸고 그녀의 입에서는 젤리 같은 피가 뿜어져 나왔다.

II

그의 아버지는 그를 딱 한 번 때린 적이 있다. 그것도 움켜쥔 주먹의 등으로 얼굴을 친 것이 전부였다. 마사히코는 손톱을 씹었다. 손톱에서 더 이상 건질 만한 중요한 것을 찾을 수 없게 되자 소년은 발톱을 공략하기 시작했다. 그래서 어머니는 어느 날 오후 그를 아버지 책상으로 데려갔다. 어찌 할지 도무지 모르겠다. 이 발톱을 한번 보라. 거의 사라져 버렸다. 싹싹 갉아먹은 것처럼—소년은 당황하여 발가락을 바닥 쪽으로 구부려 감추었다. 마치 맹수가 날카로운 발톱을 집어넣듯이. 그러자 곧바로 전혀 예상하지 못한 주먹이 한 방 날아왔다. 그는 그 둔탁하고도 강력한 충격에 실이 풀린 꼭두각시 인형처럼 뒤로 나동그라지며 닦이지 않은 마룻바닥에 쿵 하고 자빠졌다.

마사히코가 느낀 경멸의 감정은 어머니 쪽에 더 치우쳤다. 그녀가 먼저 그를 아버지의 폭력에 내맡긴 것이고, 또한 그를 지켜 주지도 않았기 때문이다. 그는 넘어지면서 어머니의 얼굴에서 뭔가 동의와 놀라움이 섞인 표정을 확인할 수 있었다. 그녀의 두 눈이 가운데로 모이면서 이마에 주름이 잡혔는데, 그것은 벌의 가혹함에 대해, 아주 갑작스럽게 나타난 아버지의 격렬한 공격성에 대해 놀라움을 드러내는 얼굴이기는 했지만, 내밀하게는 어머니도 이를 반기고 환영했던 것이다. 마치 마사히코의 기이한 정신적 발전에 대해 쌓여 온 분노가 그 주먹질로 자연스럽게 표출되었다는 듯이.

소년은 바닥에 누워 낑낑거렸다. 종소리가 징, 징, 귓전을 때렸다. 아마카스 씨는 욱신거리는 손을 비벼댔다. 아버지의 펀치가 오랜 세월 동안 아이에게 즐거움을 선사하며 톡톡 뱉어낸 작고 동그란 연보라색 종잇조각들, 그가 이미 젖먹이 때부터 항상 입에 넣어 맛보던 그 작은 종잇조각들이 마치 부끄럼을 타듯이 눈에 띄지 않게 책상 상판의 오목하게 팬 자리들 속에 빠져들어 갔다. 저쪽에서는 부모님이 반부르주아적 태도의 표현으로 산열대조가 큰 새장 안에서 무심하게 과자를 쪼아 먹고 있었다.

12

어린 에밀에게 토끼를 사 주는 것이 네겔리 박사 자신의 결정인지, 아니면 그의 아내가 결정한 것인지는 이젠 결코 알아낼 수 없는 일이 되었다. 어쨌든 어느 날 노란 양탄자가 깔린 놀이방의 창밖으로 헛간에 서 있는 큼직한 목제 우리가 보였다. 그 속에는 그 녀석이 뭔가 기다리는 듯이, 심지어 몰래 공격 기회를 노리고 있기라도 한 것처럼, 얼굴과 앞발을 앞으로 뻗은 채 앉아서 에밀을 뚫어지게 쳐다보고 있었다. 에밀도 홀린 듯이 토끼를 쳐다보았다. 그리고 그에게 세바스티안이라는 이름을 붙여 주었다.

에밀은 어린이 책을 통해 토끼가 무엇을 먹는지 알고 있었다. 그러나 그는 아는 대로 홍당무를 먹이려고 녀석에게 가까이 갔다가 손끝을 심하게 물렸다. 아이는 깊은 충격을 받았다. 그때까지 그는 존재와 세계가 본질적으로 예의 바를 것이라는 생각

속에서 편안히 살아 왔고, 단 한 번도 자연의 무례하고 무차별한 잔혹성을 경험한 적이 없었던 것이다.

세바스티안은 빨간 눈의 고집 센 흰둥이였다. 그리고 어린 에밀은 정말 고통에 가까운 열정으로 세바스티안을 사랑했다. 소년은 녀석에게 절대 가까이 갈 수 없으면서도 며칠에 한 번씩 토끼우리를 청소했고, 작은 우리의 철조망 사이로 손끝을 집어넣었다가 다시 물리기도 했다. 아이는 분홍색 귀여운 코가 불신하는 듯이 자기를 향해 방향을 돌릴 때 토끼의 콧수염이 움찔거리는 것을, 연약한 앞발과 그 앞발이 먹이를 이리저리 밀치는 것을 몇 시간이고 넋을 잃고 바라보았다. 에밀은 세바스티안의 보드라운 털을 쓰다듬고, 녀석을 껴안고, 어루만지고 싶었다. 그는 녀석에게 들판에서 주워온 민들레 잎을 수북하게 가져다주었다. 그러나 가까이 갈 수 있는 길이 없었다. 단지 그가 다정하게 대해 준다면 토끼도 언젠가 이 사랑에 응답할 것이라고 소박하게 생각할 뿐이었다.

토끼우리에서는 찌르는 듯이 고약하고 끔찍한 냄새가 났다. 녀석의 독하고 매운 똥 냄새. 어머니가 종이봉투에 작은 바 형태로 압축된 암녹색 토끼 사료를 가지고 오면, 에밀은 시식해 보기 위해 그것을 입 안에 밀어 넣었다. 뚜렷하지 않지만 희미하게 고무 맛이 났다. 그런데도 세바스티안은 그것을 먹었다. 눕고 신선한 민들레든, 싸구려 압축 사료든 토끼에게는 매한가지였다. 한번은 이웃집 고양이가 부모님 정원으로 살금살금 기어 들어왔다. 에밀은 세바스티안이 함께 놀 동무가 생겼다고 생각하고 토끼우리의 문을 열어 주었다. 그러나 토끼는 털을 곤두세우고 극도로 사납게 쉿쉿 소리를 내뱉으면서 풀밭을 가로질러 침입자를 추격했고, 고양이는 그만 기겁하여 달아나 버렸다.

소년에게는 오물거리는 저 작고 뾰족한 토끼의 입이 매일 밤 꿈에 나타났다. 소년은 깨어나려고 애쓰지만, 그럴 때면 대개 침대에서 곤두박질쳐 떨어졌고, 아이 방의 절망적인 어둠 속에서 구해 달라고 소리 지르면서, 위와 아래, 왼쪽과 오른쪽도 분간하지 못하는 채로 바닥에 누워 있었다. 이 혼란은 너무나 원초적이어서, 아이의 비명 소리를 듣고 두 층 위에 있는 침실에서 황급히 달려 내려온 어머니가 울고 있는 에밀을 안아서 흔들고 불을 켜 주고 달래고 위안의 말을 해 주어도, 그토록 강한 육체적 실감으로 죄어 오는 가혹한 방향 상실 상태에서 무서워서 울부짖는 아들을 짧은 시간 안에 진정시키기에는 역부족이었다.

그의 느낌에는 어머니가 자기한테 온 것 같지 않았다. 그는 영원한 반수 상태에서 가위눌림에 묶인 채 물속을 떠다니고 그를 가두고 있는 얇은 막의 반대편에서 어머니가 그를 부르며 다독이고 있으나 그쪽으로는 결코 건너갈 수 없을 것만 같았다.

그건 물론 정말 말도 안 되는 일이었다! 날이 밝아 오면, 녹색 체크무늬 커튼이 젖혀지고, 친숙한 정원과 거기에 속한 전나무들의 그림자가 치유하는 힘을 가진 암실의 투사 작용으로 어린이 벽지 위에 흔들흔들하는 모습을 드러내면, 그리고 벽지에 인쇄된 나뭇가지와 벚꽃들이 열을 지어 보기 좋은 반복의 패턴을 만들어 내면서 그의 아이다운 경험 지평에 알맞게 마음을 평안하게 해 주는 파노라마를 펼쳐 보이면, 공포는 즉시 친절한 아침빛에 쫓겨 자취를 감추고 말았다. 그의 침대 아래에서 나왔던 마녀들은 다시 물러났고 낮 동안에는 감히 나올 생각을 하지 못했다.

에밀은 오후에 부모님의 비단 소파에 드러누워서 쿠션을 뒷목 밑에 밀어 넣고 몇 시간 동안 창밖으로 보이는 구름 모양의 변화에 빠져 있다가 잠이 들었다. 그러다 몇 초 만에 다시 깨어났는데 실은 여섯 시간이 지나 있었다. 그리고 그는 이 중간 세계에서 자신의 특별한 능력을 깨달았다. 평생에 단 한 번 누군가를 저주할 수 있다는 것. 그 저주는 백 퍼센트 실현된다는 것.

그렇게 누워 있을 때 그는 또한 꽤 멀리 떨어진 곳에 있는 아주 특별한 나무를 하나 발견했다. 그것은 그가 앞으로 살아가면서 계속 다시 만나게 될 나무였다. 그는 그 나무를 스위스에서뿐만 아니라 독일의 발트해 연안에서도, 이탈리아령 소말릴란드에서도, 일본에서도, 시베리아에서도 볼 것이었다. 그는 먼 훗날, 삶의 마지막 3분의 1에 해당하는 시기에, 이때는 화장실에 앉아서, 깨달을 것이다. 자신이 아버지처럼 정신이 어두워져서가 아니라 명징하고 완전한 의식 속에서 행복하게 죽을 것이고 바로 그 순간에 저 나무를 보게 될 것임을.

은거하는 승려가 큰 소리로 기도하여 붉은 용을 호수 속으로 처넣었다는 전설이 전해지는 툰 호숫가의 성 베아투스로 학교 소풍을 다녀온 어느 날이었다. 평소보다 일찍 집으로 돌아와 보니, 세바스티안의 우리가 비어 있었다.

에밀은 훌쩍거리면서 정원을 뛰어다니며 자기 토끼를 불렀다. 먼저 집 안에서 훑어보고, 굽은 자리에서 더 큰 도로로 이어지는 집 앞 작은 길에 나가서도 찾아보았다. 그러고도 찾지 못하자 이웃에 돌리기 위해 종이에 급하게, 그러면서도 세심하게 토끼를 그리고 있었는데, 그때 어머니가 오더니 그에게 낮은 목소리로 네겔리 박사가 토끼를 잡아채서 이웃에 줘 버렸다고 말해 주었다. 그 이웃은 거친 농사꾼네 집으로, 그 토끼를 받은 날 오후에 바로 죽여서 하얀 가죽을 벗겼다는 것이다. 토끼는 어차피 물기만 했고, 데리고 놀 수도 뭘 먹일 수도 없었으니, 이게 차라리 잘된 일이지 뭐냐. 그렇게 낙담하지 마라.

　네겔리는 열차에 앉아 있었다. 세바스티안에 대한 기억에 빠져든 것은 채 1초도 되지 않는 시간이었다. 그는 소스라치게 놀랐다. 바깥에는 뭐라고 정의할 수 없는 봄의 풍경이 스쳐 지나가고 있었다. 그리고 이 순간 그는 다시 어머니 목소리를 들었다. 목소리를 기이하게도 퉁퉁하게 불리는 전화 수화기를 통해 어머니는 에밀의 종조모가 기침을 너무 세게 해서 아무도 그 소리를 견딜 수 없었기 때문에 늘 문밖으로 쫓겨나던 이야기를 했다. 겨울이나 여름이나 아주머니는 헛간에서 자야 했다. 백일해나 폐결핵 같은 거였어. 그러다 어느 날 아주머니는 외로움을 이기지 못하고 면도날로 자기 목을 따 버린 거야. 하지만 어떻게 그런 일이 있고 다들 아무렇지 않게 살 수 있어요? 그는 전화로 어머니에게 물었다. 그냥 그랬던 거지. 어머니의 말이었다. 어떤 순간에 그는 자기 가족의 가혹함과 잔인함을 눈앞에 떠올리면 그냥 참고 견딜 수가 없었다.

13

여러 달 후, 네겔리가 일본에 온 지도 한참 지난 때였다. 산행에 나선 그는 파릇하게 싹이 돋아난 계단식 논을 지나 어두운 무채색조의 인적 없는 언덕을 넘어갔다. 아주 흥미롭지만 정말 고되기도 한 산행 끝에, 자연에 다시 뒤덮인 완만한 오르막길이 끝나는 지점에서 그는 나무로 지어진 오두막집을 발견했다. 경치 속에서 그 산장이 차지하고 있는 위치가 그를 이루 말할 수 없이 깊은 완벽한 조화의 느낌 속으로 몰아갔다.

소나무 숲이 끝나고 부드럽게 물결치는 산마루들이 시야에 펼쳐졌다. 반쯤 숨겨진 산줄기들이 무한 속으로, 땅안개로 인해 흐릿해진 허공 속으로 사라져 가서, 마치 다채롭게 색을 입힌 투명 종이가 오려져 있는 것처럼 보였다. 그의 앞에서 살짝 아래로 약간 떨어진 거리에 있는 오두막집은 곧 쓰러질 것 같았고, 진흙 담이 거의 임시변통으로 세워져 있었다.

그는 그 집에 조심스럽게 다가가서 머뭇머뭇하며 손톱으로 문을 두드렸다. 나중에 들은 얘기지만, 일본인이라면 그렇게 하지 않았을 것이다. 그저 음흉함의 현현인 불길한 여우만이 들어가고 싶을 때 조용조용 꼬리로 두드릴 것이다. 사람은 박수를 친다.

그래서 농부들은 숨겨진 작은 문구멍으로 내다보고서야 이방인을 안으로 불러들였다. 네겔리는 **맹장지**를 옆으로 밀고 허리를 굽혀 인사했다(거의 안경이 떨어질 뻔했다). 그들 앞에는 토기 그릇에 담긴 밥과 차, 절인 오이, 양파, 무가 놓여 있었다. 고기를 먹기에는 너무 가난한 사람들이었다. 그에게는 전깃불이나 수세식 변기와 같은 모든 현대적 편의시설에서 멀리 떨어진 채 외딴 곳에서 일하며 살아가는 이 사람들의 소박함이 얼마나 찬란하게 느껴졌는지.

그의 언어 실력은 정말 제한적이었지만(스위스식 후음이 섞인 단어 열 개, 어쩌면 열다섯 개), 그는 가치를 감식하는 듯한 제스처를 취하며 촛불의 흐린 빛 속에서 찻잔들을 이리저리 돌려 보았다. 마치 그가, 이 금발의 **가이진**(外人)이, 그릇의 만듦새를 통해 수백 년 된 그들의 세련된 문화 속에 감추어진 비밀을 알아낼 수 있기라도 하다는 듯이. 백발노인이 미소 지으며 차를 따라 주었을 때, 그는 노인을 향해 고개를 숙이면서 잔을 조심스럽게 두 손으로 쥐었다. 고향의 평범한 사람들과 비교할 때 얼마나 감동적인 차이인가. 그는 그렇게 느꼈다. 일본인들은 현존으로, 우주의 찰나성으로 가득 차 있었다.

차를 마시는 동안 공간은 점점 더 명상적 분위기를 띠어 갔고, 이때 그는 갑자기 소년 시절 아버지가 자신을 종종 농가에 보낸 일이 떠올랐다. 그는 베른주의 프랑스어 사용 지역인 루즈몽, 샤토되, 그뤼에르까지 보내져, 늦여름 들판에서 추수 작업을 도왔다. 아버지는 예전에 바로 이 농부들을 살살 꾀어서 나무를 깎고 칠하여 만든 수백 년 된 들보를 헐값에 사다가 베른시의 골동품 상인에게 50배 가격으로 되판 일이 있었다.

이 촌부(村夫)들은 거칠고 추했다. 그들의 손바닥은 수십 년 동안의 밭일 자국과 작은 상처로 뒤덮여 있었다. 그들의 어두운 먼지투성이 방에는 따뜻한 짐승, 삶은 햄, 생우유 냄새가 났다. 그들은 염소를 거실에서 함께 자게 했다. 그들의 말소리는 아둔하고 흙 맛이 났다.

그들은 서로 어깨를 두드리고 거칠게 술을 퍼마시고 취해서 종종 몇 시간 동안 음울한 침묵 속에 빠져 있곤 했는데 어린 소년은 그런 그들의 직접적이고 거친 태도를 두려워했다. 그는 그들 역시 자기를 불신한다는 것을 느꼈다. 그러나 아이에게 비밀스러워 보이는 그들과 아버지 사이의 계약, 그러니까 그 나무 들보에 관한 계약은 이행되어야 했다. 비록 농부들로서는 소년이 차라리 귀찮은 존재에 지나지 않았고 소년은 그들을 벌벌 떨며 무서워했지만 말이다.

밤이면 그는 그들이 자기를 찾아내지 못했으면 하는 간절한 희망에서 상한 햄 냄새가 고약하게 나는 너덜너덜한 체크무늬 이불을 위로 당겨 덮었다. 종종 그가 유년에 품었던 가장 깊은 소망 중 하나는 구멍을 파는 것, 어두운 구덩이를 파서 그 흙의 어둠 속으로 들어가 세상에서 몸을 숨기는 것이었다.

그러나 이제 일본 농가의 점잖고도 친밀한 분위기 속에서 전해져 오는 사람들의 욕심 없는 소박함은 자신을 보호하면서 적응하게 해 주는 마법의 외투같이 느껴졌다. 사람들은 그에게 말없이 간단한 요를 주고 어서 잠자리에 들라고 손짓으로 신호를 보냈다. 오두막 근처 숲에는 무시무시한 것들, 귀신과 마귀할멈과 털북숭이 딱부리눈 괴물이 돌아다니고 있으니, 밤에는 어떤 소음에도 귀 기울이지 말고, 특히 어떤 경우에도 휘파람을 불어서는 안 된다고.

그럼에도 불구하고 그는 잠과 우리 현실 세계 사이를 한동안 떠다닌 뒤에 내키지 않는 어정쩡한 마음으로 (요의가 너무 강해지기도 하여) 어둠 속에서 화장실을 찾아 나섰다. 그는 따뜻한 널이 깔린, 오직 시끄런 농부들의 숨소리로 더듬더듬 찾아갈 수 있는 통로를 내려간 뒤에 나무로 된 상자에 앉아서 **장지** 밖 나뭇잎에서 살살 떨어지는 빗방울 소리에 귀를 기울였다. 그는 휘파람을 불고픈 마음을 억눌렀다. 뾰족하게 오므린 입술에서 한 번 실수로 소리가 나왔는지도 모르겠다.

이튿날 아침 그는 충분하지 못하나마 떡 몇 개와 사케로 아침 식사를 하고 그래도 웬만큼 기운을 차린 후에 청명하게 햇살이 내리쬐는 평원으로 다시 내려갔다. 근심 없는 추념처럼 구름이 그 위를 지나고 있었다.

14

아마카스 마사히코의 기숙학교는 국내 최상급이라고들 했다. 그다지 인상적이지 않은, 물푸레나무로 에워싸인 검붉은 벽돌 건물이 숲 귀퉁이에 붙어 있었다. 탁한 물이 고여 있는 작은 호수 혹은 연못이 하나 있었다. 3월부터는 거기에서 화려하게 칠한 모형 나무배들을 백일몽처럼 띄워 보내는 경주 대회가 열렸다. 그리고 거기서 좀 떨어진 쪽에 예쁜 언덕이 유혹하듯이 부드럽게 솟아 있었다. 신입생들이 이곳에 와서 처음 해 보는 것 중 하나가 이 언덕에 오르는 일이었다.

마사히코는 다른 사내아이들 일곱 명과 함께 방을 썼다. 그가 도착한 날 저녁에 벌써 그들은 그를 꼼짝 못하게 붙잡고, 그들 가운데 두 소년이 웃으면서 그의 체크무늬 가방을 연 채로 치켜들어 안에 든 것을 바닥에 쏟아부었다. 독일어 책들, 어머니가 싸 준 리넨 냅킨, 악보들, 현미경, 주목으로 만든 젓가락 세트,

초콜릿, 청동 부처상, 테디베어. 아이들은 곧장 테디베어에 달려들어 과잉된 잔인성을 드러내며 인형의 팔과 다리를, 그리고 그의 어머니가 실과 바늘로 꿰매어 준 단추 눈을 뜯어 버렸다.

마사히코는 소리 지르지도 울지도 않았다. 그는 점점 더 가까이하기 어렵고 말이 없는 아이가 되어 갔다. 그는 수업 시간에 선생님이 질문을 하거나 뭔가 암송하라고 시키지 않는 한 전혀 입을 열지 않았다. 그는 친구가 없었다. 하지만 그는 천으로 된 동물 인형을 망가뜨린 아이들의 우두머리만큼은 잘 기억해 두었다. 그랬다가 여러 달 뒤에 이 애가 그 일을 까맣게 잊고 있을 때 계략을 써서 학교에 이웃한 숲으로 유인해 냈다.

거기서 문제의 소년은 기숙사에서 열두 시간 동안 사라져서 경찰을 불러야 할 상황이 되기 직전에야 나무에 묶인 채 발견되었다. 몸은 다친 데가 없었지만 극도로 정신적 혼란에 빠져 있었고 무슨 일이 있었는지 누가 그를 묶었는지 말할 수 없는 상태였다.

그 소년은 그 후로 끔찍한 악몽에 시달렸다. 자다가 너무나 크고 끔찍한 소리를 질러대는 바람에 선생님들은 밤에 그에게 수십 번을 달려와야 했다. 결국 그는 며칠 뒤 정학 조치되었다가 나중에는 완전히 기숙학교를 떠나야 했고, 이후의 세월을 오사카에 있는 아동정신과 병원에서 보내게 될 것이었다. 벽이 연두색으로 칠해진, 방음 설비를 갖춘 독방에서.

학교에서는 학생들이 아주 약간의 잘못을 저지르기만 해도 그 풍부한 창의성과 동시에 둔감함에서 타의 추종을 불허하는 그런 징벌을 부과했다. 소년들은 새벽 세 시 반부터 정확히 정해진 수의 벽돌을 언덕 위로 올렸다가 내렸다가 해야 했다. 아주 사소한 잘못은 한 건당 벽돌 두 개. 다음으로 예컨대 교복 상의 단추 하나를 규정에 맞게 잠그지 않았을 경우, 또는 흰 장갑 손가락 끝을 더럽혔을 경우에는 벽돌 네 개 혹은 그 이상. 또 선배를 자갈길에서 마주쳤는데 재빨리 모자를 벗어 아래로 내리지 않았을 경우 또 얼마 등등. 벽돌 열두 개까지는 그런 식으로 늘어나고, 그 이후부터는 다음 단계의 벌로 넘어간다. 벽돌 열세 개 혹은 그 이상의 벌에 해당되는 학생은 손바닥에 먼저 소금을 바르게 한 뒤에 탄력 좋게 쌩쌩 소리를 내는 낚싯대로 때린다.

그 누구도 조용한 마사히코가 그 소년을 학대한 장본인일 거라는 생각은 하지 못했으므로, 그는 아무런 징계도 받지 않았다. 하지만 온갖 소문과 지어낸 이야기들이 떠다니는 기숙학교의 공기 속에서 이런저런 추측이 없지 않았고, 다른 아이들, 심지어 교사들도 그를 피하기 시작했다. 마치 그가 불치병을 앓고 있는 환자라도 되는 듯이, 마치 그가 혐오스러운 그림자를 자기 주위에 데리고 다니기라도 하는 듯이.

15

다만 독일어 선생 기쿠치 상은 지난 몇 년 동안 작성해서 독일 대사관에 넘겨 온 일본의 분위기와 상황에 대한 보고서가 아무런 반응도 코멘트도 얻지 못한 까닭에 자신이 여전히 독일 정보 기관의 일을 하고 있는 것인지 긴가민가하고 있던 차에 어린 마사히코와 가까워졌고, 그러면서 이 아이의 엄청난 천재성을 알아보았다.

기쿠치는 청년 시절, 그러니까 1차 대전 발발 전 미하일 포킨*이 빈에서 초청 공연을 하던 때 발레 무용수로 활동한 바 있고, 중부 유럽의 남성적 운동이 주는 해방적 경험으로 단련된 뒤에 고향에 돌아와 그가 보기에 병적일 정도로 순응적이고 평범해져만 가는 썩어빠진 일본의 젊은 엘리트를 상대로 수업을 하고 있었다.

어찌 되었든 간에, 그가 쓴 편지들은 결코 무시되지 않았고,

오히려 주의 깊게 읽히고 있었다. 특히 당시 독일 제국 주일 대사였던 빌헬름 졸프*가 꼼꼼히 보고 있었다. 기쿠치의 보고서에 어떤 대단히 머리 좋은 소년이, 그러니까 정말 완벽하게 독일어로 말하고 읽으며 독일 문화권에 속해 있다고 느낄 뿐만 아니라 지적 열망으로 산스크리트어를 즐겁게 익힌 소년이 아주 빈번히 언급되었을 때, 인도학자인 졸프는 이 젊은 나비를 잘 보살펴라, 그에게 칭찬과 애정을 보내라, 때로 성인 단 한 명의 영향이 한 아이의 영혼을 활짝 꽃피게 하는 데 충분하다는 전갈을 보내게 했다(이것이 기쿠치 상이 독일인에게서 받은 최초의 반향이었다). 기쿠치는 물론 더할 나위 없이 기꺼운 마음으로 이 요청에 따랐다.

졸프는 심지어 어느 휴일 기숙학교 근처까지 찾아와서 공원 벤치에 앉아 기쿠치 선생의 감독하에 외출 나온 마사히코를 몰래 관찰하기까지 했다. 햇살은 밝은 빛 조각들을 잔디밭 위에 흘리고, 졸프는 눈에 띄지 않기 위해 둘둘 말린 종이봉투에 든 아마 씨를 한 떼의 다람쥐에게 뿌려 주고 있었다. 다람쥐들은 처음에는 겁먹은 듯 조심하다가 차츰 과감하게 벤치 아래 아무렇게나 떨어져 있는 낱알들을 주워 먹었다. 이때 대사의 눈은 선글라스 뒤에 숨은 채 저편에 있는 소년을 훑고 있었다. 외모로는 성장기에 있는 다른 일본 아이들과 크게 다르지 않았지만, 이미 선생인 기쿠치와의 분방한 배드민턴 경기에서 그 특별한 성격의 일단을 드러냈다. 외교관은 그것에 아주 깊은 인상을 받았다.

졸프는 배드민턴공을 다이빙하다시피 쫓아가는 선생 기쿠치가 명백히 사랑에 빠져 있다는 사정은 일단 무시하기로 하고, 그 대신 마사히코가 백발의 사내를 계속 기꺼이 뛰게 만들기 위해 구사하는 정밀한 아부의 기술에 주목했다. 탄력 있는 몸놀림은 조종술의 걸작이었다. 선생이 다소 주춤하면 소년은 공을 돌려주면서 팔로 상대를 살짝 스쳤다. 또 상대가 공격으로 넘어가면 그는 뒤로 벌렁 자빠지면서 헐떡이는 기쿠치를 같이 비단 같은 풀밭 속으로 끌어당겼다.

오랜 전통을 가진 **와카슈도** 놀이, 스승을 고분고분 따르는 **미소년**의 놀이가 완벽하게 연출되고 있었고, 그것을 관람하면서 졸프는 기분 좋은 전율을 느꼈다. 그는 이 소년이 수십 년 뒤에, 그것이 자신의 죽음 뒤가 될지라도, 굉장히 쓸모가 많은 성인 남성으로 성장할 것이며 그렇게 키워 나가기 위해 마땅히 후원하고 도구화해야 한다는 확신이 들었다.

그렇게 해서 아마카스 마사히코는 자기도 모르는 사이에 독일 제국을 위해 일하게 되었다. 기쿠치는―소년이 이미 학교를 떠나 사관학교로 가 버린 뒤에―알려지지 않은 정황으로 체포되었다가 얼마 지나지 않아 석방되었고, 이어서 연금을 받고 학교에서 물러났다.

한편 마사히코는 이후로 계속 졸프의 그림자극 속에 머물러 있었다. 일정 액수가 은밀하게 송금된다. 아버지가 대학에서 더 높은 직위로 승진한다. 도쿄에서 어머니가 운영하는 새로운 현대식 미용실이 개장한다. 그래도 마사히코는 아무것도 모르고 있었다. 심지어 온갖 영예로운 표창을 받으며 사관학교를 졸업한 그에게 정부에서—물론 시험에 합격한다는 전제하에—아주 전망 좋은 자리에서 일을 시작하라는 제안이 왔을 때도, 졸프 외에 그 누구도 이 젊은이가 독일 제국에 연루되어 있다는 것을 알지 못했다. 그리고 그는 계속되는 네 번의 시험을 아주 멋지게 탁월한 성적으로 통과했다. 그것은 마사히코의 놀라운 교양이 아니라 오직 태양신 아마테라스'의 후예인 천황에 대한 태도, 그에 대한 흔들림 없는 충성만이 중요한 시험이었지만.

그렇게 씨앗은 뿌려졌다. 마치 잠자는 로켓과 같은 씨앗이. 그 어떤 것도 이 씨앗이 장차 성장하는 것을, 별들 사이로 날아오르는 것을 틀어막을 수 없었다. 서방 세계에 대한 마사히코의 표면적인 경멸도, 또한 아주 노골적으로 팽창과 다른 민족의 굴복을 추구하는 독일의 영혼도 그것을 막지 못했다. 젊은이는 그러한 독일의 영혼을 아주 정확히 감지할 수 있었다. 마치 그가 자신의 영혼을 어떤 에테르 전도체를 통해 독일의 영혼에 접속시키기라도 한 것처럼.

16

그러면 기쿠치 선생은? 선생은 그를, 자기 제자를 세상에 놓아 보냈다. 1년이 채 안 되어 (체포는 없던 일처럼 넘어갔다) 그는 연금 생활자가 되었다. 그의 앞에 자유로운 시간의 심연이 입을 벌렸다. 무위의 무한한 대양이.

그는 소스라치게 놀랐다. 그러고 나서 성찰에 잠겼고, 만족스럽게도 할 일이 아직 몇 가지는 남아 있다는 사실을 깨달았다. 그는 가장 먼저 어려서 단 것을 너무 많이 먹은 후과로 언젠가 턱 안에 박아 넣어야 했던 보기 좋지 않은 철치들을 제거하기로 마음먹었다.

그는 예상되는 고통에 대한 짓누르는 두려움이 견디기 어려워서, 몸과 정신을 다잡아 볼 요량으로 활쏘기를 배우러 매일 늦은 오후에 스포츠클럽을 다니기 시작했다.

거기서 사람들은 그를 존중했고 그는 재능과 유연한 운동감각을 증명했다. 그가 활을 이마 위로 들어 올리며 자신의 존재를 비워 내고 화살과 표적과 하나가 될 때면, 마사히코의 얼굴뿐 아니라 자신의 이와 눈앞에 닥친 수술에 대한 끔찍한 생각도 사라지게 할 수 있었다.

그는 지극히 세세한 활쏘기 규칙에 따라 두 차례 화살을 쏘고 나면 흰 버선발로 유령처럼 후실로 돌아왔고, 벽 위쪽에 붙어 있는 일장기의 붉은 태양 앞에서 절한 다음 탁자 위에 준비된 다음 화살 두 개를 들고 나갔다.

그리고 저녁 늦게 집으로 돌아가기 위해 전차를 타고 활기찬 지역을 지나갈 때도, 활쏘기 덕택에 더 이상 퇴직 이후로 마치 벗겨진 토끼 가죽처럼 감싸 오던 노년의 고독을 느끼지 않을 수 있었다. 그는 집에서 차를 끓일 수 있다는 것, 밥을 조금 먹고 그림자를 관찰하게 되리라는 것을 알았다.

그는 깨어지기 쉬운 상상이 흐트러질까 거의 소심할 정도로 조심조심하면서, 취미를 하나 더 추가할까 생각해 보았다. 그는 미소 지으며 상상했다. 언젠가 도자로 된 골무를 모으리라. 철치는 입 속에 그냥 놔두기로 했다. 그는 독일인들에게서, 졸프 대사에게서 다시는 아무 얘기도 듣지 못했다. 한번은 작은 액수의 돈이 왔다. 그는 그 돈을 잘 뒀다가 죽기 전 마지막으로 맞이한 열 단위 생일에 도쿄의 고급 레스토랑에서 멋진 저녁을 먹는 데 썼다.

17

기쿠치 선생이 재가 된 지 오랜 후에 젊은 마사히코는 도진보*의 절벽에 가 본 일이 있다. 철 늦은 눈이 북쪽에서부터 몰려오면서 내렸다. 꽤나 추운 날씨였다. 기차는 사카이까지만 갔고, 눈 쌓인 마루오카성은 뚫고 들어갈 수 없을 것 같은 겨울 안개에 쌓여 있었다. 목도리와 외투를 뒤집어 쓴 마사히코는 몸을 따뜻하게 하기 위해 장갑 낀 손을 맞부딪치고 있다가 역 앞 광장에서 난방이 안 되는 버스에 올라탔다. 버스는 그를 절벽으로 데려갔다. 그가 유일한 승객이었다.

그는 최근에 서른 살이 됐고, 몇 달 전에 담배 피우는 습관을 들였다. 그는 이제─버스는 탁한 디젤 연무에 감싸인 채 다시 도시 방향으로 멀어져 갔다─담배에 불을 붙이고는 성냥의 노란 불꽃을 얼굴 앞으로 가져갔다. 그의 앞에는 뿌연 잿빛 바다가 고요히 펼쳐져 있었다. 의심의 여지 없이 참나무 잎은 한 장도 발밑에 떨어져 있지 않았다.

좌우로 뻗은 현무암 절벽은 수천 년 전 땅 속이 갈라지며 생겨난 상처가 오랫동안 겉으로 마르며 그 위에 굳은 딱지가 앉은 것처럼 보였다. 바람이 멎은 늦은 오후에 젊은 여자 한 명이 낭떠러지 위에 흔들흔들하며 서 있다가 몇 초 동안 불안하게 머뭇거린 끝에 떨어지는 그림자처럼 절벽에서 추락했다.

마사히코는 담뱃불을 밟아 끄고 급하게 허둥지둥 방금 그 여자가 서 있던 자리로 달려가서, 벼랑 끝자리 너머로, 저 아래 날카로울 것이 틀림없는 갈색의 주름진 암벽을 내려다보았다. 뱃사람처럼 손바닥을 펼쳐 눈썹 위에 대 보았지만 보라색 혹은 붉은색 손수건 외에는 아무것도, 그 누구도 포착할 수 없었으므로 조심스럽게 등을 뒤로 하여 절벽을 기어 내려갔다. 반 시간쯤 걸려 아래 도착한 그는 낮게 뿌득뿌득 소리를 내는 해조류 밭에서 거의 미끄러질 뻔했다. 그사이에 날이 천천히 어두워졌으므로, 그는 그것으로 자신이 해안에 도착했다는 것을 알았다.

그는 바람을 막기 위해 장갑을 낀 채 손가락으로 불꽃을 에워싸면서 성냥불을 연달아 켰다. 회중전등이 있었다면 도움이 되었을 텐데. 망할, 성냥 상자가 비었다. 그는 몇 차례 소리를 쳐 보았지만, 아무 대답이 없었다. 아무것도 없었다. 다만 부드럽게 쓸리는 고독하고 차가운 바다의 낭랑한 소리뿐. 그는 해변을, 이어서 제방을 수색했다. 저 뒤편에서 뭔가가 움직였다. 진회색의 바닷갈매기였다. 해초들을 헤집으며 먹이를 쪼아 먹고 있었다.

그는 젖은 바위에서 산화된, 짙은 갈색의 핏자국을 발견했다. 그녀는 아마 여기에 머리를 부딪힌 것 같다 —그는 장갑을 벗고 손가락 끝으로 그 자리를 만져 보았다. 그 자국이 새로 생긴 것인지, 오랫동안 거기 있었던 것인지 말할 수 없었다. 날은 이제 완전히 어두워졌다. 달이 없는 하늘은 더 이상 바다와 분간되지 않았다.

그는 두 손을 가슴 앞에 반쯤 올린 채 해변을 따라 몇 백 걸음 서쪽으로 내려갔다. 그러다가 가물거리는 촛불 혹은 석유등의 빛이 약하게 새어 나오는 바위 굴 앞에 멈추어 섰다. 그는 노랗게 빛나는 해변의 모래 바닥을 조심스럽게 디디며 입구에 다가갔다.

굴 내부에는 젊은 여자가 웅크리고 있었다. 그녀는 등을 벽에 기댄 채 그에게 들어오라고 손짓했다. 머리카락은 마구 헝클어져 있었고, 상체를 덮고 있는 가죽 넝마 조각 외에는 아무것도 입지 않고 있었다. 발과 다리, 얼굴은 칠을 해서 진홍색이 되어 있었다. 좀 전에 절벽 위에 서 있던 그 여자일 수는 없었다. 그녀는 갑자기 그를 붙잡아 바닥으로 주저앉히고 기마 자세로 마사히코의 어깨에 올라탔다. 그는 몸을 비틀며 이리저리 발버둥 쳐 봤지만, 그녀는 굉장히 힘이 셌다. 허벅지의 단단하고 강인한 힘이 느껴져 왔다. 그녀에게서 벗어나는 것은 불가능했다. 그녀의 가랑이 사이에서는 썩고 병든 살에서 나는 끔찍한 냄새가 풍겨 나왔다.

마치 갑자기 시간이 균열하며 여기저기 틈이 벌어진 것 같았다. 먹구름이 수평선에 나타났다. 옥수수가 전혀 말도 안 되는 자리에서 싹 터 올랐다. 덩굴식물들이 거대한 돌부처상을 에워싸고 자라났다. 어떤 아이가 그린 동물들, 반은 쥐, 반은 용인 날개 달린 동물들. 그중 몇몇은 물구나무 선 채로 돌아다녔다. 도처에서 강한 암모니아 냄새가 코를 찔렀다. 얼굴이 그늘에 묻혀 있는 한 남자의 키 큰 검은색 나무가 몇 번 입김을 내뿜었다. **하.**

그는 손가락으로 그녀의 옆구리를 찌르고 눌렀다. 주먹으로 그녀를 때렸다. 소용이 없었다. 그녀는 무시무시한 몽마(夢魔)처럼 그를 꽉 붙잡고 있었다. 그러다가 갑자기 울부짖으면서 그에게서 떨어져 나갔다. 그를 품에 안고 그의 얼굴을 쓰다듬고 그를 어루만졌다. 애교를 부리면서 이해할 수는 없지만 부드러운 위안과 보살핌의 느낌을 주는 말을 속삭였다.

그녀는 귀족 여성이다. 그녀가 동굴 벽으로 되돌아가 쭈그리고 앉았을 때 말이 터져 나왔다. 그녀가 여기에 붙들려 있는 것은 본인의 의지에 반하는 일이다. 너무나 비참하다. 크나큰 곤경에 빠져 있다. 너무나 미안하다. 그녀는 다만 그를 여기 계속 있게 하려고 했을 뿐이다. 여기서 수개월 동안 사람이라고는 한 명도 본 적이 없다. 그러다가 그녀는 결국 통곡을 하며, 해조와 빗물로 연명하고 있다고 한탄했다. 배고픔을 도저히 견딜 수 없을 때면 바닷갈매기를 잡아서 따뜻한 피를 마신다고 했다.

마사히코는 동굴의 축축한 진흙 바닥에 10여 개의 작은 새 뼈와 수많은 생선 가시가 흩어져 있는 것을 보았다. 어두운 구석에는 작은 돌멩이들이 탑 모양으로 조심스럽게 쌓아 올려져 있었다. 그는 그녀가 물에 떠밀려 온 젖은 나무토막에 불을 붙여 보려고 헛수고하는 것을 지켜보았다.

그러면 아까 절벽에서 추락한 여자는 그녀가 아니란 얘긴가? 아니, 당연히 아니다. 그녀는 수개월 동안 이 해변을 떠난 적이 없다. 이 장소에서 벗어난다는 것은 불가능하다. 벽은 기어 올라가기엔 너무 가파르다. 처음에는 매일 아침 도움을 찾아서, 먹을 것을 찾아서 해변을 따라 달려 보려고 시도했다. 그러나 꽤 달려보아도 아무것도 나오지 않았다. 그저 뚫고 들어갈 수 없는 끔찍한 안개뿐. 사람의 흔적도 찾을 수 없다. 세상의 끝이다.

이 세 개의 초, 저기 몇 개의 성냥, 찢어진 상의, 이것이 가지고 있는 전부다. 다 써 버리고 나면 이 동굴에는 끔찍한 어둠밖에 남지 않을 것이다. 그렇다면 어떻게 여기에 왔나? 누가 여기에 그녀를 버려두고 갔나? 아무것도 기억나는 것이 없다. 그녀는 대답했다. 그녀는 어느 날 마루오카에 있는 자기 방에서 쫓겨났다. 그래서 성의 복도, 잠긴 방 문 앞에서 잠이 들었는데, 깨어나 보니 눈 쌓인 이 해변이었다. 몸뚱이와 얼굴은 붉은색으로 칠해져 있었다.

여기서 떠나셔야 합니다. 마사히코가 말했다. 그가 탈출을 도울 것이다. 그리고 나서 그는 초콜릿 반 판을 그녀의 더러운 손에 쥐어 주었다. 그러나 그녀는 대답했다. 아니. 소용없다. 이게 그녀의 운명이다. 지상의 끝자락에 영원히 남아, 바닷갈매기와 고기를 날로 먹는 것. 밤하늘은 그녀의 관이고, 달은 그녀의 조등이다.

이제는 마사히코가 그녀를 품에 안고 달래며 속삭였다. 이제 도와줄 사람을 불러오겠다. 그녀는 여기서 잠깐 몇 시간만 참고 기다리면 된다. 그는 그녀의 어깨에 자신의 외투를 둘러 주고, 조심스럽게 초콜릿을 먹였다. 가지 마세요. 그녀가 외쳤다. 떨리는 애원의 소리였다. 그는 부드럽게 대답했다. 포기해서는 안

된다. 언제나 희망이 있다. 따지고 보면 결국 그녀 때문에 그도 이 황량한 바닷가로 온 것이다. 의사를 데리고 담요와 쌀을 가지고 곧 돌아올 것이다.

그녀가 계속 울며 애원하는 사이, 그는 동굴을 떠나서 해변으로 갔다. 거기서 다시 달려서 아까 핏자국을 발견한 그 바위로 돌아왔다. 이제 흐느끼는 소리는 멀리서 아주 작게만 들려왔고, 그는 힘겹게 더듬더듬 길을 찾으면서 비탈을 기어 올라갔다. 한 시간은 족히 올라간 다음에야 그는 절벽의 돌출부에 도달했고 다시 이것을 타고 올라가서 평평한 땅에 발을 디뎠다. 이 땅은 이제 변치 않는 든든하고 안전한 장소로 여겨졌다. 저 아래 끔찍한 꿈의 세계가 침범하지 못할.

다시 눈이 내리기 시작했다. 그는 단색이 되어 버린 수정의 세계를 지나 대략 사카이 쪽으로, 그가 그 도시가 있다고 추측하는 방향으로 돌아갔다. 절벽에서 한 걸음 한 걸음 멀어지면서 그는 동굴에서의 사건을 잊어 갔다. 그 속에서 나락으로 떨어진 채 외롭게 울고 있는 여자, 그가 곧 돌아오마고 약속한 여자도 잊어버렸다.

몇 개월이 지나서야 도쿄의 집에서 그녀가 다시 나타났다. 깨어나기 직전 공포에 사로잡힌 순간에 침댓가에 서 있는 그녀의 모습이 보였다. 또 이따금 아직 영화가 시작하지 않은 영화관의 긴장된 어둠 속에서 눈앞에 그녀가 보였다. 그녀가 저 뒤에 쪼그리고 앉아 있었다. 스크린 아래, 주름 잡힌 벨벳 커튼 옆에. 붉게 칠한 얼굴을 그에게서 돌린 채.

18

우리는 누군가가 고통받고 있는 것을 보면 그에게 거의 모든 것을 용서해 주고 싶은 마음이 생겨난다. 스칸디나비아에서 취리히로 돌아온 네겔리는 도시의 성문 앞, 외를리콘'으로 나갔다. 그리고 그곳에 있는 덴마크 노르디스크 영화사의 현지 지사에 가서 영화 한 편을 보여 달라고 했다. 그것은 이를테면 업계의 초창기에 속하는 작품으로 아우구스트 블롬'의 1912년 작 〈뱀파이어 무희들〉이라는 영화였다. 서투르지만 그렇게 재능 없이 연출한 것은 아닌 드라마 소품인데, 상영 도중에 불이 붙었다. 분명 필름을 잘못 끼워 넣어서 생긴 사고였다.

상영이 중단되었고 영사기사가 영사실에서 서투르게 소화기로 어떻게 해 보다가 거품을 뿌려 놓고는 몇 번이고 죄송하다는 말을 반복하면서 영사실 밖으로 나왔다. 거품은 영사실의 작은 창 안쪽에서 머뭇머뭇 수줍은 듯이 아래로 내려오고 있었다.

네겔리는 홀린 듯이 자리에 가만히 앉아 있었다. 저기 앞에 걸린 스크린 위에 여전히 멀쩡하게 작동하는 영사기 광선이 소화기 거품을 통과하며 만들어 내는, 최면을 거는 듯한 마젠타색, 녹색, 파란색, 노란색, 그렇다, 터키색의 만화경이 그의 영혼 깊숙한 곳을 건드렸기 때문이다. 그는 (머리를 약간 기울인 채로) 속으로 자문했다. 언젠가 이루어질 천연색 영화의 발명이 현재막 시작 단계에 있는 유성영화보다 미학적으로 훨씬 더 중대한 영향을 미치지 않을까. 색과 영화, 그렇지 않은가, 이 두 가지는 근본적으로 대립적인 성질을 지닌다. 무비 카메라처럼 형이상학적인 도구(이 신체 외적인 중심 기관)로 현실을 모사할 때 그것이 흑백이어야 함은 너무나 명백하다. 색채. 정신병적 놀이. 망막의 미성숙한 혼돈. 이것을 보여 주는 것은 무의미하다.

갑자기 이다가 떠올랐다. 섬세하고 세련된 이다. 그리고 그는 눈앞에서 그녀의 주근깨 난 피부를, 그리고 짙푸른 베레모 아래로 거리낌 없이 내려온 그녀의 밝은 금빛 머리카락이 고불고불 말린 채 지금 막 그린 그림―그녀는 그림 그리는 일에 열중하며 그림 위로 몸을 굽혔다―의 둘레에 드리워져 있는 것을 보았다. 이다! 독일의 발트해 바닷가에서 보낸 휴가는 얼마나 찬란했는지. 그곳 하얀 호텔에서는 아침 식사 때부터 벌써 퀵스텝을 추었다. 그녀는 생크림을 듬뿍 얹은 조각 케이크를 먹었고, 그다음에는 같이 바닷가로 내려갔다. 발랄한 청백색 줄무늬의 해변용 등의자들에 에워싸인 채 간만의 변화 없이 파도에 밀려와 부드럽게 해변에 쏟아지는 바다.

기운을 차리려고 시원한 물속에 들어갔을 때, 갑자기 소용돌이치는 에메랄드 빛 물살이 그를 잡아채어 아래로 빨아들였다. 그는 숨을 내뱉으며 허우적거리다가, 이내 행복하게 무지개처럼 반짝이는 여름빛 속에 다시 떠올랐고, 안심하라는 신호로 손을 들어 올리면서 그녀가 저쪽 해변에 서 있는 것을 보았다. 짙은 감색 수영복 차림에 피부가 검게 탄 그녀는 작은 발가락을 반쯤 모래 속에 파묻은 채 걱정한 나머지 그 가녀린 두 손을 벌어진 입 앞에 휙 가져다 대었다가 네겔리가 아무 이상 없이 서 있는 것을 보자 안도하며 미소 지었다. 장미들, 흩뿌려진 소금물, 편안한 느낌을 주는 고소한 해조류의 향기, 아이들이 떠들어대는 소리, 연분홍빛 조개 거품, 개 짖는 소리, 산호 뼈, 구름 없는 황홀한 하늘, 그녀의 날씬한 팔, 눈이라기보다는 차라리 진주. 그는 한순간도 더 죽어 가는 아버지에 대해 생각하지 않았다. 그 대신 허리까지 바닷물 속에 잠긴 채 중얼거렸다. 이게 바로 내 유년의 냄새야. 그리고 그에게 색깔 있는 주체와 색깔 있는 대상이, 관찰되는 것과 관찰하는 자가 하나가 되었다. 필멸의 인간으로 하여금 우리 존재의 우주론을 파악하지 못하게 방해하는 저 시간의 장막을 뚫고 나갈 수 있는 가능성이 아주 잠시, 몇 초 동안이나마 열린 것 같았다.

잠시 후 코코넛 깔개가 깔려 있는 긴 복도의 맨 끝에 있는 호텔 방에 올라갔을 때, 네겔리는 특히 햇살의 영향으로 강렬한 욕망에 자극되어 (여름 색깔이 된 그녀의 뒷목 피부가 이미 엘리베이터에서부터 점잖지 못하게 피스타치오 냄새, 젖은 귀리

짚 냄새를 풍겼다) 이다의 몸에서 아직 채 마르지 않은 수영복을 벗겨 내고, 더블베드로 가서 그녀가 마치 발정 난 암말이나 되는 것처럼 위에 올라탔다. 그런데 그러면서도 등을 돌리고 벽쪽을 향해 있는 이다가 소리 없이 하품을 죽이고 있는 것처럼 느껴졌다.

어느새 하얀 스크린은 텅 빈 채 무의미하게 조명을 받고 있었고, 그러고 나서도 네겔리는 한참을 더 상영실에 앉아 있었다. 마치 스크린에게도 그에게도 의미가 사라져 버린 것처럼. 비눗기 있는 거품은 이제 모두 미끄러져 내려왔다. 그는 파이프에 담배를 채우기 시작했다. 담배 부스러기가 구두에 떨어지든 말든 신경 쓰지 않았다. 눈 아래로 흘러내리는 뜨듯한 눈물방울도 신경 쓰지 않았다.

이제 그의 아버지는 사라졌다. 그의 그림자는 영원히 시간에서 떨어져 나갔다. 마침내 자신의 상상력의 무수한 가능성 속에 안기는 것 같은 기분이 들었다. 그는 재킷 속에 푹 파묻혀 선잠이 들었다. 팔걸이 위에 얹혀 있는 손에는 파이프가 들린 채.

그리고 이제 그는 들리지 않을 정도로 코를 골면서 (러시아인이 말하듯 잠은 장미다) 몇 시간 동안 계속되지만 줄거리는 전혀 없는, 흐릿한 잿빛 영화를 보았다. 이 꿈속에서 기이하게 아늑하고 신선한 아침에 전율하는 유럽이 나타났다. 바싹 붙어서 끊임없이 서로 밀고 밀치는 목골조 건물들의 기울어진 정면을 그는 보았다. 그 속에서 뒤틀린 지붕 아래 살고 있는 시인들, 봄에 끝이 뾰족한 모자를 쓰고, 해가 뜨기 전에 디티람보스를 쓰는 시인들. 아이헨도르프적 비밀을 선포하며 시민들을 새벽 미사로 불러내는 깊은 신비를 지닌 교회 종소리. 그는 **따그닥따그닥** 하는 의연한 말발굽 소리를 들었다. 치즈, 햄, 선지 소시지*, 포도송이가 화려하게 펼쳐져 있는 커다란 은쟁반을 보았다. 그 달큰한 육질의 향취가 바람을 타고 포석이 깔린 시장을 감돌고 있었다. 여기에 곁들여 술동이에 담긴 아침 맥주가 바쁜 걸음에 실려 찰랑찰랑 날라져 온다. 그는 머리 위에서 검은 단철로 만든 등이 백주에 꺼진 상태로 (예전에 형벌로 인간을 전시하는 데 사용되던) 우리처럼 대롱대롱 흔들리는 것을 보았다. 그리고 그는 사람들이 아버지의 시신을 내간 뒤에 비워진 병실을 보았다. 망자의 침대. 가운데가 옴폭 들어가게 꺾어 놓은 베개. 사람들이 그렇게 해 놓은 것은 마치 거기에 남은 아버지의 뒤통수 자국이 아주 잠깐 동안 그에 대한 기억을 환기하고 그 후에는 더 이상 존재하지 않아야 한다고 말하려는 듯했다.

19

학창 시절의 맨 끝, 졸업반 마지막 수업일에 마사히코는 기쿠치 선생의 옷장에서 다락으로 들어가는 열쇠를 빼내 기숙학교 건물의 맨 꼭대기 층에 들어갔다. 그는 안에서 철제문을 잠그고 지붕 버팀목 아래를 통과하여 단열용 목모(木毛)*가 용마루에서 상당히 튀어나와 있는 자리까지 기어 올라갔다. 그러고는 들보에 앉아 주먹밥 두 덩이를 먹었다.

목재의 고소한 향기와 작은 간식의 친숙한 맛은 크고 깊은 만족감을 안겨 주었고, 자신에게 수모와 굴욕을 안겨 준 이 학교를 파괴하려던 계획에서 다소 마음이 멀어졌다. 그는 다리를 늘어뜨린 채 흔들흔들하면서 들쥐 한 마리를 관찰했다. 들쥐는 지붕 안쪽 가장자리를 따라 폴짝폴짝 뛰어가다가 그늘진 들보에 나 있는 은신처 속으로 사라졌다. 이제 그는 한참을 움직이지 않은 채 계속 앉아 있었다.

잠시 후 그는 교복 바지 주머니에 손을 집어넣어 성냥 상자를 꺼내고서, 생각에 잠긴 채 그것을 이쪽저쪽으로 뒤집어 보다가 결국 자기 옆 가름보 위에 조심스럽게 내려놓고는, 훌쩍 바닥으로 뛰어내렸다. 그는 이제 작은 문을 통해 이곳을 떠나 열쇠를 다시 몰래 기쿠치의 옷장 안 고리에 걸어 놓은 다음, 운동장으로 나가 쪼그리고 앉은 채 다소 까다로운, 무엇보다 몇몇 다항식환의 존재를 증명하는 수학 문제 풀이에 몰두했다.

그렇게 앉아서 계산을 하는 동안, 흙내 나는 불 연기가 코로 들어왔다. 불은 아직 보이지 않았다. 그는 문제 풀이에 더 깊이 빠져들었다. 학교 종이 울렸다. 이어서 귀를 찢는 듯한 사이렌의 불협화음이 들려왔다. 학생들이 마치 겁에 질린 까마귀 떼처럼 교사 중앙문에서 쏟아져 나왔다. 그들은 운동장에 모여 건물 용마루에서 혀를 날름거리는 노랗고 붉은 불꽃을 정신없이 올려다보았다. 불은 짙은 검은색 연기와 함께 계속 커졌고 하늘로 치솟으며 즐거운 듯이, 흥분한 듯이 너울거렸다.

채 반 시간이 지나지 않아 두 대의 소방차와 꽤 많은 수의 제복을 입은 용감한 소방대원들이 현장에 출동했지만 학교는 이미 구할 수 없는 상태였다. 엄청난 연기 기둥이 치솟았다. 불은 모든 것을 집어삼키고 체육관으로 번졌고 특유의 성난 탐욕으로 교실, 기숙사, 학교 식당, 교무실을 파괴했다.

수천 장의 서류와 학생들의 공책이 불의 먹잇감이 되었다. 수백 개의 고무지우개가 지직거리며 녹아 없어졌다. 연필과 붓도 끝없이 불타 사라졌다. 심지어 학생들이 새벽에 벌로 날라야 하는 어마어마한 벽돌 무더기조차 그을음으로 끈적끈적한 검은 봉화대처럼 되었다.

마사히코는 슬쩍 자리를 떠나 기숙학교 근처에 있는 언덕에 올라가서는, 풀밭에 앉아 멀리 화재 현장을 바라보았다. 마치 망원경을 거꾸로 하여 눈에 대고 보는 것 같았다.

옆에서 작은 메뚜기들이 잡초 사이로 튀어 올라오는 동안, 메가폰에 대고 지시하는 교사와 소방대원들의 외침 소리는 귀에 솜을 틀어막은 것처럼 기이하게 들려왔다. 그는 누워서 저 위 연푸른 하늘에 뜬 아직 어린 작은 구름이 더 큰 구름과 하나로 합쳐지는 것을 바라보았다. 우리는 사고의 세계에서뿐만 아니라, 그는 생각했다, 사물의 세계에서도 살고 있다. 그리고 과거가 언제나 현재보다 더 흥미롭다.

제2부 하(破)

20

아마카스는 영화와 편지를 독일로 부치고 나서 몇 주일 뒤 이른 저녁 시간에 연미복을 억지로 갖춰 입고 미국 대사관에서 열리는 리셉션에 갔다. 세계적으로 유명한 배우 찰스 채플린이 일본인 비서 고노 도라이치*와 함께 일본 탐사 여행 중이었는데, 이 자리에서 그에게 훈장이 수여될 예정이었다.

채플린이 늘 불운한 상황에 쫓기면서도 그 모든 난관을 끝내 꿋꿋이 이겨내는 빈털터리로 등장하는 익살맞은 영화들은 이 나라에서 믿을 수 없을 만큼 대단한 성공을 거두었다. 키 작은 콧수염의 주인공, 해진 옷차림에 늘 멜랑콜리하면서도 재미있어하는 듯한 이 주인공의 내면적인 표정, 그 극도로 무정부적인 표정 속의 무언가가, 그의 삶 속에 뿌리 내린 듯한 **침착성** 속의 무언가가 일본인의 영혼을 깊숙이 건드렸다. 그가 영화에서 보여주는 모험 행각은 박수갈채를 받았고, 대부분 거만한 경찰관으

로 표현되는 지배층에 대한 그의 반항은 관객에게 커다란 해방
감을 안겨 주었다.

아마카스 자신도 몇 번 긴자에 있는 이 극장 저 극장에서 허벅
지를 치면서 정말로 마음껏 웃다가 그런 자신의 모습에 깜짝 놀
라곤 했다. 저 스크린에서 일어나는 일이 아주 특별하다는 것은
분명했다. 작은 가난뱅이가 겪는 고통스러운 불운과 그럼에도
불구하고 항상 뒤따라오는 승리는 거슬리기도 했지만 동시에
행복감도 느끼게 해 주었다.

이제 아마카스는 자갈길에서 너울거리는 조명등의 불빛을 받
는 대사관 정문을 향해 돌층계를 다섯 단 올라갔다. 하인이 허
리를 굽혀 절하고 그에게서 흠뻑 젖은 홈부르크 모자와 우산을
받아 주었다. 흰 장갑을 낀 장교가 황급히 달려와 그에게 경례
를 했다. 아마카스는 걸으면서 고개를 끄덕였다.

밝은 조명의 리셉션장은 축제 분위기였다. 국내 재즈밴드가
흥겹지만 너무 요란하지 않은 유행가들을 연주하느라 꽤나 애
쓰고 있었다. 10여 명의 목소리가 만들어 내는 파동이 그의 귀
에 파고들었다. 네덜란드 대사(남색가)가 와 있었고, 저쪽에는
저명한 중국 공산주의자(도박 중독)가 보였다. 한쪽 구석에서
는 이탈리아 육군 대령(발기부전)이 엄지와 검지 끝으로 담배
를 쥐고 피우고 있었다. 아마카스는 백발이 성성한 총리대신 이
누카이'를 보고 손바닥을 바지 봉제선에 붙인 다음 그가 서 있는
쪽으로 합당한 정도로 깊이 허리를 굽혀 인사했다. 그러고 나서
미소 지으며 앞에 제공된 은사발에서 예쁜 장식핀을 꺼내 옷깃

에 달았다. 일본과 미국의 국기가 십자 모양으로 교차하는 모양의 핀이었다.

저 뒤에 그가, 세상에, 채플린이 서 있다. 마르고 날씬한 체구, 관자놀이께 은빛으로 물든 곱슬곱슬한 머리털, 정말 매력적이다, 그래, 아주 날렵한 검은 연미복 차림으로, 왼손에는 샴페인 잔을, 오른손에는 시가를 들고, 키득거리는 매우 매력적인 일본 여자 세 명과 호의적인 태도로 뭐라고 웅얼거리는 수염 난 해군 제독에 둘러싸여 있다. 옆에는 비록 대단히 기교적으로 꾸미긴 했지만 미국식으로 무절제하게 높이 쌓아 올린 난초 화분 장식이 놓여 있었다. 채플린은 무슨 농담을 듣고 진심으로 웃었다. 그러면서 마치 치아 상태가 창피한 것처럼 두 손바닥을 휙 올려서 입을 가렸다. 한 가닥 검은 곱슬머리가 이마로 내려와서 흔들렸다. 그는 영화 속의 인물을 조금도 닮지 않았다. 아마카스는 생각했다. 차라리 조그맣고 귀여운 설치류나 어쩌면 여우에 가까워 보였다.

한 일본인 남자가 저쪽에서 건너와서 그에게 달그락거리는 위스키 잔을 건넸다. 그가 바로 고노 도라이치, 건방지게 희죽거리는 채플린의 비서였다. 그는 이미 상당히 취했기 때문에 걸어오면서야 겨우 미국인에서 일본인으로 돌아오는 데 성공했다. 그것은 힘겹고, 부자연스러워 보였다. 물론, 그가 말했다, 아마카스가 누구신지 알지요. 대단히 기쁩니다. 정말로. 그는 아주 미약하게, 뭔가 오래된, 씻지 않은 냄새를 풍겼다.

이제 채플린이 직접 비틀거리며 이리로 왔다. 아마카스는 휘청거리는 그의 걸음걸이가 연기인지 진짜인지 알 수 없었다. 채플린은 벌써 그의 두 손을 잡고 흔들면서 말을 돌리지 않고 바로 자신이 어제 저녁 오즈의 〈도쿄의 합창〉*을 보았으며 그 영화는 환상적인 **걸작**이고 이제 자신도 오즈처럼 무성영화를 계속 만들기로 확고하게 결심하게 되었다고 말했다. 그는, 채플린은, 그 무엇보다도 팬터마임 배우다. 공연히 겸손 떨지 않고 말한다면 그는 이 분야에서 독보적인 거장이다.

이 나라에서는 영화를 가리켜 **전기 그림자의 정원**이라고 하지 않는가. 얼마나 멋들어진 명칭인지 모른다. 그런데 아쉽게도 여기서조차 도처에서 〈파리의 지붕 밑〉*이 환호를 받고 있다(르네 클레르의 유성영화가 현재 도쿄 영화관에서 절찬리에 상영되고 있었다). 아마카스는 채플린이 얼마나 비범한 카리스마와 지성을 발하는지, 이 적이 얼마나 위험할지, 그의 문화가 얼마나 큰 힘을 발휘할 수 있을지, 무엇보다도 카메라와 기관총이 얼마나 밀접하게 연결되어 있는지를 확인했다.

그는 자신이 몇 주 전에 베를린에 보낸 필름 릴을 떠올렸다. 그 끔찍한 영화가 담겨 있는. 그렇게 하는 것이 전적으로 올바른 일이었을까 하는 의구심이 잠깐 마음속에서 일었다. 좀 더 교훈적인 영화, 뭔가 즐거운 것, 웃을 수 있는 것을 보내는 편이 나았을 것이다. **소시민**을 찍은 영화, 그러니까 서민의 소소한 애환을 이야기하는 영화 같은 것. 그는 거의 눈에 띄지 않게 빠르게 아랫입술을 깨물었다. 그런데도 주변인들에 대해 특별하게 예민한 감각을 가지고 있는 채플린은 일본인의 팔을 부드럽

게 잡고 과도하게 흥청망청하는 리셉션장을 떠나자고(그 역시
잘 눈에 띄지 않는 이 아마카스가 누구인지 알고 있었기 때문이
다), 함께 임페리얼 호텔*에서 영화계 친구들과 식사를 하자고
제안했다. 아무런 외교적 수완도 발휘하지 못한 채 한순간 방심
하고 있던 아마카스는 속으로 안도하며 채플린의 제안에 동의
했고 그러면서 영광스러움과 부끄러움을 동시에 느꼈다.

21

　그들이 나누어 탄 차들은 최면이라도 거는 듯이 반원을 그리며 줄지어 달렸다. 앞에서는 와이퍼가 부지런히 빗줄기를 걷어내는 가운데, 그들은 현란하게 번쩍이는 긴자를 지나, 결국 앞서 말한 임페리얼 호텔에 도착했다. 미국 건축가 프랭크 로이드 라이트*가 지은 눈에 튀는 기괴한 사각형 건물은 아마카스에게 늘 덩굴식물로 뒤덮인 힌두 혹은 마야 사원을 상기시켰고, 공중 정원과 미로 같은 수로, 수조, 꽃으로 된 벽, 연못 등이 있는 바빌론 신전의 패러디로 보이기도 했다.

　그는 무슨 이유인지 알 수 없지만 한 번도 그 안에 들어가 본 적이 없었다. 그래서 보이지 않는 기계들로 냉방된 엄청난 리셉션홀에 들어섰을 때 느낀 것은 뜻밖의 반가움과 놀라움이었다. 무균의 냉기는 문 밖을 지배하는 자연의 끈끈한 대기를 몰아냈다. 비에 젖은 양복과 그 안의 셔츠가 갑자기 피부 위에 편안하게 놓인 시원한 막처럼 느껴졌다. 약간 오싹하기까지 했고, 냉철한 수학적 논리에 따라 수만 겹으로 켜켜이 쌓인, 끝을 알 수 없는 혼돈의 석영 결정이 머리에 떠올랐다.

아마카스는 호텔 내부로 더 들어가다가 두 차례 머리를 부딪히고 혼란에 빠졌다. 이가 나간 모서리들이 로비 안으로 갑자기 튀어나와 있었다. 벽은 마맛자국처럼 구멍이 숭숭 난 것이 식어서 굳은 용암처럼 보였다. 콘크리트 속에 박힌 탁한 노란색 전등 불빛이 어둑한 복도를 비추어 주었는데, 10여 명으로 불어난 그룹은 그 길을 따라온 끝에 레스토랑의 우아한 별실로 안내되었다. 찬 **기쿠마사무네** 사케와 바닷소금을 위에 덮은, 거의 보이지 않을 정도로 작은 생선이 나왔다. 다들 자리에 앉았고 아마카스는 왠지 모르게 갑자기 새로 내린 눈이 떠올랐다. 손님 가운데 한 사람이 골드베르크 휴대용 카메라를 켜고 신나게 모임을 찍기 시작했다.

한 젊은 독일 여자가 오더니 **시모자**(테이블에서 중요하지 않은 자리)에 앉았다. 그녀는 생선을 맛보고는 얼굴을 찌푸리고 얇게 썬 레몬 조각을 정신없이 빨아 먹었다. 아마카스는 그녀의 주근깨가 귀엽고 멋진 비행사 유니폼이 매력적이라고 느꼈다. 그는 그녀에게 절인 무가 담긴 예쁜 토기 접시를 밀어 주었다. 그녀는 미소 지으며 담배에 불을 붙였다. 아마카스는 그녀의 미소에 자신이 그럴 수 있으리라고는 결코 상상도 하지 못한 상냥한 태도로 응답했다.

채플린의 운전수 고노(그새 아마카스는 마음속으로 그를 그렇게 격하시켰다)는 손뼉을 치며 나무로 만든 사케 사발을 들어 올리고 담배를 이 사이에 문 채 설교를 시작했다. 일본 문화는 문물을 빌려 와서 마치 설탕을 정제하듯이 완벽하게 만든다. 따지고 보면 이곳의 모든 것이 중국에 기원을 두고 있긴 하다. 그러나 중국은 그 방종한 악덕이 그대로 두고 볼 수 없는 지경에 이른 나라다. 오늘날 우리가 알고 있는 중국은 대체로 만주족, 즉 청나라의 우스꽝스럽고 편협한 족속이 만들어 낸 졸렬한 형식에 지배되고 있다. 반면 일본 제국이 이어받은 것은 과거 송나라의 간결한 선과 명료한 효율성이다.

그, 고노는 **북진론**, 즉 북벌 정책의 지지자다. 일본은 당연히 중국 북부의 광대한 지역을 차지하여 언젠가 시베리아를 놓고 소비에트연방과 결전을 벌여야 할 것이다. 누가 알겠는가. 알래스카도 점령하고 캘리포니아까지 쳐 내려갈 수 있을지.

채플린이 나섰다. 중국은 수많은 **군벌**을 궤멸시켜야만 평화를 얻을 수 있다. 공산주의자들은 승산이 전혀 없다(이 대목에서 아마카스는 이 배우의 정치적 딜레탕티슴 때문에 몸이 비틀릴 지경이 되었다). 오직 일본만이 아시아 대부분 지역을 휩쓸고 있는 무정부 상태를 제압할 수 있다. 그러면 장카이섹은? 아, 국민당은 허약하고 썩었다. 그래서 일본은 만주사변 이후 새로운 이상적 배후지를 건설하기 위해 만주를 점령한 것이다. 자원이 풍부한 꿈의 식민지. 만주국. 신성한 제국의 환생.

채플린은 영락없는 키 작은 일본 국수주의자로군. 아마카스는 생각했다. 이 고노란 자가 세뇌시킨 덕택이겠지. 그자가 그러는 걸 어찌 막겠나. 오징어 회가 나왔고, 아, 오, 하는 탄성이 터져 나왔다. 이탈리아 대령은 화장실에 간다며 자리를 떴다.

이다, 그 젊은 독일 아가씨는 귀 기울여 듣다가 오직 **남진론**, 남쪽 팽창 전략만이 일본을 성공으로 인도할 수 있다고 말하려 했다. 그때 갑자기, 마치 뭔가에 눈이 부신 것처럼, 그녀는 재빨리 두 손을 얼굴로 가져갔다. 그러나 너무 늦었다. 재채기는 벌써 터져 나와, 태풍처럼 전방으로 불어댔다. 반짝이는 긴 콧물 방울이 코에서 대롱거렸고, 별실의 닥종이 벽과 천장에 달린 따뜻한 노란 등뿐만 아니라 완전히 경악한 일본인들의 표정도 그 속에 비쳤다.

아마카스는 터져 나오는 웃음을 참기 위해 아랫입술을 깨물었다. 테이블 밑에서는 비단 양말을 신은 발을 1센티씩 앞으로 밀고 나아가 그녀의 발목을 발가락 끝으로 쓰다듬었다. 이다도 움찔하고 뒤로 빼지 않고 그가 계속 비비도록 내버려 두었다. 원 세상에. 그녀는 뭘 한 것일까? 채플린과 고노는 새로운 테마로 넘어갔다. 다른 손님들은 젊은 독일 아가씨 때문에 계속 민망해하지 않고, 재채기를 벌써 잊어버렸다.

우리가 수수께끼를 정말로 이해하려 한다면, 아마카스가 말하며 미소 지었다. 해답은 사태 자체에서 저절로 나올 것이다. 답과 문제는 서로 분리될 수 있는 것이 아니니까.

굽신거리는 웨이터가 토기 주발에 향기로운 초여름 버섯이 한 개씩 동동 떠 있는 맑은 채소 국을 내왔다. 바깥에, 멀리 떨어져 있는 후지산 비탈에서 천둥이 치기 시작했다.

이다는 주저하지 않고 대답했다. 모든 현존의 망각이 있다. 우리 존재가 침묵하게 되는 것, 마치 우리 자신이 모든 것을 발견한 것처럼 느껴지는 때 — 그러면서 그녀는 아마카스의 눈을 똑바로 쳐다보았다. 테이블 아래 발을 점점 위로 더듬어 올려 가던 아마카스는 바로 이런 교환을 언젠가 똑같이 경험한 적이 있다는 확신이 들었다. 다만 언제 어디서였는지를 더 이상 기억할 수 없었다.

금욕적 식단의 윤무에 대한 관심이 떨어지면서 손님들은 대화 조각들을 구겨진 폐지처럼 뒤에 남기고, 하나둘 호텔 무도회장으로 건너갔다. 그리고 이제 모던한 샹들리에 아래서 다소 어색해하면서 재즈 리듬에 맞추어 몸을 흔들었다. 바닥은 공명판 역할을 했다. 채플린은 매니큐어 칠한 손으로 박수를 치며 살짝 사악한 표정으로 웃었다.

갑자기 아르헨티나 탱고가 나오자 아마카스는 젊은 독일 여자의 손을 잡고 그녀를 이리저리 돌렸다 — 그녀는 그의 춤 솜씨에 깜짝 놀라며, 미소 지었다. 그녀는 빙빙 돌고 아마카스는 그녀의 몸을 우아하게 바닥을 향해 내려뜨렸다. 그러는 동안 벽에 붙은 등의 불빛이 기이하게 그녀의 눈가를 따라다녔다. 어머나. 사케를 너무 많이 마셨는지도 모르겠다.

22

일본의 총리대신 이누카이 쓰요시는 심부름꾼을 보내 아들 이누카이 다케루*, 찰스 채플린, 아마카스 마사히코를 총리공관의 저녁 식사에 초대한다. 결코 만족스럽게 밝혀지지 않을 어떤 이유 때문에 이 전갈이 채플린에게 아예 전해지지 못한다. 총리대신은 집에서, 오래전 할아버지에게서 물려받은 소박한 앉은 뱅이 상 **자부다이** 앞에 앉아 뭔가 생각에 잠긴 채 기다리며 작은 전구들이 부드럽게 밝혀 주는 정원을 바라본다. 나직하게 흥얼거리며 저기 바깥에서 들려오는 분수의 신선한 졸졸 소리에 귀를 기울인다.

45분 뒤에 그는 회중시계를 펼쳐 보고는 조용히 한숨을 내쉬고 두 병의 값비싼 적포도주와 수정 유리잔을 다시 치우라고 명한 다음 하인들을 물러가게 한다. 그들은 경비 대원과 함께 직원 숙소로 돌아간다.

채플린은 이날 저녁 이누카이의 아들과 아마카스와 함께 노를 관람하러 간다. 그 시간에 젊은 해군사관 생도들이 총리공관으로 양말발로 뛰어 들어온다. 총리대신을, 또 그와 함께 있을 것으로 추정되는 영화배우를 죽이기 위해서. 그들은 일본의 우월한 국민성, 우월한 **국체**에 대한 위협이기 때문이다.

채플린은 없다. 미칠 지경이다. 그들은 연막탄에 불을 댕기고, 백발이 성성한 총리대신의 가슴에 권총을 겨눈다. 그는 **내가 말할 수 있게 해 준다면 자네들도 나를 이해할 거야**라고 외치지만 그들은 아무 감정 없이 차갑게 **모든 대화는 무의미하다**고 대답하고 방아쇠를 당긴다. 한 방, 두 방, 여러 방. **퓽퓽퓽** 소리가 난다. 병에서 빠진 샴페인 코르크 마개가 사정없이 날아가듯이. 총리는 그 자리에서 곧바로 죽는다. 검은색 화약 흔적이 흰 셔츠 앞을 덮는다. 수염에는 푸딩 먹다 남은 검은 찌꺼기 같은 머룻빛 핏자국이 끈적하게 붙어 있다.

그동안 도시의 다른 편 끝에서는 이누카이 다케루, 고노, 아마카스, 이다, 채플린이 어둑한 노 극장에 앉아 있다. 채플린은 사전에 노에서 가장 빼어난 이야기는 행위의 부재, 대표적 인물의 부재, 더 나아가 혼령의 존재를 특징으로 한다는 것을 배웠다.

그들은 젊은 군인들의 쿠데타 시도에 대해 아무것도 알지 못한다. 밖에는 몇 주 동안 내리던 비가 그쳤다. 이미 노 공연을 몇 차례 관람한 적이 있는 이다에게 갑자기 에즈라 파운드˚와 보낸 시간의 기억이, 오래전에 잃어버린 노에 대한 책의 기억이 찾아온다. 이때 벌써 첫 번째 배우가, 붉은 가면을 쓰고 노란 비단 천을 몸에 감고, 쇠로 된 고리를 머리에 쓰고, 손은 붉게 칠하고, 너무 날카로운, 거의 번득이는 것 같은 피리 곡조에 맞추어 등장한다. 그리고 모든 것이 사건의 마법 속에서 잊혔다. 이제 그리움을 다시 불러올 시간……

향수로 가득한 뱃사람의 여린 마음
그리움 속에 떠돌던 시간,
그가 울며 사랑하는 이들을 떠난 날,
새로 길 떠난 나그네도 기분이 부드러워진다.
조용히 꺼져 가는 하루를 슬퍼하는
먼 저녁 종소리가 들려올 때

이때 고노가 다시 끼어든다. 이 멜랑콜리한 순간의 신선함과 순수함에 아랑곳하지 않고 (옆에 신분이 대단히 높은 총리대신의 아들이 앉아 있는 것도 아랑곳하지 않고) 그는 속삭이는 목소리로 설명한다. 노의 본질은 **조하규**(序破急)의 개념이다. 1막 **조**에서는 사건의 템포가 느리게 출발하여 기대를 고조시키고 2막 **하**에서는 속도가 빨라지다가 마지막 **규**에서는, 단박에, 가능한 한 신속하게 절정으로 치닫는다. 배우를 주의 깊게 보시라. 고노가 나직하게 말한다. 그들은 무대 위에서 발을 바닥에서 떼지 않고, 미끄러지듯이 끌며 섬세한 혼령처럼 움직여야 한다.

저 위, 살짝 올라간 무대 위에서 벌어지는 것은 **가나와**의 이야기다. 질투의 쇠고리에 관한 이야기. 보시라. 저 배우는 얼굴에 **한냐**를 쓰고 있다. 질투하는 여자 귀신 가면.

사가 천황의 재위 시절 한 공주가 응답 없는 사랑을 했다. 질투와 원통함에 분을 못 이긴 그녀는 기후네 신사로 가서 **한냐**가 되게 해 달라고 7일 동안 기도했다. 신이 동정하여 그녀에게 나타나 말했다. **네가 한냐가 되고 싶으면 우지강으로 가서 25일 동안 물속에 누워 있어야 한다.** 그녀는 들은 대로 행한 뒤에 기쁨에 넘쳐 교토로 돌아왔다. 머리를 다섯 갈래로 땋고 얼굴과 몸을 붉게 칠하고 머리에 세 개의 초가 부착된 쇠고리를 썼다. 그러고 나서 양쪽 끝에 불이 타는 이중 횃불을 입에 물었다. 그렇게 길에 나온 그녀를 사람들은 마귀라고 생각했다.

이다에 대해 실체는 없지만 아주 깊은 영혼의 친밀함을 느낀 아마카스는 두 손을 모은다. 마치 어떻게 그녀를 자신의 침소로 데려가 눕힐 수 있을지 곰곰이 생각하는 듯이. **규**가 원래 그렇기도 하지만, 정말 놀라울 정도로 빨리 극이 끝나 버린 뒤에 그들은 거리로 빠져나온다. 총리대신이 죽었고, 유명한 미국 배우 찰스 채플린도 죽었다는 이야기가 들려온다. 채플린이 그들 사이에 멀쩡히 서 있는데 말이다. 그들은 서로 몸을 숙여 인사하고는 가볍게 요동하는 으스스한 바람 속에서 두 대의 택시에 나누어 타고 가슴 조이는 불안감을 느끼며 아무 말 없이 잘 곳으로 돌아간다. 뭔가 대단히 기괴한 일이 일어난 것이다.

23

우리가 기억하는 것처럼, 네겔리는 덜컹거리는 비행기로 여행 중이다. 완고한 스위스, 스칸디나비아, 프랑스에서 정말 아무런 영감도 얻지 못한 후에, 베를린에 있는 우파 영화사를 직접 방문하기 위해 비곗살 같은 색깔의 구름이 짙게 낀 보덴호를 건너 독일로 올라간다.

트렁크 속에 숨겨져 있는 폭탄이 터져 비행기가 공중분해될 거라는 불길한 예감은 구름이 흩어지고 베를린 중앙공항의 밝은 베이지색 사각 건물이 눈 아래 드러나기 시작하자 사라져 버린다.

비행기는 공중에서 오래 돌다가 아래를 향해 쌩 하고 양파 같은 나선형 고리를 그리며 하강하여 (네겔리의 커피가 흔들려 쏟아진다) 거칠게 착륙한다. 바퀴가 몇 차례 쿵쿵 뛴 뒤에 안전하게 활주로 위를 굴러간다. 그는 습관대로 셔츠의 커프스를 물어뜯은 손톱 방향으로 당기고, 작은 여행 가방을 짐 적재 장치에서 집어 들고서 비행기 계단을 내려와 비행장에서 기다리는 제복 입은 독일인―그는 네겔리의 친절한 미소에 당연히 응답하지 않는다―에게 신분증명서를 건네준다.

이곳에서는 그에게 거대한 프로젝트를 맡기려 한다. 취리히에서 그의 비서가 말했다. 세계적 프로젝트, 후겐베르크, 어마어마하게 많은 돈, 독일 돈, 외국 돈, 아마 10만 달러, 세상에, 그는 허영심은 충분하다. 그를 태운 자동차가 봄기운에 싸인 거리를 달린다. 그는 감탄한다. **잠자는 도시** 취리히와는 달리, 이 대도시에서 〈회의는 춤춘다〉 같은 구닥다리 작품을 상영하지 않은 지는 이미 오래되었다. 벌건 대낮에 몇몇 주목할 만한 최신 영화, 형식 면에서 완전히 급진적인 영화를 선전하는 거대한 크기의 현혹적인 네온사인 광고가 일정한 차례에 따라 대단히 빠른 속도로 꺼졌다 켜졌다 하며 자기 꼬리 물기를 반복한다. 깜빡거리던 앞쪽 고리들이 꺼지기가 무섭게 뒤쪽 고리들이 켜진다.

사무실 건물의 정면이 현대식으로 가파르게 들쭉날쭉 솟아 있다. 영화사 측에서는 그에게 건물 안의 대리석으로 된 아트리움에 들어와 거의 말라비틀어진 종려나무 화분 옆에서 기다리라고 한다. 그는 독일식 진보를 보여 주는 크롬 처리된 검은 가죽 소파들 중 하나에 사지를 늘어뜨리고 앉는다. 저 뒤편에는 거울 유리창, 마노로 된 조각상들, 오드콜로뉴의 희미한 향기. 그가 앉아 있는 소파 세트 옆에서 빨간 제복의 보이가 분주하게 승강로가 두 개인 엘리베이터의 딸깍거리는 단추를 조작한다.

사람들은 쉼 없이 속삭이고, 안으로 급히 들어가고 위로 달려 올라간다.

이곳은 세계 영화의 중심이다. 모두가 베를린에 있다. 나이 든 사람도, 젊은 사람도. 비네*, 랑, 팝스트*, 뵈제*, 슈테른베르크*, 리펜슈탈, 우치키*, 두도프*(무르나우는 얼마 전에 할리우드에서 죽었지만, 생각은 자유다. 생각은 아무도 알 수 없다). 네겔리는 머리를 빗고자 하는 강한 충동을 느낀다. 자리에서 일어나 화장실을 찾지만 없다. 혼란스럽고 불안하다. 악몽 속에서 길을 잃은 사람처럼.

이때 키 작은 금발의 남자가 덜렁거리며 그에게로 다가오더니(두 줄 단추의 핀스트라이프 수트, 왜소한 게르만족), 그의 두 손을 펌프질하듯 리드미컬하게 흔들며, 그에게 자신이 스위스인에게, 헬베티카의 형제들에게 가지고 있는 아주 깊은 존경심과 영원한 우정을 맹세한다. 그것은 뻔한 노래다. 예의를 대단히 유쾌하게 히죽거리듯이 눈앞에 내두르는 태도. 뒤에 뭔가 다른 것, 음침한 금빛을 띤 무언가가, 뭔가 무식한, 계산적인 것이 있으리라고 상상할 수 없는, 그런 소년 같은 밝은 쾌활함이 그의 앞에 펼쳐진다.

네, 네, 네, 네겔리의 독일어는 정말 흠잡을 데 없고 발음도 정확하다. 완벽하다. 독일 사람보다 독일어를 더 잘한다. (**하하! 껄껄!**) 네겔리 ―**아니, 무슨 소리** ― 하인츠는 그를 그냥 에밀이라고 부르겠다. 이제 하인츠 뤼만*의 검지가 구부러지더니 마치 메피스토펠레스처럼 대리석 기둥 뒤에서 또 다른 독일인을 불러낸다. 이자는 내내 거기 숨어서 기다린 것 같다. 그는 뤼만의 대척점에 있는 프로그램, 자정의 공연이다. 어두운 피부색. 가운데 가르마를 탄 기름기 있는 검은 머리가 이마 위로 흘러내린다. 무자비한 손. 딱 맞는 양복. 봉을 댄 어깨. 키가 크다. 체격이 좋은, 우아하고 강해 보이는 남자 같은 남자. 새끼손가락에는 인장 반지를 꼈다. 이 떡갈나무 같은 거구의 사내를 그의 친구들은 푸치라고 부른다. 푸치 한프슈탱글*. 하인츠는 웃는다. 그리고 이제 푸치는 옷자락을 옆으로 젖히며 빠르게 회중시계를 꺼내어 돌려서 열고 야닝스*처럼 눈썹을 치켜올리며 연극적으로 시계 숫자판을 흘끔 본다. 아, 벌써 오후 두 시 반이군요. 모두 아직 정신이 말짱하네요. 이제 셋이 베를린에서 좀 즐겨 봅시다 (바이에른 북부 방언 특유의 낮은, 목젖을 떠는 R 음이 섞인 발음으로 말한다).

네겔리는 너무 피곤하다며 사양한다. 뤼만이 다시 말한다. **아, 무슨 말도 안 되는 말씀**. 스위스 양반, 함께 갑시다. 딴소리하지 마시고. 그러면 여기 약속은 어떻게 되나요? 저런, 말귀가 어두우신가. 둘이 오른발을 뒤로 끌며 절을 한다. **이 두 사람**이 네겔리의 약속인 것을. 하인츠와 푸치. **여기 대령이오!**

24

그래서 그들은 함께 차를 타고 놀렌도르프 광장 근처의 한 보드빌 극장으로 간다. 지하 굴처럼 속을 꿰뚫어 볼 수 없는 공간에서 노출이 많은 옷을 입은 무희들의 그림자가 벽에 비친다. 샴페인(제로보암)과 유리 테이블이 바닥을 향해 굽은 것처럼 보인다. 푸치는 그 거대한 손가락으로 극도로 섬세하게 시가의 장식 띠를 때어 낸다. 그의 옷깃에 달린 배지에서 은빛 글자 ve-ri-tas가 반짝거린다. 그것은 그가 하버드 클럽의 회원임을 자랑스럽게 드러낸다. 레뷰걸들이 속닥속닥 키득거린다. 그들이 자기를 알아보자 뤼만은 은근히 기뻐한다. 네겔리는 이 두 사람이 참기 어려울 만큼 싫다는 사실을 확인하고 스스로 놀란다.

검푸른색 비로드 커튼의 벌어진 틈으로 하얀 분을 두껍게 바른 얼굴이 비집고 나오며 안을 들여다본다. 오직 아랫입술 가운데만이 피처럼 붉은 점으로 돋보일 뿐이다. 이제 커튼이 완전히 열리며 얼굴은 팔과 다리를 얻는다. 빳빳한 연미복이 나타난다. 그는 해골처럼 말라빠진 쇼 진행자다. 그는 장갑 낀 손을 솜씨 있게 움직이며 홀 청중의 주의를 일제히 자기한테 끌어당긴다. 이어지는 관현악단의 짧은 팡파르, **정적**, 어둠, 노란색 조명등에 그 사내의 에나멜가죽 구두가 빛난다. 인공 연무, 처음에는 또 각 소리가 간간이 들리다가, 따그닥 소리가 계속해서 빨라진다. 리드미컬하게 춤추는 사내의 발이 타자기가 되고, 기관총이 된다. 그 와중에 청중 가운데 그 누구도 제국 장관 후겐베르크의 도착에 유의하지 않는다. 번쩍번쩍 광을 낸 어깨들 두세 명을 양옆에 대동하고 온 그는 아무도 모르게 예약된 구석 소파로 가서 털썩 앉기 위해 쇼의 바로 이 순간을 노리고 있었던 것이다.

스위스로 스키 휴가를 갔다가 피부가 호둣빛이 될 정도로 심하게 타서 돌아온 우파 영화사의 소유주이자 유일신, 독일 영화계의 최고 권력자 후겐베르크다. 그를 따라온 사내들의 재킷 앞자락 단추가 풀려 있어서 그 사이로 삐져나온 권총 손잡이가 보인다. 그중 한 녀석은 심지어 연발 권총을 바지 앞쪽 허리띠에 차고 있다. 갱단이구먼. 살짝 취기가 오른 네겔리가 중얼거린다.

그리고 덴마크의 노르디스크 영화사 측 사람이 한 명 와 있다. 네겔리가 한 번도 본 적이 없는 인물인데 마치 친숙한 듯이 네겔리에게 영어로 말을 건다(이 사람은 네겔리의 영화 〈풍차〉를 후겐베르크의 사적 모임에서 관람하고 그에게 말했다. 저 친구 네겔리를 한 주일 안에 베를린에 나타나게 할 수 있다. 전화를 하면서 충분한 달러 표시만 허공에 그려 주면 된다. 얼마든지 오라고 하시오. 숙취로 머리가 지끈지끈한 후겐베르크가 그르릉거렸다. 그는 영화가 상영되는 동안 까무룩 정신이 나가 있었다. 지루한 도입부는 사장의 신경계 시냅스들을 그냥 통과해 버렸다. 색깔 없는 그림자, 나무토막들, 석탄 난로들, 침울한 하녀들, 스위스적 권태, 온통 그런 것들). 그러나 그는 이제 후겐베르크에게 네겔리를 양보한다. 후겐베르크는 크고 두툼한 손을 뤼만을 향해 내두르며 말한다.

여기 이 친구, 마른 하인츠, 금발의 하인츠, 작은 하인츠, 빨간 토마토소스 같은, 그런데 이 사람이, 스위스에서 오신 우리 친구 양반, 채플린과 나란히 20세기 최고 재능의 코미디언이라오.

그러니까 뤼만과 영화를 한 편 찍어야 한다. 코미디 영화. 독일 루프트한자를 타고 일본으로 날아가는 거다(아니면 배로 여행해도 된다. 얼마든지 좋으실 대로). 거기 도쿄에서 그는, 네겔리는, 약혼녀를 다시 볼 수 있고 지금까지 세상에 나온 모든 영화를 무색하게 만들 영화를 한 편 찍는 거다(또한 그의, 네겔리의, 이탈리아령 소말릴란드 비밀 여행을, 거기서 일주일 만에 중단된 플로베르의 『살람보』 촬영 작업을 생각해 보라. 재앙 수준. 벌써 잊었다. 얘기할 거리도 못 된다. 찡긋. 찡긋). 우리는 팡크 감독한테도 같은 제안을 한 바 있다. 그걸 숨기는 건 옳지 않지. 그러나 그 친구의 창작 작업은 땅에 묶여 있는 편이다. 하지만 당신, 스위스 선생, 당신은 공중의 감독, 밝은 에테르, 변덕스러운 태양 거품, 하늘 그림자의 감독이다. 그렇지 않은가?

그리고 이제 후겐베르크는 대답을 기다리지도 않고, 다리를 넓게 벌리며, 가볍게 흔들흔들하면서, 거의 주력함장급의 풍모로 떡 버티고 선다. 그는 위로 솟는다. 자신을 한껏 부풀린다. 그렇게 그의 아우라가 투영된 빈 공간을 신체적으로도 꽉 채우고 네겔리에게 시선을 고정한 채 우레 같은 목소리로 외친다. 네겔리에게 20만 달러가 제공된다. 주제를 하나 잡아라. 그를 위해서 일독 영화사가 설립될 것이다. 자이스 렌즈로, 그렇지, 유성영화를 한 편 만들라. 무엇이든 상관없다. 여기 우리 친구 뤼만을 주연으로, 무엇에 대해서든 얘기할 수 있다. 꼭 코미디 영화라야 하는 것도 아니다. 네겔리가 혼자 알아서 정하면 된다.

네겔리는 테이블 건너편의 상고머리를 한 그 강철 같은 남자 쪽으로 몸을 기울인다. 망연자실한 상태로 그를 올려다보고 스파클링 와인을 한 모금 마신다(좀 전에 갱단 가운데 한 녀석이 실수로 그의 잔에 재를 떨어뜨렸다). 지금까지 독일인의 정신병과 과대망상을 이렇게 생생하게 목격한 적은 결코 없었다. 무대 위에서는 요정 하나가 주저주저하며 브래지어를 풀어 소년처럼 여윈 가슴을 드러낸다.

왜? 대체 무얼 위해? 이 거물은 몸을 흔들며 웃는다. 구루병을 앓는 염소 같은 소리가 난다. 아, 왜냐고? 이런! 후겐베르크는 그저 미국인들한테 한 방 먹이는 데 그치지 않고 아예 그들과 맺은 파라마운트식 노예 계약을 파기하려 한다. 그리고 나서는 당연히 유성영화를 거부하는 일본인들을 묶어 두고 싶다. 그들은 어차피 조만간 아시아 지역의 지배자가 될 것이다. 이 거대한 시장을 한번 상상해 보라. 싸워 보지도 않고 이런 시장을 통째로 메트로-골드윈-메이어사에게 내맡겨 둘 수는 없는 노릇이다. 지구를 독일 영화로 뒤덮어야 한다. 지구 전체에 셀룰로이드로 식민지를 건설해야 한다. 영화란 질산셀룰로스일 뿐. 눈을 위한 화약. 영화는, 후겐베르크는 말하면서 푸치의 시가 한 개피를 물고 불을 붙인다. 영화는 수단만 다를 뿐인 전쟁이다. 네겔리는 당황스럽다. 모두들 미쳤군.

이제 지크프리트 크라카우어*, 「프랑크푸르터 차이퉁」 문예란의 비평가가, 어지간히 취해서 갈지자걸음으로 들이닥친다. 그는 네겔리와 후겐베르크와 푸치와 하인츠와 악수를 한다. 그러는 동안 계속 비틀거린다. 따뜻한, 진심의, 최고의 인사를 전한다. 블로흐와 벤야민으로부터(반어법은 아무도 듣지 못한 채로 증발해 버린다). 모두들 곧 독일을 떠나야 할 것이다. 참담한 상황이다. 그래도 그나마 저쪽 바벨스베르크에서 **최고** 시나리오를 써 줄 케스트너* 같은 친구가 있다. 후겐베르크는 적대적인 톤을 더 이상 듣고 넘기지 않고 혐오의 표정을 지으며 고개를 돌린다.

네겔리는 담배 한 대를 청한다. 그러자 영국인들이 마시는 것 같은 김빠진 뜨듯한 맥주 한 잔이 손에 주어진다. 그는 잔을 단숨에 꺾는다. 이어서 또 한 잔. 이제 푸치가 위스키까지 주문한다. 끝으로 다시 샴페인. 마찬가지로 들이킨다. 네 잔. 20만 달러. 아, 너 자애로운 술 취한 독일이여! 네겔리는 생각한다.

어떤 여자가 담배를 피우며 결연하고 당당하게 테이블로 와서 오만한 포즈로 앉는다. 영화비평가다. 그녀는 환호성을 지른다. 맞아. 확실하다. 네겔리의 영화는 모두 봤다. 경의를 표한다. 대단히 기쁘다. 정말로. 〈풍차〉는 탁월한 걸작이다. 그녀는 동전 한 개로 무슨 묘기 같은 것을 부린다. 관현악단이 기분 좋은 유행가에서 (이 유행가가 연주되는 동안 어느새 몸에 실오라기 몇 개밖에 남지 않은 요정 부대가 놀라울 정도로 열의 없이 안개 낀 듯 자욱한 무대를 왼쪽과 오른쪽으로 떠나간다) 살짝 맥이 빠진 타란텔라로 넘어가는 사이, 크라카우어는 팔꿈치로 네겔리의 옆구리를 슬쩍 찌르면서, 이 여자가 로테 아이스너*라고 알려준다. 영화에 대한 가차 없는 혹평으로 악명이 높다. 영화들은 그녀의 날카로운 이성의 절벽에 파도처럼 부서지고 나쁨 혹은 심지어 (이 경우가 더 좋지 않은 것인데) 의미 없음 등의 평가를 받는다. 그러자 아이스너가, 정말, 그녀가 네겔리에게 윙크한다. 키스하듯 입술을 모으며.

푸치는 커프스를 똑바로 잡아당기며 모두의 잔에 술을 더 부어 준다. 그러고서 줄곧 이들 그룹 가까이에서 차렷 자세로 대기 중이던 웨이터를 쫓아 보내 샴페인을 한 병 더 가져오게 한다. 이제 로테 아이스너는 권세 높은 우파 영화사 사장의 손을 스스럼없이 잡고 악수하며 말한다. 이 수줍어하는 스위스인을 능가하는 영화감독은 없다. 얼마나 잘됐나. 그는 유대인도 아니지 않은가.

난감한 침묵. 그러나 생각에 잠긴 멍청한 후겐베르크는 이 농담(사실은 농담이 아니었지만)에 눈에 띌 만큼 감동한다. 그러자 일단 후겐베르크의 반응을 기다리던 노르디스크의 아첨꾼은 발뒤축을 모으면서 열성적으로 샴페인 잔을 들어 올리고 뤼만을 향해 음흉한 미소를 보낸다. 그리고, 보라. 몇 시간째 화석처럼 굳어 있던 총잡이들의 얼굴에조차 수줍은 웃음기가 떠오른다.

25

그 후 크라카우어와 아이스너(황홀할 정도로 예쁜 앵두입술
이 취한 네겔리의 눈에 띈다)는 네겔리와 함께 (그들은 후겐베
르크와 그의 금발 원숭이 하인츠와 골렘 같은 푸치를 새벽 세 시
반경에야 아들론 호텔에다 떨어뜨렸다) 총알택시를 탔다. 택시
가 질주하는 중간에 스위스인은 차를 빨리 동물원 언저리에 세
워 달라고 부탁하지 않을 수 없다. 차에서 내린다. 하늘. 어둡고
별 하나 없는 하늘이 위로 쏟아진다.

네겔리는 한쪽 다리로 무릎을 꿇고 검은색 자동차의 뒤쪽 흙
받기에 몸을 지탱하면서 웩웩거린다. 얼굴이 연극적으로 찡그
려지고, 택시의 노란 후미등이 그의 옆을 비춘다. (갑자기 극단
적으로 과장되고 과도하게 양식적으로 연출된, 요즘에 와서는
살짝 구식으로 느껴지는 독일 영화 속에서 직접 연기하고 있는
듯이 느껴진다.) 이제 한숨 돌린다. 손등으로 입을 닦아 내고 다

시 차에 탄다. 크라카우어는 따뜻하고 다정하게 그의 어깨에 팔을 두르고 로테 아이스너는 작은 호프만 방울약' 병을 가냘픈 스위스 영혼의 콧날 밑에 가져다 댄다.

중단되었던 베를린 야간 유람이 다시 시작된다. 취기에 흐릿해진 가로등불 아래를 걷는다. 높이 솟은, 갑자기 세워진 거대한 철조 건물들을 지나쳐 간다. 광대처럼 화장하고 길가에서 자극적 포즈를 취하고 서 있는 10여 명의 창녀, 구두닦이, 쥐잡이, 상이군인들도 지나친다. 고함을 지르면서 이곳저곳 정치 집회에 몰려다니며 주먹을 휘두르는 젊은이들을 잔뜩 태운 트럭이 빨간 불을 무시하고 쌩 지나간다.

그리고 그들 머리 위에서는 그들이 원을 그리며 계속 돌고 있기라도 하듯, 5극 진공관의 장점을 자랑하는 필립스사의 강렬한 초록색 네온등 광고가 여러 차례 명멸한다.

그 후겐베르크에게 그렇게까지 할 수 있다니. 네겔리가 아이스너에게 말한다. 그녀가 대답한다. 사실은 이렇다. 아마도 독일에서 살 수 있는 날은 6개월 정도밖에 남지 않았다. 최대한으로 잡더라도. 그래서 더 이상 자기 자신을 부정하지 않는 것이 중요하다. 단 1분이라도 더 끌어서는 안 된다. 이것은 그, 네겔리에게도 해당되는 얘기다. 크라카우어가 보충한다. 영화감독은 자신의 소재를 절대적 현실로 믿어야만 한다. 그렇다. 그는 뱀파이어와 유령과 기적을 믿어야 한다. 거기에서 비로소, **짠** 하고 진리가 모습을 드러낸다. 네겔리는 고개를 끄덕인다. 방금 토한 것의 독한 맛을 아래로 눌러 삼키면서. 그렇다, 그들이 옳다. 그의 새 친구들.

앞에서 택시 운전사가 비겁하게 웅얼웅얼 투덜거리는 베를린 사투리로 대단히 추악한 말을 했다. 이렇게 엉망진창이 된 것은 유대인 탓이다. 이 모든 것이 유대인 때문이다. 그들을 쫓아 버린다면 소원이 없겠다. 팀북투*로 그 짐승 같은 무리에게 딱 맞는 저 원시림 깊숙한 곳으로. 여기서 단정하게 독일식으로 살 생각이 없는 사람은 가라. 아니면 강제로 가게 해야 한다. 그렇게 말한 다음 그는 목을 따라 손날을 긋는다.

네겔리는 뒤에서 그의 따귀를 때리려 한다. 로테가 네겔리의 팔을 붙잡는다. 그런 건 무시하는 게 낫다. 그러나 운전사 옆에 앉아 있는 크라카우어가 두 손가락을 뻗어 그의 두 눈을 찌른다. 운전사는 비명을 지른다. 두 손을 운전대에서 얼굴로 급히 가져간다. 이제 운전사 없는 메르세데스는 제 길에서 왼쪽으로 이탈하여 맞은편 차로의 자동차와 충돌을 가까스로 면한다. (경적 소리가 길게 울린다. 처음에는 앞쪽에서, 다음에는 옆에서, 끝으로 뒤에서. 끔찍한 소음 터널 속에 앉아 있는 듯하다.) 왼쪽으로 거룩한 마로니에에, 오른쪽으로 떡갈나무에 거의 박을 뻔한 택시는 결국 광고 기둥과 충돌하여 현란한 색깔의 선거 포스터들 중 하나 아래 멈추어 선다. 차에서는 연기가 나고 보닛은 찌그러지고 증기를 뿜는다. 그 선거 포스터는 일자리와 빵을 준다는 지킬 수 없는 약속을 떠벌리며 기호 2번*을 뽑으라고 선전한다.

네겔리와 아이스너는 가볍게 앞으로 튕겨 나온다. 그러나 다친 사람은 코피를 흘리는 크라카우어뿐이었다. 그가 발작적으로 웃어대는 바람에 치열이 드러났는데, 입에서 난 피가 이와 이 사이의 틈을 타고 올라가는 것이 보인다.

다급히 달려왔다기보다 어슬렁어슬렁 걸어왔다고 말하는 편이 옳을 두 명의 경찰관은 로테 아이스너가 손에 쥐어 준 달러 지폐들을 가지고 돌아간다(건너편 놀렌도르프 광장에서는 뭔가 더 중요한 사태가 벌어지고 있다. 최근 금지된 갈색셔츠단*에 속한 한 부대의 폭력배가 마찬가지로 금지된 함부르크 붉은 해군 특공대와 만났고 거기서 훨씬 더 많은 양의 피가 흐르고 있다). 크라카우어는 파손된 택시 옆에 쭈그리고 앉아 있는, 이제 게르만적, 희극적 베르길리우스와 비슷해 보이는 운전사를 한 번 더 살짝 밟아 준다. 그들은 대로를 바쁘게 내려간다. 왼쪽으로, 오른쪽으로, 다시 왼쪽으로. 또다시 웃음이 연이어 터지고, 잇따라 서로서로 포옹한다. 그러고 나서 세 사람은 머지않아 아침의 첫 햇살이 연두색 비로드 벽지 위에서 바르르 떨게 될 타우엔트치엔가에 있는 한 안전가옥에서 난로 앞 양탄자에 벌렁 누워 담배를 피운다. 로테와 지크프리트는 꼭 맞는 사람을 발견했다고 확신한다. 그들은 이 순간의 친밀한 분위기 속에 네겔리, 그들이 최고라고 생각하는 네겔리가 공포 영화를 만들어야 한다는 생각을 심어 넣는다. 그렇다, 하나의 알레고리, 다가오는 끔찍한 시간의 알레고리.

이제 네겔리는 한편으로는 마술같이 번쩍거리는 후겐베르크의 20만 달러를 눈앞에 그리다가 (아쉽게도 하인츠 뤼만을 캐

스팅해야 한다는 조건이 딸려 있기는 하다) 다른 한편으로는 이 아이디어의 엄청난 아이러니가 멋지다고 여기면서 웃음을 터뜨리고, 천장을 향해 연기를 내뿜는다. 이것이 그가 동경해 온 해방이다. 그는 말한다. 내내 생각했다. 그 금발의 아부꾼이 그의 카메라 앞에 설 일은 없을 것이다. 그렇다. 이게 바로 그가 몇 개월째 찾아내고자 한 바로 그 아이디어다. 공포 영화를 만들겠다. 어떤 식으로든 우파 영화사를 솔깃하게 만들기만 하면 된다. 뤼만은 아예 언급도 하지 않을 것이다. 그렇다. 그는 일본으로 날아갈 거고 거기서 영화를 찍을 것이다. 후겐베르크가 아까 한 말을 제대로 이해한 것이라면, 그는 초대받은 몸이고, 필요한 돈은 다 지원받는 것이다. 게다가 아주 명백하지 않은가. 영화 속의 귀신이 잘생기고 마른 동양인이어야 한다는 것, 하인츠 뤼만과 정반대되는 인물이라야 한다는 것 말이다.

그렇지. 그저 생각을 크게 가지기만 하면 다른 건 다 저절로 따라오게 돼 있다. 로테 아이스너는 샴페인을 또 한 병 따면서 킥킥거린다. 그리고 달걀 반숙을 만들기 위해 부엌으로 간 크라카우어는 이쪽을 향해 외친다. 참, 여자가 귀신 역할을 할 수도 있다. 동양 여자, 예를 들면 안나 메이 웡* 같은 여자. 그러면 뤼만은 완벽하게 떨쳐 놓을 수 있다. 그는 달걀을 망쳤다. 그래서 새로 대여섯 개를 그냥 프라이팬에 깨 넣었고 어느 틈에 벌써 신나게 휘파람으로 「인터내셔널가」를 부르면서 오믈렛을 들고 응접실로 돌아왔다.

20만 달러는 전혀 충분한 액수가 아니다. 제국의 돈을 뽑아낼 만큼 뽑아내야 한다. 네겔리는 후겐베르크를 다시 만나서 30만, 아니 무슨 헛소리, 40만 달러를 요구해야 한다. 우파 영화사의 세계 제패의 꿈을 실현하기 위해. 아니 그건 엄청난 사기 행각인데. 프로테스탄트적인 네겔리가 반대한다. 그는 어떤 경우에도 이 방면으로 내세울 게 아무것도 없다. 아이디어는 더더욱 없다. 이에 로테가 대꾸한다. 불순한 것은 오히려 다른 사람들이다. **늙어빠진** 제국 정부의 장관들, 문화 해설자들, 거대 자본가들, 그뿐 아니라 기자들조차 (그녀는 이렇게 자신의 흠도 기꺼이 인정하는 바이다) 그렇다. 권력의 뻔뻔한 부패상과 그 야수 같은 조직을 떠받치는 기자들, 범용하고 무의미한 말들을 끄적거리며 오직 자신의 안위만을 생각하는 권력의 요구에 영합하는 기자들.

토할 것이다. 이토록 슬프지만 않다면, 토할 것이다. 크라카우어는 미소 지으며 부드럽게 아이스너의 팔을 쓰다듬는다. 어느새 새들이 지저귀고, 토론은 남는 것 없이 휘발되고, 말소리도 나직해지면서, 새벽 거리 소음의 아르페지오와 하나가 된다.

그러다가 네겔리는 여덟 시간 동안 꼼짝 않고 얼굴을 아래로 박고 크라카우어의 소파에서 푹 잔 뒤에 머리를 바늘로 찌르는 듯한 두통을 느끼면서 깨어나 신중하게 생각해 보지도 않고 후겐베르크의 사무실에 전화 연결을 시도한다. 그는 전화로 면담을 요청하고 결국 늦은 오후에 사무실을 방문하기로 한다. 비록 그의 스위스적 양심은 결코 그래서는 안 된다고 그에게 속삭이지만. 안전한 고향 취리히로 당장 돌아가야 한다, 아직 시간이 있다. 이 부적절한 파우스트적 계약을 받아들이지 않을 마지막 기회가. 모든 것을 단박에 중단할 수 있다, **그만, 정지, 끝이야**. 그러나 그는 물론 차로 후겐베르크에게 간다. 그곳으로 가는 길에 수없이 많은 하켄크로이츠 깃발이 베를린 거리의 건물들 전면을 장식하고 있는 것을 본다. 깃발들은 거기 멍청한 제비처럼 걸려 있다.

26

채플린은 아마카스에게 강제하다시피 이 기자회견을 열게 했다. 이에 따라 임페리얼 호텔의 무도회 홀이 기자회견장으로 징발되었고, 이제 백 명 이상의 기자들, 그러니까 일본 제국에서 허가를 받고 활동하는 외신 기자와 카메라맨이 총출동한다. 프랑스인이 온다, 이탈리아인, 스웨덴인, 러시아인이 온다. 당연히 미국인과 독일인, 이어서 중국인, 물론 영국인도 한 10여 명. 치켜든 속기 용지들, 스케치하는 만화가들, 플래시 터지는 소리들의 끝없는 행렬.

늘 그렇듯이 합의에 따라 영어가 공용어로 정해졌다. 거의 낯두껍다고 할 만한 멍청한 질문들이 기자회견장을 횡행한다. 도쿄에 권력의 공백이 있다고 보는가? 젊은 군인들의 단독 거사인가? 채플린은 정확히 어떻게 암살 위기에서 벗어났는가? 자신을 죽이려는 암살 기도가 또 있을 것이라고 보고 스스로 무장하지는 않았는가? 그렇다면 어떤 무기로? 연발 권총을 가지고 있는가? 가지고 있다면 어떤 상표? 채플린은 지금 일본을 떠날 것인가? 이 나라에 대해 나쁜 기억을 간직할 것인가? 그런다 하더라도 물론 그를 비난할 수는 없을 것이다. 이 나라에서 그가 미국인이라고 잘못 생각하여 이런 일까지 일어난 마당이니 말이다. 하지만 암살 기도가 채플린 개인이 아니라 그가 상징하는 것, 그의 그림자 이미지 같은 작은 떠돌이를 향한 것이라고 말하는 게 더 공정하지 않은가?

질문이 쏟아지는 동안, 채플린은 섬세한 영국인과 밉지 않은 어리숙한 인물 사이에서 줄타기를 시도한다. 그의 모습을 보고 허둥댄다고 말한다면 이는 공정한 평가가 아닐 것이다. 물론 그는 히죽히죽 웃고, 손을 내젓고, 이마의 땀을 손수건으로 닦는다. 그러나 그는 바로 그렇게 함으로써 수세기는 되는 것처럼 느껴지는 그의 공적 출연의 역사 속에서 완벽하게 다듬어진 매력의 효과를 이용하고 있는 것이다. 매력의 목록에는 알랑거리는 태도, 겉으로 드러나 보이는 소심한 모습, 회피적 반응도 포함된다. 그리고 기자들은 여기에 넘어간다. 이 **지혜로운 바보**의 능란한 연출을 액면 그대로 받아들이는 것이다. 사실 그가 기자들의 질문에 무슨 말을 할 수 있을까? 그는 배우다. 그에게 일본 국가 통치술의 정교한 내막은 그가 차고 있는 스위스제 손목시계의 복잡한 장치만큼이나 캄캄한 영역이다. 게다가 그는 벌써 술에 취해 있다.

아마카스는 웃는 얼굴로 꼼짝하지 않고 그의 옆에 앉아 있다.

간헐적으로 그들의 양옆에서 지키고 서 있는 외무성의 두 장교를 향해 눈동자를 굴리면서. 그들은 아마카스에게 ─ 그가 정말 재빨리 피하지 못한다면 ─ 언제라도 등 뒤에서 칼을 꽂거나 교살용 흉기를 그의 목에 감고 등허리를 밟으면서 **만세**를 외칠 것이라는 느낌을 준다.

최근 경험한 굴욕의 장면이 백일몽처럼 눈앞에 나타난다. 그 장면의 현현에 저항해 보지만 그것은 기자들로 꽉 찬 이 공간과 그의 뒤에 서 있는 장교들만큼이나 생생하고 현실적이다. 그는 천황과 가까운 귀족 가문의 저녁 식사에 초대받는다. 그는 기쁜 마음으로 초대를 받아들였다. 그에게 배정된 자리는 공작의 테이블, 그것도 각하의 바로 왼편이었다. 본래 더 지체 높은 인사에게 배정되어야 할 자리가 그에게 돌아온 것이다. 아마카스는 낮은 신분이라는 벽을 뚫고 드디어 이 세계에 받아들여졌다고 느꼈다. 그는 주위로 하인들이 바쁘게 왔다 갔다 하는 동안 최대한 공손하고도 세련된 태도로 대화에 임했다. 사람들은 그를 좋아했고(그렇다고 그는 생각했다), 그가 어떤 의견을 가지고 있는지 물었다. 자리와 그 자리에 앉은 손님들에 잘 어울리게 그는 겸손하게 감추면서 조금씩 자신의 생각을 드러냈다. 멋진 저녁 시간이었다. 그는 가슴 벅찬 기쁨을 느끼며 소박한 집으로 돌아왔다.

그는 2주 후에 또다시 그 댁에 초대받았다. 기대감에 가득 차서 도착한 그는 저택 입구에서 하인의 안내를 따라 자신의 자리로 향했다. 그런데 그가 안내받은 것은 공작에게서 가장 멀리 떨어진 자리였다. 인도차이나에서 온 고무 판매상과 좋은 시절이 이미 한참 지난 것이 분명한 털이 부숭부숭한 안경잡이 그리스 여자 무용수 사이.

그는 아무리 해도 뭘 잘못한 것인지 알 수가 없었다. 누가 햇빛을 꺼 버린 것만 같았다. 식사 중의 대화는 힘겹게 느릿느릿 이어졌다. 지난번 저녁 식사 때 그를 한껏 추켜세우던 공작이 이번에는 그를 아예 무시할 뿐만 아니라, 다른 손님들에게도 그를 대놓고 따돌리라고 명한 듯했다. 그는 하루아침에 몸이 망가지는 전염병에 걸린 환자 같은 취급을 받았다. 고무 장수조차 그와 말 섞기를 꺼려했다. 그러고는 다시는 초대받지 못했다.

드디어 기자회견이 끝났지만, 그는 여전히 이 고통스러운 기억 때문에 부끄러움을 느낀다. 몸의 다른 부분보다 귀가 몇 도 더 뜨거운 것만 같다. 아마카스는 들릴 정도로 크게 숨을 내쉰다. 한편 두 장교는 전혀 암살자가 아니며, 그와 채플린이 계속 신나게 사진을 찍어대는 기자들 사이를 통과하여 임페리얼 호텔 문 앞에서 기다리고 있는 리무진에 탈 때까지 정중하고 충실한 태도로 옆에서 호위한다. 그들 중 한 사람, 귓바퀴가 거의 투명하고 옆으로 펼쳐진 젊은 장교가 눈에 띄지 않게 아마카스의 소매를 건드린다. 그는 깊이 허리를 숙여 절한 뒤 채플린에게 깊은 존경심을 품고 있다고 하면서, 혹시 아마카스가 채플린에게 사인을 부탁해 줄 수 없는지 묻는다. 어린 딸을 위해서 부탁드린다. 다만, 당연히, 너무 큰 폐가 되지 않는다면.

27

거칠고 체격 좋은 여비서의 명에 따라 후겐베르크 방 앞의 대기실로 보내진 네겔리는 (그녀는 네겔리에게 방 가운데 있는 의자에 앉아서 기다리라고 명한다. 버릇없는 작은 애완견을 벌주는 듯한 태도다) 바닥에 놓여 있는 (어디선가 에테르를 통과하여 그 장소에 나타난) 연보라색 연필을 발로 이리저리 굴리다가, 시계를 보다가, 재떨이를 찾다가 포기하고 담뱃갑을 도로 집어넣고는, 다시 시계를 본다. 그렇게 껌처럼 늘어지는 5, 6분의 시간이 지난 뒤에 자재문이 열리며 그 거물이 모습을 드러낸다. 두 팔을 한껏 벌리고, 포옹을 하려고 손바닥을 활짝 펴면서.

후겐베르크는 위스키 잔에 술을 따르고, 얼음을 딸그락딸그락 집어넣고, 거대한 사무실 벽에 걸린 유화를 가리킨다. **자. 보시오.** 앵그르, 그로, 들라크루아, 드 뇌빌, 그렇지. 프랑스인만이 전쟁을 적합하게 그릴 줄 안다오. 한번 잘 살펴봐요. 세상에. **얼마나**

정확하게 묘사되어 있는지. 보로디노 전투에서 치명상을 입고 피 흘리는 말의 근육질 옆구리 말이요.

네겔리는 그 모든 것이 얼마나 보잘것없고, 속되고, 과장되어 있는지 살펴본다. 방에는 또한 점프 자세를 취하고 있는 사람 키 높이의 하얀 도자 재규어상이 있다. 악몽에서 나올 것 같은 현란한 색상으로 수놓은 신식 양탄자도 있다. 작은 검은 고양이도 한 마리 있다. 녀석은 처량하게 야옹거리며 그로테스크하게 느껴질 정도로 거대한 냉장고의 문을 발로 긁어 열어 보려고 하는 중이다.

탁 트인 전망창으로 넓은 베를린의 전망이 시야에 들어온다. 네겔리는 끝 모를 하품을 억누르면서 망치로 두드리는 듯한 두통을 제압해 보려 애쓰고 있다. 그는 그저 건성으로 듣고 본다. 그는 잔 속의 얼음을 들여다보며 정육면체의 얼음 덩어리들이 줄어들면서 토끼풀 잎, 실크해트, 눈물, ve-ri-tas라는 음절들로 차례차례 변해 가는 것을 확인한다. 어린 시절부터 친숙한 납주물 놀이*를 반대로 뒤집어 놓은 것 같은 이 차가운 새 버전의 놀이는 얼음이 녹으면서 그 속에 숨은 형태를 해방시키기에 기억의 이상적인 축소가 아닐까 하는 생각이 그의 머릿속에 어렴풋이 떠오른다.

그는 마음속으로 새로 사귄 친구들, 크라카우어와 아이스너를 저주한다. 그들이 네겔리를 설득하여 이 허풍쟁이한테, 게다가 자기가 졸부라는 것에 콤플렉스까지 가지고 있는—금으로 된 식기만 갖추면 완전하겠다—이자한테 몸을 팔게 만든 것이다. 어떻게 여기서 다시 존엄을 지키며 빠져나갈 것인가? 그런데 이제 쉬지 않고 떠벌리던 후겐베르크가 독수리 발 모양의 다리가 달린 그랜드피아노 앞에 앉는다. 상상 속의 웃옷 자락을 뒤로 쳐들고서, 끝이 풀린 시가를 불도 붙이지 않고 입에 문 채, 보기 흉한 열광적 태도로「친구야, 좋은 친구야」를 연주한다. 아래는 비단 양말이 금실로 이니셜을 박아 넣은 슬리퍼에 들어가 있고, 구석에서는 고양이가 울어댄다.

네겔리는 독성 증기가 뿜어져 나오기를 기다리며 광산 속에 갇혀 있는 카나리아가 된 것처럼 느낀다. 하지만 여기에 진지함이라고는 눈곱만큼도 찾아볼 수 없다. 전부 장난처럼 보인다. 서커스쇼, 가장무도회처럼. 마치 지금 걸려 있는 것이 수십만 달러가 아니라 인형의 집이나 종이로 된 상점에서 쓰는 가짜 돈이기라도 하다는 듯이. 이 허풍선이 후겐베르크, 인형극장, 뮤지컬, 광대극, 마콘데족. 그의 위쪽에 벌거벗은 오달리스크가 친구인 해골과 **눈싸움**을 벌이는 그림 한 폭이 걸려 있다. 네겔리는 아주 작은 소리로 주저하면서 자신의 영화 계획에 대해 이야기한다. 아무도 이 얘기를 듣지 않는다면 가장 좋을 것만 같다. 후겐베르크는 소시지처럼 부어오른 검지로 높은 음을, 계속 같은 음을 **땅땅땅** 치며 듣고 있다.

공포 영화를 만들려 한다고? 전부 일본에서 찍는다? 입술을 씰룩댄다. 짧게 뻗친 머리를 긁는다. 외알 안경을 눈에 끼웠다가 다시 돌려 뺀다. 네겔리는 당장 쫓겨날 거라고 예상하며 대기실 쪽으로 한 걸음 물러선다. 후겐베르크가 손을 든다. 가만!

그래, 그래. 대담한 발상이다. 그렇고말고. 그는 〈상하이 특급〉˚을 인상 깊게 본 바 있다. 그리고 용기도 그가 인상적이라고 느끼는 것 중 하나다. 동양 공포 영화에는 그야말로 엄청난 양의 용기가 필요하다. 마음에 든다. 마음에 들고말고. 네겔리는 안나 메이 웡을 생각해 봤는지? 그런데 잠깐. 뤼만이 그 영화에 출연하는 건 생각도 할 수 없다. 그런 키 작은 금발 남자가 황인종들 틈에 혼자 있으면 어떻게 보이겠나?

네겔리는 얼굴에 어떤 감정도 드러내지 않으려고 애쓴다. 그가 말할 필요도 없이 이 끔찍한 사내가 스스로 깨달은 것이다. 물론 훨씬 더 돈이 많이 들겠다. 후겐베르크가 숨을 헐떡이며 말한다. 20만 달러 가지고는 모자라면 모자라지 남진 않겠네.

일단 시나리오 얘기를 해 보자. 그는 네겔리의 약혼녀가 벌써 일본에 가 있다고 들었는데, 맞는지? 아, 그렇다면, 약혼녀가, 혹시 금발일 경우라면 말인데(네겔리는 고개를 끄덕이고 담배를 빨고, 물어뜯은 손끝을 살펴본다), 타락한 흡혈귀에게서 보호받아야 할 순결한 처녀 역할을 해 줄 수 있을 텐데. 그가 생각하는 것은 브램 스토커, 『오트란토성』˚, 〈노스페라투〉˚ 등이다. 유황증기. 젊은 아가씨는 안전하게 구출되기 전에 물론 목을 물린다. 이 모든 건 아주 제한적이고 단순한 구상이다. 대단한 가능성들이 있는 게 아니다. 한편으로 악이 필요하다. 물론 성적으로 충전되어 있는 악. 아리아적 순결함이 (일본인 친구들에게는 물론 **그렇게** 이야기하지 않겠지만) 동양적 야수성으로 더럽혀진다. 다른 한편으로 흡혈귀의 적수가 있어야 한다. 그가 마지막에 흡혈귀를 밝은 아침 햇빛에 노출시켜서 죽일 것이다. 주목 말뚝을 가슴에 박아 넣는 것은 두말하면 잔소리겠지.

예, 예, 네겔리는 감당하기 어려워 거짓말을 한다. 그도 대강 그런 영화를 머릿속에 그리고 있다. 그러나 이다는 연기를 전혀 할 줄 모른다. 어쨌든 간에, 여기에 어떻게 미학적 잣대를 가져다 댈 수 있겠는가? 지금 제안된 것은 전적으로 패러디, 아무리 좋게 보더라도 오마주일 뿐인데.

아, 찬찬히. 무엇보다도 직관이 중요하다. 그러면 네겔리도 저절로 깨달을 것이다. 조금도 걱정할 필요가 없다. 내면의 목소리에 귀를 기울여야 한다. 손끝을 의식의 대양 속에 담그는 것으로 충분하다. 귀신 이야기는 보편적이다. 늘 비슷하다. 언제나 똑같은 테마의 변주일 뿐. 하지만 지금 그가 무슨 말을 하고 있는 거지. 네겔리는 그 스스로 완전히 신뢰하는 천재 아닌가?

됐다. 말 돌리지 않는다. 50만 달러가 준비되어 있다. 〈메트로폴리스〉의 참담한 실패 뒤로는 랑도 요즘은 이 정도 액수를 거두어들이지 못할 것이다. 네겔리는 너무 오래 머리를 굴리지 않는 게 좋다. 내일이면 전쟁 금고는 다시 닫힌다. 아니면 다른 쪽으로 열릴 것이다. 우리끼리 하는 말이지만, 돈의 일부는 치네치타*에서 나온 것이라 사실은 그리로 다시 들어가야 한다. 하지만 한번 나온 돈은 쉽게 돌아가지 않는다. 그렇다고 절도는 아니고 사람들이 하는 말로 이전이라고 할 수 있지. **경제의 신비**. 안 그런가, 네겔리?

이제 아주 빨리 본론으로 넘어간다. 피아노 뚜껑은 박수갈채

없이 닫히고, 후겐베르크가 질근질근 씹어 놓은 시가는 악기의 가장자리에 나름대로 멋지게 놓인다. 벨을 울리자 보조원이 황급히 서류 더미를 거의 날려 버릴 듯이 바람을 일으키며 달려와서 말한다. 여기 서명하시고, 거기, 거기 하고 또 저기, 저기 아래 하나 더, 아니, 맨 왼쪽 아래 부탁합니다. 거기에 얼마 더 없읍시다. 80만 달러면 충분하겠죠. 그렇지 않소? 그리고 이건 정말 **앙트르 누**'로 하는 얘긴데, 그 셈족, 그러니까 크라카우어와 아이스너. 그들은 진짜 후겐베르크의 친구로 칠 수 없다. 북구인들끼리 좀 더 끈끈해져야 하지 않을까? 배제하기. 마법의 주문은 그것이다. 주의하라! 그러고 나서 샴페인을 가져오게 한다. 그 다음에는. 이제 미안하지만, 나가 보시오! 그는 오늘 저녁만 해도 다른 일정이 네 개 더 잡혀 있으니까.

　네겔리는 영원히 계속 내려갈 것만 같던 엘리베이터에서 내린 뒤에 (임종 시 아버지의 **이마와시이**한 시선은 대체 어디로 향한 것인가?) 건물 밖으로 비틀비틀 걸어 나와서 대기 중인 리무진에 몸을 싣고 이 생에서 다시는 술을 마시지 않겠다고 맹세한다(운전사가 담배를 황급히 밟아 끄기 전에 마지막으로 뿜은 연기가 차 안에 극히 불쾌한 냄새를 풍긴다). 그러는 사이 후겐베르크는 위의 큰 전망창 앞에서 다리를 쩍 벌리고 서서 여비서에게 고함을 지른다. 독일 영화감독은 단 한 명도 이 변태 같은 자들이 있는 일본으로 보내지 않을 것이다. 설사 그가 아주 하찮은 감독이라 해도. 오히려 더 잘된 거다. 일본인들은 이 재미 없는 스위스인을 받아들여야 한다. 그와 재미 많이 보기를. 그럼 이제 문 닫고 나가 주면 좋겠는데. 그러고 나서 그는 오랫동안 어둠이 내리는 대도시를 내려다본다. 눈앞에 그 기괴한 영화가 다시 떠오른다. 일본에서 보내온, 닥쳐오는 죽음에 관한 기록 영화. 그를 격정에 빠뜨리고 심지어 흥분을 느끼게 한 영화. 그는 고개를 약간 기울이고 손가락으로 뻣뻣한 머리를 쓸어 본다. 그리고 혐오스러운 돼지처럼―그는 사실 혐오스러운 돼지다―빙그레 웃는다.

28

로테와 지크프리트는 늦은 오후에 레르터역*에서 파리행 야간 열차에 탄다. 두세 개의 여행용 가방이 따라가는데, 그 속에는 돌돌 만 두 편의 칸딘스키 소품, 책 몇 권, 크라카우어의 할머니가 입던 긴 리넨 나이트가운, 말린 꽃, 담배, 칫솔이 들어 있다. 로테의 스타킹 속에는 고무 밴드로 묶은 달러 다발이 숨겨져 있다.

어두워지는 식당칸에서 그들은 고향 독일과 작별하면서 과즙 음료를 마신다. 막 갈기갈기 찢어지는 기억에 대해서는 침묵한 채. 원통함과 공포를 느끼며 고향을 떠나 보지 않은 사람은 그들이 지금 어떤 감정인지, 그들이 얼마나 고통스러운지 알 수 없을 것이다. 절대로.

스러져 가는 초여름 빛 속에서 프랑스로 넘어가는 국경선에 이른다. 여기서 그들은 무사통과하지만, 다른 승객들은 인정사정없이 선로 옆에 세워진 나무 헛간으로 보내진다. 아니, 다른 승객들의 여권은 모두 문제가 없다. 가방을 보여 주지 않아도 된다. 두 손가락을 제모에 올려 경례. 사람들은 기차에 도로 오른다. 단 한 번의 호각 소리, 기차 바퀴가 칙칙 소리를 낸다. 다시 출발.

건너편 테이블, 복도 저편에, 갑자기 한 손님이 앉아 있다. 프리츠 랑이다. 〈마부제 박사의 유언장〉* 필름 사본을 짐에 챙겨, 그도 파리로의 망명길에 오른 것이다. 마치 어떤 반신(半神)이 피곤한 나머지 그렇게 똑같이 지어내기라도 한 것처럼, 여기 같은 기차에 랑이 노란 숄을 두르고 앉아 있다. 심지어 같은 식당칸에. 이러한 운명 덕택에 모든 것이 어떤 새로운 시작처럼 보인다.

그들은 당장 모여 앉아서, 머리를 맞대고 담배를 피우며, 적포도주 두 병과 짭짤한 과자, 절인 오이, 진주양파가 있으면 가져다 달라고 주문한다. 세상에, 어서 파국에 대해 얘기해 달라. 그럼, 그럼, 해 주고말고. 그러니까 테아는 당연히 베를린에 남았다. 그녀 스스로 말한 것처럼, 부르군트를 선택한 것. 프리츠는 원하면 얼마든지 에첼의 무시무시한 천막으로 옮겨 가도 좋다. 좀처럼 예술과 삶을 뒤섞지 않는 랑도 이번만큼은 별 거리낌이 없다. 랑은 그녀에게 나직이 말했다. 마지막에 누가 불을 지르는지는 그녀도 알지 않느냐고.*

테아는 계단실까지 쫓아와 그의 등에 대고 욕을 퍼부었다. 그 다음에는 쿠담 모퉁이의 큰 아파트 발코니에 서서 가는 팔을 치켜들었다. 택시가 왔고 그녀는 그가 실제로 떠난다는 사실에 분

개하고 경악하며 아래쪽을 향해 찢어지는 듯한 소리를 내질렀다. 그러나 랑은 더 이상 듣지 않았다. 그녀가 후겐베르크 앞에서 노예처럼 무릎을 꿇든 말든 그가 상관할 바가 아니니까.

로테는 랑의 결단을 인정한다는 의미에서 자기 잔을 단숨에 비우고 랑에게—그는 물론 조금 거짓말을 섞었다—약간의 트릭을 동원하여 에밀 네겔리를 일본으로 가는 배에 태운 일을 이야기한다. 〈풍차〉가 영화사상 가장 위대한 걸작의 하나이며 위대한 예술가를 넉넉히 배출했다고 보기는 어려운 스위스 출신으로서 네겔리가 엄청난 천재라고 믿는 랑은 그것이 정확히 어떤 계획인지, 우파 영화사를 등쳐 먹었다는 것 외에—물론 그것만 해도 꽤나 반가운 일이지만—무엇이 요점인지를 잘 이해하지 못한다.

네겔리가 언젠가 돌아올까? 이 친구는 그 태생이 중립이다. 지크프리트가 말한다. 그러므로 독일에서 곧 일어날 어두운 변란도 그를 건드리지 못할 것이다. 저 밥맛없는 구스틀로프 같은 인간들 때문에 스위스 역시, 최소한 독일어 사용 지역은, 새로운 권력자들의 영향권 안에 끌려들어 갈지도 모르지만.

이보게나. 그래도 다행히 파리는 백 퍼센트 안전하네. 랑이 말한다. 이미 몸이 감당할 수 있는 것보다 좀 더 취해 버린 크라카우어는 랑의 말에 이렇게 대꾸한다. 그는 망명을 떠나게 된 것이 주체할 수 없을 만큼 기쁘다. 그리고 이제부터 흉칙하고 피비린내 나는, 육류(특히 **소시지**)를 형태적 특징으로 하는 베를린에 살지 않고 문명의 요람에서, **사회계약** 속에서 살게 된다니 얼마나 멋진 일인지 모른다. 타우엔트치엔가의 아파트는 계약 해지조차 하지 않고, 그저 열쇠를 우편함 안에 던져 넣고 나와 버렸다. 가구는 상관없다. 집 주인이 내키는 대로 그냥 가지든지, 팔든지. 다만 그 비더마이어 세크리터리*가 약간 아쉽긴 하다. 하지만 책은 다 다시 구할 수 있다. 차창 바깥으로 햇빛에 노랗게 물든 마을들이 휙휙 지나간다. 밤의 보호 속에, 쌩쌩 달리는 열차에 그저 스쳐 지나가듯 수태된 벌집들처럼.

수많은 숲은 어떤가! 로테는 웃는다. 프랑스의 나무들은 얼마나 다르게 숨 쉬는지. 야간열차의 속도에 지워져 가는 저 바깥의 참나무들은 건너편, 지금 막 넘어온 국경 저편 독일 땅에 관한 독일적 잡설에서 얼마나 자유로운가. 독일 땅은 마법의 말을 속삭인다. 독일 땅은 소위 드루이드적 마력을 나뭇가지 위로 밀어 올린다. 독일 땅은 당시에 벌써 로마 황제들에게 어떻게 이교적 토착 원리가 사슴왕의 승리의 힘을 표현하는지 보여 주었다. 독일 땅은 게르마니아의 이끼 낀 흙덩어리들과 참나무 원시림의 힘으로 타락한 라틴족을 극복한다. **오 하느님 맙소사!**

나도 동의해. 랑이 이렇게 말하고 식당칸에서 제공된 포도주를 한 모금 마신다. 그는 혼잣말하면서 제풀에 히죽거리며 외알 안경을 빼낸다. 나는 이제 더 이상 프리츠 랑이 아니다. 나는 국경을 넘어서 망명했다. 나는 빅토르 위고다! 내게 파르테논을, 알함브라를, 노트르담을, 거대한 피라미드를, 우피치를, 이스파한의 자기탑을 다오. 내게 하기아 소피아를, 보로부두르를, 크렘린을, 엘 에스코리알을 다오. 내게 대성당을, 이슬람 사원을, 불탑을 다오.

내게 페이디아스와 바쇼를, 단테와 아이스킬로스를, 셰익스피어와 루크레티우스를, 마하바라다와 욥과 소로를 다오. 내게 프랑스의 숲을, 인도차이나 반도의 해변을, 에티오피아의 광대한 붉은 평원을, 코네마라의 푸른 언덕을 다오. 내게 나비 떼를, 알래스카 하늘의 물수리를, 전갈이 다니는 사하라를, 파리와 그 시민을 다오. 내게 안데스산맥을, 태평양을, 한 남자를, 한 여자를, 한 노인을, 한 아이를, 푸른 하늘을, 캄캄한 밤을, 용기를 잃은 벌새의 소심함을, 별자리의 웅대함을 다오. 좋다. 나는 모든 게 좋다. 나는 아무런 선호가 없다. 모든 이상과 무한성이 좋다. 그러나 부디 내게 하이델베르크와 바흐를 가지고 오지 말라!

로테와 지크프리트는 취기 속의 열변이 이어지는 동안 안절부절못하고 의자를 이리 밀쳤다 저리 밀쳤다 한다. 참고 앉아 있기가 힘들다. 그들은 랑이 앞으로 꼬박 1년 동안 파리와 베를린을 오가며 그래도 우파 영화사와 뭔가 해 볼 수 있지 않을까 싶어 조심스런 줄타기를 계속하리라고는 상상도 하지 못한다.

그래서 그들은 랑에게 열심히 공감의 미소를 보내 준다. 갑작스러운 탈출에 따른 일시적인 정신적 혼란일 뿐이다. 이보다 훨씬 더 심한 경우도 많은데. 식당칸 웨이터는 어디론가 사라져 버렸다. 그래서 포도주도 더는 없다. 가벼운 논쟁이 한동안 계속되지만, 당연히 기회주의가 논란의 대상이 되지는 않는다. 그러고 나서 그들은 덜거덕거리는 열차 속에서 이제 막 흐릿하게 동이 터 오는 파리 근교에 도착한다. 독일 없는 세 명의 독일인.

29

긴긴 세월이 흘러, 영원이 절반쯤 지난 뒤에 검은 옷의 거인이 무거운 발걸음으로 감옥의 눈 덮인 중정을 가로질러 걸으면서 꽁꽁 언 커다란 두 손을 마주친다. 방금 나온 나무로 된 간이 화장실 아래쪽에는 그가 눈 오줌이 일찌감치 작은 노란색 수정 기둥으로 얼어붙었다. 새가 날기에는 너무 추운 날씨다. 숨 쉬기도 어려울 만큼 추운 날씨다. 영하 36도. 여기는 온타리오주의 이로쿼이 폴스다.

에른스트 푸치 한프슈탱글은 캠프 Q(몬티스)에 수감되어 있다. 캐나다 북부의 척박한 지역이다. 그는 아무 구실도 못하는 다 닳아 빠진 가죽장갑을 낀 채 감옥소의 나무문을 억지로 연다. 그는 고드름을 바스라뜨리며 우지끈 소리가 나도록 문을 닫고는, 초라하고 작은 쇠난로에 바싹 붙어 앉아 **모교**인 하버드대학의 총장 제임스 브라이언트 코넌트에게 긴 편지를 쓴다. 그는 열악한 수감 환경에 대해 하소연하고 늦지 않게 **두꺼운 블랙 옥스퍼드 구두 한 켤레(사이즈 15d)**를 보내 달라고 청한다. 이미 30년대 초부터 독일의 새로운 권력에 대해 격렬하게 반대해 온 코넌트는 편지를 읽지 않고 구겨 버린다. 특별히 분노의 감정조차 느끼지 않은 채. 하필이면 **자신**을 수용소에서 편지를 보낼 상대로 택한 한프슈탱글의 뻔뻔함이 그저 당혹스럽고 어이가 없을 따름이다.

푸치는 이 외에도 많은 편지를 써서 여기저기에 보낸다. 영국으로, 아르헨티나로, 친구 찰스 채플린에게, 헤이스티 푸딩 클럽' 회장에게. 간청하는, 거의 구걸에 가까운 내용을 담은 이 편지들(그가 특히 원하는 것은 피아노다)은 캐나다 군사 검열의 검토를 거쳐 몇 군데 까만 막대로 가려진 다음 발신자에게 제대로 전달된다. 그래도 그는 가까운 숲에서 행해지는 의무 노역에는 대부분 모습을 드러낸다.

친구로 지내는 빈 출신의 수감자가 적흑 체크무늬의 모직 매키노 재킷 한 벌을 선물해 주었다. 이 옷은 몸을 따뜻하게 해 줄 뿐만 아니라 뚜렷한 색 대비로 나무를 벨 때 사람들 눈에 잘 띄게 해 주고, 잘못하여 덫을 놓은 사냥꾼들의 총에 맞는 위험을 막아 줄 것이라 한다. 푸치는 사정이 허락하는 범위 안에서 고마움을 표시한다. 수감 기간 동안 그가 밤에 운 것은 이 한 번뿐이다.

외롭고 힘겹게 나무줄기들과 씨름하는 그에게 누군가가 올 겨울에는 늑대가 평소보다 더 남쪽으로 내려올 거라고 말했다.

세 시 혹은 세 시 반경 해가 진 뒤에 얼어붙은 호수 저편에서 실제로 늑대 울음소리가 들려온다. 그는 경계 근무자들과 가능한 한 잘 사귀어 둔다. 그래서 그들은 때때로 주머니에 초콜릿을 찔러 준다. 언젠가 한번은 심지어 드라이 소시지를 준 적도 있다. 그래도 푸치는 20에서 25킬로 정도 살이 빠졌고, 포동포동하던 볼살도 쏙 빠져 뺏뺏해졌다. 그는 저녁이면 가끔씩 마지막 남은 검은 비단 양말 한 켤레를 잘 펴서 초라한 침대 위에 모서리가 너덜너덜하고 얼룩진 골드베르크 변주곡 악보 옆에 나란히 놓고 판판해지도록 조심스럽게 쓰다듬곤 한다.

어쩌면 탈출을 시도하는 편이 나을 것이다. 물론 서해안 쪽에 도와줄 친구들이 아직 있다. 밴쿠버에서 출발하여 캘리포니아로 내려가서 멕시코로 계속 갈 수도 있고, 그냥 밴쿠버에 남아도 된다. 빅토리아 아일랜드의 달러턴에서 로리 부부가 사는 저 고적한 나무 오두막집에 머물 수 있을 것이다. 그는 런던 시절부터 그들과 알고 지냈다. 하지만 이 거대한 대륙을 어떻게 들키지 않고, 쫓기지 않으면서 횡단한단 말인가? 여름까지 기다리며 기회를 엿봐야 한다. 적어도 5월까지는 기다려야 한다.

어느 날 저녁 여섯 시경, 여전히 아주 추운 3월이다. 며칠 계속된 따뜻한 날이 즐거운 봄기운에 대한 거짓된 희망을 불러일으킨 뒤에, 밖에서는 또 눈송이가 펑펑 쏟아지고 있다. 그는 겨우내 한기를 막아 보려고 임시변통으로 속에 신문지를 끼워 넣던 장화와 양말을 벗고 고약한 냄새를 풍기는 발(발톱 세 개가 이미 빠져 버렸다)을 바라보다가 왼쪽 엄지발가락 옆쪽에 동상을 입은 자리에 염증이 생기기 시작하는 것을 발견한다.

그는 무서워서 큰 소리로 욕설을 내뱉으면서 발을 **장화**에 — 사실 장화라는 명칭에 전혀 부합하지 못하는 물건이지만 — 도로 집어넣고, 감옥의 중정으로 쿵쿵 소리를 내며 걸어 나간다. 수용소의 의사는 한 주에 단 이틀만 와 있다. 푸치는 오늘이 화요일인지 목요일인지 잊은 지도 이미 오래다.

의무실 막사에는 아직 불이 켜져 있고, 라디오 음악이 흘러나온다. 무장한 경비 대원이 지나가며 그에게 인사를 한다. 그는 손마디로 나무문을 두드린 뒤, 안에서 응답이 있기를 기다리지 않고 그냥 들어간다. 라일 블랜드 박사는 들고 있던 잡지를 내려놓더니, 한숨을 쉬고, 눈썹을 치켜세우며 푸치를 올려다본다. 마치 수없이 반복되어 온 푸치의 장광설을 한 번 더 듣게 되겠거니 하고 체념하는 듯한 태도다. 그러나 푸치는 말없이 우선 모직 재킷을, 다음으로 장화 오른짝을 벗고, 더러운 거대한 발을 의자 위에 올려놓으며 손가락으로 문제의 발가락을 가리킨다. 딱딱하고 까맣게 된 자리, 더 이상 감각이 없는 자리를.

그러니까 이런 사소한 문제로 내게 오셨군. 블랜드 박사는 차분하게 말한다. 푸치는 누군가가 은근한 권위를 보이며 자신만만하게 나오면 늘 소심해지는 타입인지라 큰소리치기 좋아하는 그의 태도는 이번에도 좀 더 봐줄 만한 정도로 몇 밀리미터쯤 줄어든다.

수용소 의사는 발가락을 진찰한다. 발가락을 이쪽저쪽으로 구부려 보고 연보라색 연필 자루를 부드럽게 굴리며 발가락의 그늘진 부분을 간지럽힌다. 그런 다음 바로 그 필기구로 연갈색 낱장 메모지에 적는다. 푸치는 봄이 올 때까지 벌목 작업에서 제외. 그때까지 쇠난로에 필요한 땔감은 두 배로 배급함. 상태가 악화되면 수술해야 하지만, 아직은 아님.

자. 만족하시나? 그럼 가서 잘 자게. **제리.** 용건이 더 남았나? 예! 이제 본격적으로 시작된다. 의사는 먼저 자신의 손톱을 보고 다음으로 손목시계를 본다. 푸치는 이 춥고 황량한 땅에서 늙으며 썩어 가고 싶지 않다. 그는 그런 식의 강요에 저항할 것이다. 그는 정신의 인간이며 그래도 적시에 이쪽 진영으로 넘어온 사람이다. 그건 블랜드 같은 의사 양반이라면 충분히 이해할 수 있을 것이다. 그를 수감한 것은 법적으로는 모르겠으나 도덕적으로는 전혀 정당화될 수 없다. 연합국은 **그**가 일찍이 찰리 채플린같이 생긴 이 선동꾼, 다혈질의 마약중독자, 천박한 어릿광대를 조심하라고 계속 경고했다는 사실을 잊어버린 모양이다. 반면 연합국은 섬세함이라고는 전혀 없는 흑백의 그림자 극장에 틀어박혀서 모든 독일인은 똑같은 죄인이라고 믿고 있다. 독일인은 예외 없이 가두어야 한다. 그것이 이 불행한 추리의 결론이다. 그러나 그는 올바른 품성을 가진 사람이며, 바라는 것이라고는 시골로 물러나 조용히 살아가는 것밖에 없다. 물론 따뜻해야 하고. 다른 사람들에게 쓸모 있는 존재가 될 수 있으면 좋겠다. 자연, 노동, 평온, 책, 요한 세바스티안 바흐, 이웃 사랑. 이것이 행복에 대한 그의 생각이다. 그런데 그는 그렇게 살 수 있는가? 이로쿼이 폴스 같은 북극 주변 지역에서? **빌어먹을** 발가락에

곰팡이가 피는 이런 곳에서? 참, 피아노도 얘기하지 않았던가? 제발 좀 가져다 달라고?

블랜드 박사는 진찰이 끝나고, 다시 양말을 신은 채 뻗어 있는 푸치의 발에 재빨리 장화를 뒤집어씌우면서, 여전히 의연하게 투덜거리는 푸치에게 넌지시 신호를 보낸다. 이제 그만 됐으니 자리에서 일어나 의무실을 떠나라, 저기 저 문으로.

독일인은 시키는 대로 한다. 의기소침해진 그는 발을 질질 끌며 눈 내린 어두운 마당으로 나간다. 아프다는 발을 메피스토펠레스의 발굽처럼 뒤에서 당기면서, 자신의 막사 안으로 사라져 간다. 의사는 이제 라디오 수신기와, 오이피클 샌드위치와 한 잔의 우유로 다시 돌아간다. 핀란드가 소련에 넘어갔다.

30

　배가 고베항에 도착하고—이 항구는 그림자 진 에밀 네겔리의 망막에 오래 남을 만한 인상을 거의 주지 못한다(부두의 잿빛 갈메기 떼, 최근의 지진으로 파괴된 건축물의 잔해, 쉬지 않고 중얼거리는 두 명의 장애인 걸승, 검붉은 핏빛을 발하는 생선회로 이루어진 첫 번째 일본 식사를 제외하면)—네겔리를 마중 나온 도와 영화사 대표가 훌륭하게 독일어를 구사하며 그의 앞에서 정말 무도병에 걸린 사람처럼 수도 없이 절 동작을 마친 뒤에야, 그는 도쿄행 열차에 오른다. 그의 이다를 향해 간다.

　그들은 함께 대단히 우아하게 꾸며진 열차 객실에 들어가 색이 바랜 좌석에 앉는다. **오스와리쿠다사이.**＊헛기침을 하고, 각자 안경을 닦고 (네겔리는 살짝 오무린 입술로 두 안경알에 동그란 모양의 김이 서리게 한다) 넥타이를 바로 한다. 일본인은 검지와 엄지로 살짝 음란하게 느껴지는 짧은 콧수염을 편다. **쯥쯥**. 대화에 발동이 잘 안 걸린다. 네겔리에게는 마치 상대방이 약간의 긴장감을 힘겹게 숨기면서 그, 즉 네겔리가 현재 객실의 위계질서에서 훨씬 더 높은 지위를 차지하고 있으니 대화를 주도해야 한다고, 그러니까 적절한 방향을 먼저 잡아 주어야 한다고 생각하며 기다리고 있는 것같이 느껴진다(한편 소리 없이 마음속에 떠오르는 음절 **도** 소리가 그에게 형언할 수 없는, 불가해한 희망을 안겨준다). 네겔리는 손으로 입을 막아 식도를 타고 올라오는 가스 구름 조각을 내리 누른다―갈색 소스, 초록색 고추냉이와 함께 먹은 생선회 때문이 아닐까.

그래서 네겔리는 썩 내키지 않으면서도 그에게 45분 이상 유럽 영화에 관한 피상적인 이야기를 들려준다(그사이 날쌔게 달리는 열차의 차창 밖으로 후지산이 지나간다. 고요한 전율 속에 나직이 노래하는 신성한 산). 이제 보라. 서열은 존중된다. 젊은 이는 열심히 귀한 손님을 향해 고개를 끄덕이고 미소를 지으면서 자신에게 네겔리의 통찰이 대단히 흥미로울 뿐만 아니라 많은 가르침을 담고 있다는 느낌을 불러일으키려고 애쓴다.

삼중으로 꼬인 이런 구조는 얼마나 피곤한가. 네겔리는 혼자서 생각한다. 그러나 이는 스스로를 고도로 인위적이면서도 대단히 자연스럽게 드러내는 고등 문명의 완성된 표현 방식이기도 하다. 다시 긴 침묵의 시간이 찾아온다. 창밖으로 태양이 보인다. 젊은 일본인은 보온병 뚜껑을 소란스럽게 돌려서 열고 병 안을 들여다본 다음 다시 잠근다.

그러니까 그는 자신의―으흠―스위스 정신에 어울리지 않

는 진부한 말을 던지고, 상투 어구를 늘어놓는 법을 배워야 한다. 그런 생각이 그의 머리를 스쳐 지나간다. 아, 일본도 기온이 생활하기에 적당하구려. 그, 즉 네겔리는, 고향에서처럼 여기도 사계절이, 그러니까 가을의 단풍과, 눈보라와 뜨거운 여름이 있다는 것을 알고 적이 놀라는 바다. 정말, 그는 ─ 나오는 하품을 내리 누르면서 ─ 말을 잇는다. 온대 지역에 속한 문명만이 위대하고 영예로운 위치에 오를 수 있다는 말이 맞는 것 같다. 반면 열대 지역의 문명은 사람들을 끝없이 게으르게 만들고, 이로 인해 거기서는 제국은 고사하고 어떤 의미 있고 지속적인 문화의 토양도·형성될 수가 없다. 이런 허튼소리를 늘어놓고 있자니 속이 뒤틀린다.

하지만 ─ 멕시코와 이집트의 피라미드나 크메르인들 또는 자바족이 이룩한 주목할 만한 문화적 성취는 어떻게 설명할 수 있는가? 젊은이가 반문한다. 네겔리는 순간 이 친구가 예의상 허용되는 범위 이상으로 강하게 반박하고 있음을 깨닫는다. 그는 상대방이 아랫입술을 세게 깨물고는 ─ 아마도 약간 피 섞인 침을 삼키며 ─ 입맛을 다시고 있는 것을 본다.

네겔리가 은제 케이스를 열어서 내밀자 그는 서둘러 담배 한 개비를 집어서 동양적인 감사의 표시로 그것을 이마에 가져다 댄다. 그리고 나서 고개를 숙이며 스위스인에게서 불을 받고는 콧구멍으로 지렁이 같은 담배 연기를 내보낸다. 어떻게 하면 이 끔찍하게 무례한 실수를 만회할 수 있을까?

차장이 와서 객실 문을 열고 몸을 굽혀 인사한 뒤에 흰 장갑을

긴 손으로 차표를 받아 검사한다. 철로 위를 달리는 열차의 덜커덩 소리는 점점 더 커지고 날카로워진다. 네겔리는 손끝을 깨문다. 대화는 더 이어지지 않는다. 일본인은 엄청나게 부끄러워하는 듯이 보인다. 그는 담배를 피우며 바닥만 보고 있다. 분위기가 거의 참을 수 없을 지경이 되었을 때, 마침내 열차가 고지마치구에 들어서서 길고 시끄러운 브레이크 소리 끝에 도쿄 중앙역에 멈추어 선다.

짐이 들어가고 나온다. 깔끔한 헤어스타일에 검은 양복을 입고 담배를 피우는 남자들이 꽉 죄는 기모노 차림의 여자들을 조급하게 밀치며 지나간다. 하얗게 분칠하고 빨간 연지로 강조점을 찍은 여자들의 뺨은 흥미로운 구경거리다. 네겔리의 시선은 역사 시계의 숫자판 위에서 움직이는 시곗바늘을 좇고 있다. 시곗바늘들은 인위적 설정에 따라 느리고 빠르게 서로를 향해 미끄러지다가 꼭대기에 변덕스러운 곡선을 이룬 숫자 12에 이르러 하나가 된다. 경적 소리. 번쩍거림. 비둘기의 날갯짓. 확성기의 목소리.

역의 밝은 홀을 벗어나자마자, 젊은 일본인은 역사 앞에서 기다리고 있는 택시에 여행 가방을 집어넣고 제복을 입은 택시 운전사에게 귀한 외국 손님을 아카사카구의 어떤 주소로 모셔다달라고 부탁한다. 25분이 채 걸리지 않을 거라고 한다. 그는 몸을 굽혀 절을 하고 또 절을 한다. 네겔리는 검은 테두리의 타원형 후면 차창으로 계속 그 모습을 바라본다. 절하는 남자가 점점 작아지고 점점 불분명해진다.

31

네겔리는 차를 타고 가는 동안 이따금 두 손을 들어 직사각형 모양의 몸 카메라를 눈에 대고 화려한 풍경을 포착한다. 정오를 향해 가는 햇빛은 부드럽고 거리는 활기가 넘친다. 세련되게 차려 입은 청소년들(저쪽에는 느슨하게 맨 화려한 줄무늬 나비넥타이, 이쪽에는 캔디 색깔의 스웨터와 통이 넓은 흰색 니커보커스)이 아이스크림 가게 주변을 어슬렁거리고 있다. 먼 곳으로 달려가는 전신주들 아래서 전차의 쇠바퀴가 번쩍이는 선로를 따라 구르며 끽끽 소리를 낸다. 두부 장수들이 자전거를 타고 퍼져 나가는 수백 명의 흐름을 거스르며 나무 수레를 밀고 올라간다. 두부 장수 조합의 오카리나를 경적 삼아 투우투 불어대면서.

그래도 작은 추돌 사고가 일어났다. 부주의한 두부 장수가 수레를 밀어 달려오는 화물차 앞으로 끼어들었다. 화물차 운전사가 브레이크를 밟았지만 사고를 피할 수는 없었다. 불쌍한 두부 장수의 입에서 피가 흘러나온다. 그는 창피하고 비참한 마음에 기운을 잃고 포석이 깔린 길 가장자리에 쭈그리고 앉아 박살나 버린 두부 수레를 보며 울고 있다. 안경을 쓴 경찰관이 정중한 몸짓으로 몰려드는 군중을 흩어 놓는다.

도쿄는 충격적인 현대의 다성악을 들려주는 동시에 정말 정말 고색창연하기도 하다. 비속함의 오점이라곤 전혀 찾아볼 수 없는 것처럼 보이는 도시. 택시의 측면창으로 지나가는 귀부인들이 보인다. 그들은 파라솔 두 개의 그늘 아래서 무심하게 산책하고 있다. 오래된 돌다리들 가장자리에 꼭 붙어 서 있는 멜랑콜리한 은행나무들은 그 배치가 정말 너무나 완벽하여 꼭 어떤 화가가 연출한 것 같은 풍경을 만들어 내고 있다. 방금 전에 나타났던 근시의 안경잡이 경찰관은 하얀 소매를 걷어 올리고 돌처럼 굳은 냉정한 표정으로 교통정리를 한다. 군인들의 행진. 그 때문에 택시는 방향을 돌려 다른 길로 가야 한다. 화려한 가로수 길을 따라 내려가다가 곧 다시 올라간다. 보라색으로 빛나는 꽃잎들의 보드라운 천개(天蓋) 밑을 꿈결처럼 둥실둥실 실려간다.

숨 막히는 충족감이 찾아온다. 그는 눈에 들어오는 것을 사랑한다. 여기서 그는 살 수 있고 무언가를 창조할 수 있을 것이다. 그렇다. 일본에 온 이래 그의 본질 가운데 어떤 측면이 끊임없이 뭔가 오래전에 잊어버린 것, 하지만 직접 경험했을 리가 없는 어떤 것을 떠올리고 있다는 느낌을 받는다. 완전히 불가해한 만족감이 그를 에워싼다. 정말 근사해. 저기 가운데가 처져 있는 전화선 묶음, 흰 가운 주머니에 빗을 꽂아 넣고 머뭇머뭇 자신의 이발소 문턱에 발을 딛고 밖을 내다보면서 손으로 입을 가리고 하품하는 이발사. 또 한 번, 애깃거리도 안 되는 작은 자동차 사고가 나서 모여들었다가 멋쩍어하며 흩어지는 군중. 네겔리는 혀끝으로 이를 닦아 낸다. 가벼운 치석이 있다.

네겔리는 뭔가 신발 아래 있는 것을 느끼고 택시 바닥을 내려다보며 손을 더듬어 그것을 집는다. 연필, 누군가 거기다 흘린 연보라색 연필이다. 그는 딸각거리는 여덟 면의 연필 자루를 손 안에서 굴려 보고 상의 주머니에 집어넣는다. 마치 그 기억술적 맥락을 예감하기라도 하듯이, 그 뜻이 무엇인지 깨달을 때까지만 그 연필을 보관하기로 마음먹은 것처럼.

스위스, 스위스의 좁게 중첩되어 있는 산악, 겉으로만 멋있게 뾰족뾰족 솟아 있는 바윗덩어리들은 형태적 차원에서 이 나라 시민의 혐오스러울 만큼 고집스런 성격에 영향을 미친다. 그들은 쿠션으로 팔꿈치를 받치고 창밖으로 몸을 내밀고 있다가 누가 주차를 옳게 하지 않으면 연필로 기록하는, 그러니까 나중에 주 경찰에 운전자를 고발하기 위해 차 번호판을 적어 놓는 그런 사람들이다. 그러나 그런 시민들조차 스위스의 문화계 인사들만큼 나쁘지는 않다. 그들의 편협하고 좀스러운 태도가 그를 고국에서 몰아낸다. 그래서 기회가 있을 때마다 그는 고국에서 탈출하는 것이다.

그는 뭔가 새로운 것을 생각해 내야 한다. 미증유의 어떤 것을. 그것은 결함을 지닌 것이어야 한다. 그렇다. 정확히 바로 그것이 핵심이다. 영화를 통해서 어떤 투명한 막을 창조하여 천 명의 관객 가운데 어쩌면 **한 사람**에게라도 사물 뒤의 어둡고 신비로운 마법의 빛을 알아볼 수 있게 해 준다 한들 그것으로는 충분치 못하다. 그는 무언가를 창조해야 한다. 최고도로 인공적인 동시에 자기 자신과 관련되기도 한 무언가를. 벌써 여러 주일 전에 베를린에서 크라카우어와 아이스너와 함께 있을 때 그에게 나타난 저 도취적 환상, 그에게 일본행을 택하게 만든 그 환상은 단지 어떤 새로운 길을 갈 수 있는 가능성이 존재한다는 사실을 보여 주었을 뿐이다. 그는 이제 실제로 뭔가 비장한 것을 만들어야 한다. 두드러지게 인공적인, 그리하여 관객에게 과도하게 기교적이고 무엇보다 부적합하다고 느껴질 그런 영화를 찍어야 한다.

그렇더라도 영화는 충분히 공포물이 될 수 있을 것이다. 다만 그 끔찍한 후겐베르크가 유리로 된 독일의 허풍선이 사무실에서 짜 맞춘 것처럼 섬뜩함을 그렇게 도식화하여 제시해서는 안 될 것이다. 흡혈귀도, 타락하고 퇴화한 아시아 인종도 없을 것이며, 부패의 늪에 빠지는 독일 여자는 더더욱 없을 것이다. 그 대신 네겔리는 현재의 형이상학, 현재를 그 모든 다양한 측면에서 시대의 안쪽에서부터 드러내는 형이상학을 수립할 것이다. 그는 한동안 숙고해야 하리라. 하지만 일단 숙고를 마치고 나면 어떻게 시작해야 할지 알게 될 것이다. 며칠 안에, 어쩌면 내일 벌써 알게 될지도 모른다.

택시는 곁길로 빠진다. 네겔리는 손짓 발짓으로 운전사에게 왼쪽에 차를 대고 아주 잠깐만 기다려 달라고 부탁한다. 그는 차에서 내려 인도에 살짝 뛰어올라 담배를 한 대 피운다. 그런 다음 모자를 벗고 약간 못마땅한 듯이 차의 사이드미러에 비친 자신의 모습을 점검한다. 그사이 운전사는 흰 장갑을 낀 두 손으로 운전대를 단단히 잡은 채 조심스럽게 예의를 지키느라 전 방만을 바라볼 뿐, 네겔리 쪽으로 고개를 돌리지 않는다.

비행기 한 대가 낮게 날며 그의 머리 위로 지나간다. 경쾌한 엔진 소리가 가까운 덤불에서 들려오는 새의 지저귐과 어우러져 활발한 기억의 연쇄 반응을 일으키자, 네겔리는 이전에도 자주 그랬듯이 오래전에 가라앉은 유년의 세계 속에 깊이 침잠해 들어간다. 그의 눈앞에 운전사의 흰 장갑이 보인다. 운전대의 왼쪽과 오른쪽에 가만히 머물러 있는 흰 장갑 두 개는 그에게 기회를 엿보며 끈기 있게 기다리는 세바스티안, 그의 작은 흰 토끼를 떠오르게 한다. 중국식 고문의 희생자처럼 가죽이 벗겨진 세바스티안. 그리고 이 순간 그는 마치 자신이 세상의 고통과 잔인함을 잠깐 동안이나마 빌려 와서 그것을 뒤집어 놓을 수 있을 것만 같이, 그것을 뭔가 다른 것, 뭔가 좋은 것으로 바꿀 수 있을 것만 같이, 자신의 예술을 통해 구원을 가져올 수 있을 것만 같이 느낀다.

32

네겔리는 약혼녀를 만나기 전에 약간 단장을 해야겠다는 생각에 (이러한 결심에 스스로도 다소 난감해하며) 어느 이용원 앞에 내려 달라고 한다. 이용원에 들어간 그는 금욕적으로 생긴, 끊임없이 노래를 흥얼거리는 이발사에게 가서 바리캉으로 머리를 밀어 버린 다음, 박물관의 검은 머리가죽처럼 벽에 붙은 유리장 속에서 호시탐탐 새로운 사명이 주어지기를 기다리고 있는 다양한 가발 가운데 인간의 진한 갈색 머리카락으로 만든 가발을 선택한다.

그는 바로 이용원 안에서 (실내의 **중국풍** 벽지는 먼지가 약간 쌓여 있는 스위스 시골 극장의 대기실을 연상시킨다) 머리가 없어져 다소 병약해 보이는 자신의 두개골에 가발을 뒤집어씌우고, 이발사에게 위치를 바로잡게 한다. 이발사는 허리를 숙이고서 머리카락을 이곳저곳 잡아당기고 편 다음, 끝으로, 여전히 홍얼거리면서, 저쪽 옆에 붙어 있는 작은 방으로 가서 거울을 보라고 권한다.

거의 바닥까지 내려오는 마노 틀 거울 두 개가 가제 수건에 잘 덮인 채—그렇게 거울을 덮어 둔 것은 다소 구식인 일부 일본인들 사이에 퍼져 있는 뭔가 미묘한 미신, 초상과 인간 영혼 사이에 직접적 연결이 존재한다는 미신 때문이다—정확히 마주 보도록 걸려 있다. 네겔리가 두 거울 사이에 서자 거울상이 수백 개로 늘어나면서 무한 속에 소멸된다. 그의 속눈썹이 촉촉해진다.

그가 예감할 수 있을까? 바로 이 순간 특별히 사진을 잘 받는 그의 어머니가 죽는다는 것을? 그 귀족적인 목에 전혀 주름살이 생긴 적이 없고, 긴 세월 동안 얼음 같은 회색 캐시미어 스웨터 위로 심플한 진주 목걸이를 해 온 어머니, 늘 겨우 쇄골과 턱 사이까지만 내려오도록 짧게 자른 잿빛 머리카락(마치 차가운 알프스 여름의 미풍이 등 뒤로 불어와 부서질 듯한 머리카락 끝을 앞으로 빗어 낸 듯이 보였다)이 관자놀이 피부와 머리털 사이의 햇빛으로 하얗게 변색된 자리들에서 높은 광대뼈와 어쩐지 너무 연약한 입에 이르기까지 얼굴 선을 잡아 주던 그 어머니가 하필이면 그가 일본에 와 있는 지금, 너무나 일찍, 기침하면서 죽는다는 것을?

어찌 됐든 가발의 효과는 정말 놀라울 정도다. 그의 인생 시계는 단번에 몇 년 뒤로 돌아갔다. **센세**(그는 정말 선생이다. 회춘의 대가)는 외국 손님이 다소 멋쩍어하면서도 속으로 만족감을 느끼는 데 신이 나서 검지를 높이 치켜세워 입술에 대고는 그에게 회전의자에 가서 앉으라고 권한다. 그러고 나서 먼저 검은색 화장 연필로 조심스럽게 눈썹의 곡선을 따라 그리고, 이제 붓을 진홍색 크림이 담긴 단지에 찍어 능숙한 솜씨로 빙빙 돌리며 스위스인의 뺨을 칠한다. 과다하게 칠해진 부분은 뺨을 스치는 손가락 관절로 절묘하게 닦아 내면서.

이제 보이지 않는 무릎이 툭 쳐서 그가 앉은 의자를 돌리고, 그는 가볍게 어지럼증을 느낀다. 다시 한 번 마법의 이중 거울을 찬찬히 들여다본다(뺨을 살짝 집어넣고). 작은 가위로 마지막 다듬기. 그리고 오랜 세월 동안 곤충의 더듬이처럼 수평으로 더듬더듬거리며 허공에 튀어나와 있는 것을 임무로 삼아 온 고집스런 눈썹 한 가닥이 흔적도 없이 사라진다. 이 작업에 대해 지불하려 하지만 그의 뜻은 격한 반발과 함께 거부당한다.

이용원 문 앞에서 네겔리는 대단히 성공적인 변모를 도저히 믿을 수 없다는 듯이 다시 한 번 (크게 눈치 보지 않고) 쇼윈도에 자신의 모습을 비추어 보고 보도 위에서 피루엣 비슷한 동작으로 한 바퀴 빙글 돈다. 그런 다음 이 변신의 개척가는 슬슬 길을 따라 내려가다가 가까운 공원 혹은 신사의 멋진 진홍색 장방형 **도리이**(鳥居)에 이른다. 그는 힘차게 문을 통과한 뒤 새파란 초여름 하늘 아래서 아무 생각 없이 한참을 돌아다니다가 벌써 거의 앙상하게 가지만 남은 벚나무 앞에 멈추어 서서 손을 허리에 짚고 나무에 달린 연한 보라색 화관을 올려다본다.

정교하게 칠한 양철로 만든 기계식 새 인형이 나뭇가지에 앉아서 깃털을 깨끗이 닦으며 지저귄다. **피-디-부스.** 벚꽃 한 송이가 죽으며 떨어진다. 떨어지며 죽는다. 그렇게 완성된다.

33

아마카스 마사히코와 이다 폰 윅스퀼은 외국 영화인을 위해 정부에서 임차한 저택의 응접실에서 다리를 꼬고 마주 앉아 있다. 그들 사이의 작은 테이블 위에는 소금을 눈처럼 하얗게 뿌린 **에다마메**'가 반쯤 담겨 있는 주발과 수상쩍은 칵테일 두 잔이 놓여 있다.

그들은 담배를 피우며 재털이용으로 가져다 놓은 코코넛 그릇에 재를 털고, 태엽에 이상이 있는 것 같은 기계식 개 인형을 가지고 놀다가, 별 관심도 없이 패션 화보 잡지를 넘겨 본다. 얄팍하고 부드러운 재즈 음악이, 무슨 유행 가요가 복도 저편에서 질척거린다. 소리는 어쩌면 위쪽에서, 나무로 된 2층 난간 쪽에서 오는 것일 수도 있다. 스피커가 어디 있는지는 정확히 알 수 없다. 하인은 이미 다섯 시경 귀가시켰다.

아마카스는 외알 안경을 오른쪽 눈에 끼우고, 허리가 잘록한 짙은 파란색 모직 양복에 검은 넥타이를 하고 있다. 반면 독일 여자는 지난번처럼 아주 잘 어울리는 비행사 유니폼을 입고 있으며, 아래쪽은 **조퍼스**'와 긴 장화 차림이다. 그녀는 며칠 전 머리에서 곱슬기를 없애고 백금색으로 염색했다. 그렇게 한 것은 이를테면 많이 닮은 바버라 스탠윅'과 좀 더 확실히 구별되기 위해서가 아니라, 그저 이곳 일본에서 더 독일인처럼 보이기 위해서일 뿐이다.

이다는 엄지와 검지로 블라우스의 소매를 손등 쪽으로 잡아당긴다. 마치 이 일본 남자가 손등을 보지 못하게 가리려는 것처럼. 그녀가 매력이 없다고 느끼는, 거의 소년 같은 느낌을 주는 신체 부위이기 때문이다. 그녀의 손은 특별히 우아하다고 할 수는 없다. 그녀는 밤이면 손끝이 피가 나고 갈라 터져 맨살이 드러날 지경이 되도록 손톱을 물어뜯는 버릇이 있어, 낮에는 어떻게든 그 흔적을 가리려고 애쓰는 것이다. 아마카스 역시 손톱을 씹는 버릇이 있지만 이에 대해 그가 개발한 대처 방법은 일단 손톱을 상당히 기르고 사회적으로 용인될 만한 길이까지만 물어뜯는 것이다.

이다는 약혼자를 기다리고 있다. 며칠째 그를 기다리고 있다. 증기선에서 무선 전신으로 정확한 도착 시간을 알려 온 이 남자는—그런데 정말 그렇게 엄격하게 말할 수 있는 것일까요?—어지간한 좀생이이긴 하지만, 그래도 약간 긴장하면서 기다리게 돼요. 그녀는 말한다. 제발, 제발 그가 그사이에 머리를 밀었기를 바란다. 그는 머리를 언제나 한쪽 옆에서 대머리

위로 해서 반대편으로 빗어 넘겨 왔는데, 그녀는 정말 그걸 알아차리지 못했다. 그런데 바다에서 휴가를 즐기던 어느 날(그들은 6월 말인데도 아직 상당히 차가운 발트해에서 해수욕을하고 있었는데), 네겔리가 등 뒤에서 예기치 않은 강한 파도의급습을 받고 춤을 추듯 비틀거리다가 그만 나온 배를 집어넣는것을 잊어버렸다. 그는 웃었고 짠 바닷물을 분수처럼 뿜으면서그녀에게 팔을 들어 인사했다. 그런데 그때 그녀는 그만 관자놀이에서 옆으로 축 처져 물을 뚝뚝 흘리면서 어깨까지 늘어져 있는 머리 가닥들을 보고 말았다. 보기 흉하게 늘어진 이 머리카락과 여기저기 듬성듬성 나 있는 털을 제외하면 그는 거의 대머리였다. 지독한 실패 뒤에 서글프게 박수갈채를 구걸하는 서커스 광대 같은 모습이었죠. 불쌍한 인간 같으니.

그녀는 그의 성(性)과 관련된 굴욕적인 해부학적 지형도를 직접 언급하지는 않지만, 그녀의 눈앞에는 해변 사건에 이어지는어떤 극적 장면이 갑자기 기억의 섬광 속에 포착되어 나타난다.바다가 보이는, 더 자세히 특정할 수는 없는 어떤 호텔 방 침대의 위. 뜻하지 않게 그 장면이 나타나자 그녀는 네겔리가 심히부끄럽게 느껴진다. 그는 그녀 속으로 고통스럽게 밀고 들어왔고, 짧고 둔탁한 신음소리와 함께 침 두 방울이 그의 입에서 떨어지며 그녀의 등을 찰싹 때렸다. 그리고 30초가량의 섹스 시늉. 그게 전부였다.

하지만 남자들은 모두 공명심 때문에 상처를 잘 받고, 그래서쉽게 다룰 수 있어요. 아마카스가 반박한다. 그건 아주 간단하다. **에이쿄**가 발생하는 방향으로, **에이쿄**란 말이 **영향**이라는 단어로 완전히 번역이 안 되긴 하지만 어쨌든, 그렇게 조종하면 된다. 이 약점은 그다지 중요하지 않은 남자라는 성을 그나마 흥미롭게 만드는 유일한 속성이다. 그것을 자기에게 유리하게 이용할 수만 있다면 말이다. 여자가 스스로 해야 하는 일이 적을수록, 양성 사이에 이른바 조화로운 관계가 이루어지기는 더 좋을 테니까. 그는 미소 지으며 말한다. 그리고 술을 한 잔 더 가져오기 위해 일어선다. 지나가면서 젊은 독일 여자의 어깨에 다정하게 손을 댄다. 기분 좋은 전율이 이다의 몸을 지나간다.

아마카스는 어제 오늘 아직 아무것도 먹지 않았다는 게 생각나서 부엌에서 흑갈색 돼지 간 한 덩어리를 준비한다. 그는 기름 묻은 불투명한 포장지에서 돼지 간을 꺼내 조리대 위에 놓는다. 그러고 나서 서랍에서 날카로운 식칼을 꺼내 살펴본 뒤에 너무 서양식인 데다 정밀하지 못하다고 판단하여 도로 집어넣는다. 그 대신 조리대에서 **단도**를 하나 집어 들고 날고기를 반으로 가른다. 두 조각이 쩍 하고 엄청난 소리를 내며 칼의 좌우로 갈라진다. 그는 거의 음탕하기까지 한 표정을 지으며 칼날을 핥는다. 물론, 그는 피를 보지 못한다. 그러나 이 훌륭한 금속성 풍미란! 한 조각은 다시 싸서 넣고, 남은 간 덩어리는 마치 뭔가 금지된 짓을 하기라도 하듯이 황급히 삼켜 버린다.

이다는 담배에 불을 붙였다가 마음을 달리 먹고 모래를 채운 통 속에 피우지 않은 담배를 쑤셔 넣는다. 뻐꾸기시계가 15분을 알린다. 작은 나무 창문에서 울면서 나오는 새는 없다.

34

앗, 이제 정말. 차가 도착하는 소리. 쿵 하고 차 문이 열리고 닫히는 소리. 사람들의 목소리. 자갈길의 저벅저벅 소리. 맑은 초인종 소리. 한 번, 두 번, 세 번(예전에 스위스에서 늘 그랬듯이 세 번). 여행 가방이 티크재 바닥에 떨어지며 내는 편안하고 둔탁한 소리. **이다!** 하고 외치는 친숙한 소리. 바로 이것. 젠체하는, 목구멍에서 살짝 길게 끄는 스위스식 'ㅣ' 음. 세상에, 그가 정말 왔다. 그녀는 생각한다. 이제 그가 안으로 들어올 것이고 손목 돌리기로 모자를 소파에 던질 것이다.

눈부시게 밝은 기분으로 들어온 에밀 네겔리는 걸어가면서 모자를 소파에 던진다. 이다는 손을 올려 입에 가져다 댄다. 약혼자가 10년은 더 젊어졌다. 주름살도 마법처럼 사라졌다. (부엌에서 아마카스가 외친다. 아쉽게도 보드카가 떨어졌다. 마티니 칵테일을 **쇼추**(燒酒)로 만들어도 되지 않을까?) 네겔리의 머리에서 짙은 갈색 머리카락이 휘황찬란하게 빛난다. 벌써 그는 이다에게 키스하기 위해 몸을 아래로 굽힌다. 소매의 트위드 천이 그녀의 뺨을 스친다. 언제나처럼 그에게서는 연필 깎고 남은 부스러기 냄새가 난다. 그녀는 (기분 좋게 간질간질한 느낌을 통해 확인하듯이 그래도 그를 약간은 사랑하기 때문에) 두 손을 활짝 펴서 그의 목을 감싸 안는다. 그는 그녀에게서 빠져나와 소파 위에 벌렁 드러누우며 놀라울 정도로 유연하고 능숙하게 갈색 윙팁 구두를 벗고(원래 문에 들어설 때 이미 벗었어야 하는 게 아닌가?), 구두는 마치 제 나름의 독자적 삶을 살기라도 하듯이 차례차례 소파 탁자 아래로 사라진다.

그녀는 몇 달 내내 그가 보고 싶었는지? 그럼. 그런데 대체 이 무슨 추한 집에 그녀를 데려다 놓은 것인가. (그는 고개를 절레절레 흔들며 알맞은 표현을 찾아내려 한다.) 이런 잡탕 양식의 집이라니. 아카사카구의 단아하고 조용한 녹음의 길과도 전혀 어울리지 않는 이 양식은 **튜더베스식***이라고나 해야 할 듯. 그는 무겁고 중세 느낌이 나는 가구들, 환상의 문장(紋章)들을 보며 즐거워한다. 이거 좀 봐. 심지어 벽에 사슴뿔이, 진한 색 나무로 된 벽난로 옆에 걸려 있다. 또 그 옆에는 좌판을 전부 스코틀랜드의 다양한 씨족 상징 문양으로 씌워 놓은 신고딕 양식의 의자들이 있다. 약간 으스스하기까지 하다. 집이 마치 영화 세트처럼 느껴진다. 그런데 잠깐만. 그는 그의 애인을 위해 뭘 가져왔다. 그는 진짜 얼마나 기쁜지 어쩌고저쩌고.

여러 번 이다는 그에게 물어보려 한다. 그가 어떻게 그렇게 젊어졌는지. 왜 가발을 썼는지, 이게 다 분과 화장발인지, 아니면 얼굴이 더 잘생겨 보이도록 수술을 한 것인지. 그녀는 말하려 한다. 여자 영화배우들이 세월을 뛰어넘은 듯한 인상을 주려고 예를 들면 어금니를 뽑기도 한다던데 그런 것인지. 그러나 그는 그녀에게 끼어들 틈을 주지 않는다. 마치 잃어버린 둘만의 시간 을 속성으로, 퀵모션으로라도 만회해야 한다는 듯이, 쉴 새 없 이 얘기를 늘어놓는다. 배 여행에 대해서, 이 멋진 나라에 그가 얼마나 흥분했는지에 대해서, 후지산을 지나온 놀라운 기차 여 행에 대해서, 이제부터 가발을 쓰기로 한 자신의 결정에 대해 서. 아니, 아니, 이발사가 그저 살짝 화장을 해 준 것뿐. 아, 이다! 잘 있었소?

어찌 됐든, 그는 대답도 기다리지 않고 벌써 복도로 달려가서 (그는 거의 ─**스미마생데시타!** ─아마카스와 충돌할 뻔한다. 아마 카스는 재빨리 술 세 잔이 놓여 있는 쟁반을 안전하게 위로 올려 든다) 여행 가방을 열고 방금 말한 선물을 가져온다. 에즈라 파 운드가 이다에게 사인한 노에 대한 책이다.

이다는 그 책을 잃어버린 줄 알고 있었다. 10년 전 열일곱 살 도 채 안 된, 감동 잘하는 새파랗게 어린 소녀였을 때 선물받은 책이다. 그런데 테신에 소풍 갔다가 바로 없어졌다. 샴페인을 원래 작정한 것보다 더 많이 마셨지.

그 책이 다시 나타났다. 정말. *pour Ida - ma Iseult assoiffée, il faudrait bien l'arroser*(이다에게 ─목마른 나의 이죄, 갈증 을 풀어 주기를). 이렇게 파운드가 직접 자신의 세밀한 글씨체로 첫 장에 헌사를 적었다. 에밀, *merci vielmal*(고마워요). 대체 **이걸** 어디서 찾았지요? 그리고 이쪽은 아마카스 씨. 그녀는 말한다. 그사이 책은 보조 테이블 위에 던져놓고 잊어버린다. 그녀는 오늘만 벌써 세 번, 게다가 어제까지 일주일 내내 아주 풍성하게 동침의 즐거움을 함께한 이 일본인 앞에서 에즈라 파운드에 열광하던 십대 소녀 시절을 드러내는 게 민망하다.

아마카스와 네겔리는 방금 복도에서 말하자면 꿈속에서 생전의 기억을 떠올리듯이 서로 쿵쿵 냄새를 맡으며 상대의 진짜 존재를 확인했다. 일반적으로 그들 같은 종류의 인간들 사이에서 이런 일은 1초도 채 안 되는 순간에 처리되고, 그다음부터는 그냥 서로 무시하고 지내게 마련이다. 윤회의 길은 다른 동류의 인간과 함께 나누기에는 너무 고되고 끔찍한 것이다. 망자들은 끝없이 고독한 피조물이다. 그들 사이에는 어떤 유대도 존재하지 않는다. 그들은 혼자 태어나서 죽고, 또 혼자서 다시 태어난다.

아마카스는 물론 후겐베르크의 편지를 통해 네겔리의 도착에 대해 알고 준비하고 있었다. 그런데 이자가 자신과 동일한 종에 속하는 인물이다. 그것이 현재 사태에 흥미를 더하면 더했지 떨어뜨리는 것은 결코 아니다. 비록 스위스인은 마사히코와 이다의 관계에 대해 전혀 짐작도 못 하고 있는 듯하지만 말이다. 아마카스는 이 상황이 그를 어디로 데려갈지 조금도 예상할 수 없지만, 그곳이 놀랍고도 기이한 장소일 것이라는 것은 느끼고 있다. 거실에 다시 들어섰을 때 그는 불과 몇 초의 짧은 시간 동안 맥아향과 흡사한 바다의 원초적 향기를 맡는 듯한 환각을 경험한다.

35

짐을 푸는 건 나중에 해도 전혀 상관이 없다. 네겔리가 좀스럽게 굴지 않는 걸 단 한 번이라도 보면 좋겠다. 이다는 몹시 극장에 가고 싶다. 멋진 생각이 아닌가? 그 후에 뭐 간단한 걸 먹으러 갈 수 있다. 그녀는 때때로 들상추 샐러드같이 아주 단순한 것이 간절히 먹고 싶다. 그녀에게 이곳 음식은 전체적으로 돈가스와 오믈렛을 빼고는 너무 요란하다. 에밀도 곧 (마치 그가 여행 중에 이미 스스로 배운 것은 전혀 없다는 듯이) 여기가 어떻게 돌아가는지 보게 될 것이다. 일상적인 것 속에 어떤 마법이 침투해 있는지. 그래도 한 나라를 이해하는 가장 좋은 방법은 역시 영화다. 이 정도 말했으면 좋다. 가자고 해 주기를.

그렇게 그들은 극장에 온다. 실내에 불이 꺼지자 그의 손은 이다의 무릎을 잡는다. 급히 불붙인 담배의 끝이 영사기의 허연 빛 속에서 붉은 오렌지색으로 불타오르는 동안 그의 무릎 위에

얹힌 모자는 불안 속에서 초라하게 일어난 그의 성기를 감추어 준다.

마사히코는 설명한다. 저 유명한 오즈 야스지로, 그러니까 〈풍차〉의 네겔리와 아주 비슷하게 작업하는 감독 오즈는 특히 여배우 요시카와 미츠코*의 경우에는 얼굴 전체와 마찬가지로 입술도 새하얗게 화장시키고, 오직 아랫입술 가운데만 붉은 피 같은 점을 찍어 강조하여 마치 죽음을 알리는 올빼미처럼 보이게 했다. 스위스인에게 그녀의 검은 눈동자는 백묵같이 하얀 고무 질감의 얼굴 피부만큼이나 생기가 빠져나간 것처럼 보인다.

그녀는 약간 앙각으로 찍혔죠. 한번 보세요. 아마카스가 말한다. 카메라는 다다미 바닥에 맞는 높이로 내려와 있다. 일본의 공간 감각에 의자와 침대는 존재하지 않기 때문이다. 일반적으로 통용되는 더 높은 관찰자 시점, 그러니까 카메라 일인칭 눈의 시점은 전적으로 서양식 시각이라는 것.

객석 몇 줄 뒤에서 다른 관객이 열심히 혀를 차며 거기 앞에 영화 감상을 방해하지 말고 좀 조용히 하라고 하지만, 아마카스는 그런 비난을 무시하고 신나게 설명을 이어 간다. 오즈는 다행히도 유성영화를, 그 제국주의적이고 서양적이며 허위에 물든 사상을 고집스럽게 거부했다. 덧붙여 말하면 대화의 거부는 일본 사회를 충분히 반영한다고도 말할 수 있다. 일본 사회는 토론하지 않는다. 토론은 야만적이다.

네겔리는 흘려듣기 시작한다. 그는 몸을 뒤로 젖혀 등받이에 기대고 천재적인 것을 볼 때 늘 그러듯이 고개를 살짝 기울인다. 아마카스가 〈풍차〉를 알고 있는 것에 대해 은밀하게, 프로테스탄트적 태도로 기뻐한다. 극장 앞에서 자동차 경적 소리가 들려온다. 사이렌이 울리다가 멀어져 간다. 그는 속으로 묻는다. 혹시 아마카스가. 그는 그들 앞 스크린에 영사되는 영화의 빛이 반사되어 어두워졌다 밝아졌다 하는 아마카스의 얼굴을 옆에서 쉬지 않고 응시하고 있다. 그렇다, 그는 아마카스의 카리스마에서 벗어나지 못하는 것이다. 무언가가 네겔리의 마음 깊은 곳을 불안하게 헤집어 놓는다. 혹시, 에, 그러니까, 아마카스가 그냥 그의 새 영화에서 주연을 맡으면 되지 않을까.

영화가 끝나고 세 사람은 다른 관객의 따가운 눈총을 받으면서 객석 통로를 지나 로비로 나간다. 아마카스는 영화관 맨 뒤구석에서 자기를 향해 혀를 내밀어 신호를 보내는 나신에 붉은 물감을 칠한 젊은 여자를 못 본 척했다. 이제 네겔리는 샴페인 세 잔을 주문하고, 헛기침을 하고 발을 끌며 준비 작업을 몇 차례 한 끝에 두 사람이 주연으로 자신의 영화에 출연하지 않겠느냐고 묻는다.

그는 영화를 만들 계획이다. 그래서 일본에 온 것이다. 아마카스는 자기가 후겐베르크를 통해 그를 초청한 거라는 얘기를 하지 않는다. 이 스위스인이 오기를 꼭 바란 것은 아니지만, 어쨌든 상관없다.

아무튼 네겔리는 오래, 충분히 숙고했다. 그는 시나리오 없이 작업하려고 한다. 그건 한 번도 없던 일이지만, 그가 머릿속에 그리는 것은 대략 다음과 같다. 그는 어디든 카메라를 가지고 다닐 것이다. 그냥 단순한 휴대용 카메라다. 그는 자연광에서 촬영할 것이고 두 사람, 마사히코와 이다가 가는 길을 따라갈 것이다. 시내, 전차, 레스토랑과 카페, 박물관, 호텔, 어디든지. 물론 완전히 숙성된 아이디어는 아니다. 그러나 언젠가는 시작해야 한다. 지금 시작하면 더할 나위 없이 좋겠다. 두 사람은 어떤 생각인지? 그런데 시작하기 전에 그는 며칠 자연으로 나가봐야 한다. 혼자서 걸으며 정신을 한데 모아야 하니까, 그러고 나서 도쿄로 돌아온다. 그러면 시작이다.

36

네겔리는 빌라에 돌아와 스위스제 16밀리미터 볼렉스 무비 카메라 두 대와 그가 따로 우파 영화사에 요청하여 항공편으로 도쿄로 보내게 한 벨앤드하우얼 영사기를 꺼낸다. 케이스 덮개가 좀 빽빽하기는 하지만, 몇 번 누르자 카메라에 필름 카트리지가 장착된다. 그는 마른 걸레로 카메라 먼지를 닦아 내고 비로소 수다를 떨기 시작한다. 이 일본인이 얼마나 사교적이고 똑똑한 사람인지. 독일어 실력도 정말 뛰어나다. 그러고 나서 그는 아버지가 돌아가신 뒤 마침내 자유로워졌다고 이야기한다. 그의 정신과 창작 활동을 가로막는 것은 이제 아무것도 없을 것이다. 견딜 수 없는 무감각 상태에서 빠져나온 것이다. 얼마나 무거운 짐을 벗어 버린 것인지 이다는 아마 상상도 할 수 없을 것이다. 어쩌면, 그는 거짓말을 한다, 겉모습이 이렇게 젊어진 것도 그 덕택일지 모른다.

이다는 암사자처럼 하품한다. 그녀는 편두통의 괴로움을 호소하며 한 시간 이상을 욕조에 들어가 있는다. 그녀가 밤 화장을 끝냈을 때, 그는 가터를 풀지도 않고 코를 골면서 침대 위에 드러누워 있다. 게으른 금발의 파충류 같은 모습. 가발은 그의 옆에 화장 자국이 묻은 베개 위에 놓여 있다. 그녀는 그 부숭부숭한 물건을 들어 올렸다가 손가락 사이로 털이 미끄러져 내리게 한다. 그녀는 눈에 띄지 않을 정도로 몸을 떨고 가발을 다시 베개 위에 놓은 다음, 침실을 통해 계단을 살금살금 내려와 살롱으로 들어간다. 그 아래서 소파에 앉아 담배를 몇 대 피우고 김빠진 샴페인을 한 잔 마신다. 무릎을 가슴에 끌어당기고 아마카스의 능숙하고 부드러운 손을 그리워한다. 에밀과의 상황이 그렇게 슬프지 않다면, 그녀는 생각한다, 정말 끝도 없이 즐길 수 있는데.

침실로 돌아오는 길에 그녀는 실수로 벽의 발목 높이에 튀어나와 있는 먼지흡입 장치 헤드를 차서 집 전체의 중앙 진공청소 시스템을 가동시킨다. 신경을 건드리는 기계음이 집의 지하층에서 올라오면서 네겔리의 드르렁 소리와 합쳐져, 정말 못 참겠다. 꼬박 두 시간의 잠을 빼앗아간다.

새벽이 되어서야 겨우 깜빡 잠이 든 그녀는 온통 꽃으로 장식된 긴 길을 따라 걸어 내려간다. 그 길이 갑자기 끝나는 지점에서 뭔가가 새겨진 무거운 나무문을 힘겹게 열고, 약간의 공포를 느끼면서 아주 잠깐 동안 망자의 제국에 들어선다. 꿈, 영화, 기억이 출몰하며 서로 뒤섞이는 저 중간 세계. 그녀는 거기서 어떤 공허한 숨소리를 듣는다. 길게 끄는 **하** 음 같은.

37

　다음 날 세 사람은 함께 무개차를 타고 시외로, 아사카에 있는 신설 골프장으로 나간다. 네겔리는 자신의 휴대용 카메라들을 가지고 왔다. 지난밤 그는 이다를 이렇게 저렇게 애무해 보았지만 별 소용이 없었고, 깊은 민망함의 감정만이 그림자를 남겼다. 아마카스는 달리는 차 안에서 바람에 휘날리며 신나게 바스락거리는 신문을 읽고 번역해 준다. 보도에 따르면 총리대신을 암살한 젊은 해군 장교 일곱 명은 쿠데타 시도가 형편없이 실패한 것을 깨닫고 모두 당국에 자수했다. 그들은 즉각 기소되었지만, 전국에는 분노의 물결이 높이 치솟았다. 그리고 한 대표단이 단체로 새끼손가락을 잘라 이를 충성과 복종의 표시로 정부에 보내자, 오늘 뜻밖에도 갑작스럽게 젊은 장교들에 대한 석방 조치가 이루어졌다. 채플린은 단단히 무장을 하고 어디론가 숨어 버렸다.

네겔리는 차 뒷좌석에서 볼렉스 카메라를 손에 들고 일어서서 무개차를 운전하고 있는 이다와 신문을 읽어 주는 마사히코를 촬영한다. 그는 두 사람 사이에서 카메라를 이리저리 돌리다가 파인더에서 (그냥 삶 속에서 맨눈으로는 볼 수 없는 것이기라도 한 것처럼) 약혼녀와 일본인 사이에 오가는 내밀한 감정의 그림자를 발견한다. 그가 미소 지으며 그녀에게 담뱃불을 붙여 주는 모습이라니. 그 그림자는 점점 눈에 띄게 분명해진다. 특히 그들이 골프장의 새파란 잔디밭 위에 서 있을 때. 그는 그녀에게 올바른 티샷을 보여 준다. 무릎을 살짝 굽히고(네겔리는 그래도 촬영을 계속한다. 다 찍은 필름 카트리지들은 가져온 천가방에 집어넣는다), 클럽은 가볍게 오른쪽으로 올리고, 하늘은 예쁜 구름으로 구획되어 있는데. 그렇게 그는 그녀를 뒤에서 느슨하게 안고 그녀의 손을 골프채 그립 주위로 이끈다. 믿기지가 않네. 네겔리는 생각한다. 그러나 스위스인답게 겉으로는 아무런 표도 내지 않는다. 그냥 카메라를 내리고, 미소 짓고, 고개를 끄덕이고, 손을 흔들어 인사한다. 한쪽 엄지손톱을 물어뜯지만 초승달 같은 손톱 끝은, 제기랄, 뜯길 생각이 없다.

한 점 바람이 일어난다. 세 사람은 낙타털 담요 위에 앉아서 싸 가지고 온 햄샌드위치를 먹는다. 도시락을 싼 종이는 바람에 골프장 위를 가로질러 날아간다. 마사히코는 기분이 아주 좋은 모양이다. 그는 두 사람의 옆구리를 쿡쿡 치고, 손바닥으로 자기 이마를 때리고, 차에 잊어버리고 두고 온 샴페인을 가지러 주차장으로 뛰어간다.

네겔리는 이다를 바라본다. 다정하게, 거의 수줍은 듯한 태도로 그녀의 손을 쥔다. 그리고 맥없는 질문을 위해 눈썹을 치켜세운다. 아직 추측의 영역에 있는 문제가 여기서 지금 빨리 둘 사이에 해명될 수 있기라도 하다는 듯이. 그는 바닥없는, 노란, 떨리는 무기력의 감정에 사로잡힌다. 늘 질투를 부르주아지의 감정으로 비웃으면서도 이다를 독자적인, 자신에게서 분리되어 있는 고유한 주체로서 인식하기를 거부해 온 그가 말이다. 그녀는 아마카스가 다가오자 바로 그에게서 손을 뺀다. 네겔리는 자신의 손을 바라본다. 손 안쪽이 완전히 축축하고 끈끈하다.

38

다음 날 네겔리는 당국에서 제공한 임대 빌라의 거실에서 손을 비비며 앉아 있다가, 손가락 끝을 빨고 일어나서 떡갈나무로 만든 장 안의 유리잔을 한 개 가지러 간다. 이때 그는 장 안에, 그러니까 장 뒤판의 안쪽 면에 작은 문이 숨겨져 있는 것을 발견한다. 그는 당황하여 뒤를 돌아본다. 아무도 없다. (둘은 대체 어디 간 거지?) 그는 장 안으로 억지로 비집고 들어가 빗장을 열고 내부의 문을 통해 집의 내장 속으로 올라간다. 그러면서 이 나무로 된 구조물 속에서 어린 시절 그 형편없는 농가에서 나던 바로 그 냄새, 먼지와 기름기 냄새가 난다는 것을 알아차린다.

그는 마치 갑자기 어떤 연극 무대의 뒤편에, 아니, 그 무대 **속에** 들어와 있는 것처럼 느낀다. 이 안의 대들보와 버팀목들은 못 없이 서로 연결되어 있다. 그는 여기서 보니 집 전체가 서양식 분위기를 몰취미하게 그저 겉으로만 꾸며내고 있을 뿐이라는 것을 깨달으면서, 벽에 기대어 있는 사다리의 맨 아랫단에 올라선다. 사다리의 저 위쪽 끝에는 밝은 광선 한 줄기가 구멍을 통과하여 맞은편 벽을 비춘다.

그는 사다리 끝까지 기어 올라가 구멍으로 침실 안을 엿본다. 방 벽에는 어떤 현대 화가가 아무렇게나 칠한 그림이 한 점 걸려 있다. 그는 부들부들 떨면서 침대 위에 벌거벗은 몸을 뻗고 누워 있는 마사히코와 이다의 기괴한 환상극을 관찰한다. 그는 보고 보고 또 본다. 이다의 굴종적 비명 속에서─입 속에 쑤셔 넣은 하얀 아마포 조각이 그 소리를 억제한다─마사히코가 마침내 그녀 위에 올라간다. 그녀의 오른쪽 허벅지와 주근깨가 있는 어깨에 파란 반점이 두드러져 보인다. 그녀의 피부를 누른 그의 손가락이 만든 자국이다.

그들이 함께 내는 이 뻔뻔하고 구역질 나는 신음소리, 그것을 바라보는 자의 이 굴욕. 구멍에 대고 있는 그의 눈 속 담청색 홍채에 방 안의 광경이 비쳐, 마치 그의 시선 자체가 이 혐오스러운 장면을 만들어 내는 영사기인 것만 같다. 네겔리는 입에 당밀을 물고 있기라도 한 것처럼, 횡격막이 녹아내리기라도 하는 것처럼, 세 번 침을 꿀꺽 삼킨다.

그는 급히 사다리를 타고 내려와 출구를 찾아내고, 장에서 기어 나온다. 답답하게 가슴이 조여드는 가운데 거실의 보조 테이블 위에서 조용히 이 순간을 기다려 온 볼렉스 카메라를 집어 든다. 이제 재빨리 집의 내장으로 다시 들어가 엿보는 구멍까지 올라간다. 그다음 카메라 렌즈를 구멍에 갖다 대고 카메라 도는 소리가 침실로 들어가지 못하도록 스웨터 팔 부분으로 구멍의 틈을 단단히 메운다. 그는 셔터를 당기고 필름 카트리지가 슬랩스틱과 비극이 뒤엉킨 이 조야한 혼합물로 꽉 채워질 때까지 기다린다. 마사히코와 이다의 비명을 재생할 수 있는 사운드트랙이 없는 것에 이루 말할 수 없이 감사하는 마음으로.

거실에 돌아온 네겔리는 역겨워하며 머리에서 가발을 벗겨서 부엌 쓰레기 속에 던져 넣고, 세면대에서 얼굴에 남은 화장기를 닦아 낸다. 그는 날카로운 **단도**가 놓여 있는 것을 보고 잠깐 생각한다. 목에다 칼을 쑤셔 넣을까 아니면 침실로 올라가 그곳을 피바다로 만들어 버릴까. 아니, 말도 안 돼. 그는 생각한다. 또 채플린에게 연락하여 권총을 빌려 달라고, 영화인의 우정으로 부탁할까도 생각해 본다. 맙소사. 아무 소용없는 짓이야. 그들은 다 같은 패인 걸. 아마 이다는 그자에게도 몸을 바쳤을 거야. 끔찍한 상상이 그렇지 않아도 이미 타격을 입어 쇠약해진 신경에 극도의 고통을 가한다. 마치 신경이 산(酸) 속에 푹 담긴 느낌이다.

39

그는 여행 가방과 카메라와 필름 카트리지 등을 넣은 더플백을 싼다. 마사히코와 이다에게는 어서 고통스럽게 죽으라는 저주를 퍼부은 뒤, 다시 한 번 힘차게 (그러나 상상력이 부족하다) 스탠드를 걷어차고 빌라를 떠나 버린다. 그 길로 그는 가까운 역에 가서 이후 몇 주일 동안 정처 없이 일본 제국을 돌아다닌다. 따뜻한 남쪽 지방으로, 나가사키와 후쿠오카로, 그다음에 다시 도쿄 방향으로 북상하여 가나가와현에 이른다. 그는 잊어버리고 모자를 빌라에 두고 왔다. 저런, 기막히게 상징적이네.

그는 정신이 혼미하고 어지러운 상태에서 싸구려 여관을 전전하며 하루에 두세 시간 이상 잠을 자지 못하고, 필름 몇 통으로 그에게 아무런 의미도 없는 영화를 찍는다. 이 신사, 저 신사로 길을 떠나는 순례자들, 자동차 사고, 밤에 불을 밝힌 고적한 시골 역들, 허리를 꼬부리고 벼 추수를 돕는 할머니들, 바람에 흔들리는 대나무 숲들, 마구 버려지고 밟혀 납작해진 종이컵들. 그는 거의 아무것도 먹지 않는다. 씻지도 않는다. 이도 닦지 않는다.

어느 날 저녁 그는 이제 이름은 잊어버린 어떤 도시에서 차갑게 식은 라면 한 그릇을 앞에 놓고 앉아 있다. 낡은 자전거가 기대 서 있는 문 앞에 붉은 오렌지색 초롱 하나가 전구를 감싸고 있다. 여관 주인 여자는 근심 어린 표정으로 형편없는 행색의 이방인에게 큰 잔에 차를 따라 가져다준다. 그녀는 경찰을 불러야 할지 망설이다가, 그녀의 초라한 여관 옆에 외국인의 말을 할 줄 아는 문필가가 한 명 산다는 것이 생각난다.

그녀는 치마에 손을 닦고 이웃 남자를 데리러 앞집으로 간다. 그는 그녀의 설명에 호기심이 동하여 네겔리가 앉아 있는 식탁까지 따라와서는 영어로 정중하게 말을 건다. 이상이 없으신지? 용서해 주시길. 선생께서 너무 절망적인 상태이신 듯하여 혹시 도와드릴 일이 있을까 하여. 물론 실례가 되지 않는다면 말이다. 네겔리는 고개를 들고, 침을 꿀꺽 삼킨다. 여린 눈물 두 방울이 뺨을 타고 흘러내린다. 주인 여자는 공개적인 감정의 분출에 민망해하며 바닥을 내려다본다. 마음씨 좋은 작가는 식탁에 앉아서 안경을 벗고, 주인 여자에게 사케와 잔 두 개를 가져다 달라고 부탁한다.

감동받은 네겔리는 아무 이야기나 지어낸다. 그는 여행객인데, 도쿄에서 아내가 달아나 버렸다. 어쩌고저쩌고. 아무리 해도 여기서, 이 쓸쓸한 곳에서, 진실을 이야기할 수는 없을 것 같다. 진실대로 말하자면, 그는 아주 오래전에 좋은 영화를 **한 편** 찍은 적이 있는 한물간 영화감독인데, 예술적인 파산과 아버지의 죽음을 겪은 뒤에, 탐욕과 스스로에 대한 과대평가로 인해 저 독일의 괴물 후겐베르크의 꾀임에 따라 즉흥적 결정으로 일본에 오게 되었다. 베를린에서 밤에 술을 마시다가 독일 비평가 두 명이 어떤 영화 계획을 이야기하며 부추겼고, 그는 그 계획을 실현하러 여기 온 것이다. 이런 정도의 얘기가 될 것이다. 그건 정말 너무 기괴해 보이지 않겠는가(실제로 자기를 초대한 것이 아마카스라는 사실을 그는 아직 알지 못한다).

문필가는 영화감독을 짐도 다 싸 들게 해서 자기 집으로 데리고 온다. 부엌으로 들어가는 문 옆에는 지저분한 액자 속에 귀도 레니*의 그림 「성 세바스찬」 복사본이 걸려 있다. 네겔리는 거울을 들여다보다가 짧게 친 머리가 (보기 흉하다) 그저 일부만 길게 자라나 있는 것을 보고 정말 제대로 놀란다. 그런 다음 갑자기 감정적으로 동요하며 당장에라도 자신에게 가해진 천인공노할 모욕에 대해 털어놓을 생각까지 한다. 얼굴을 씻고 입을 헹군다. 그러고 나서 부엌 의자에 앉아 친절한 주인이 가져다준 떡을 깨물어 먹고 손으로 젖은 머리털을 쓸어올린다. 손에서는 방금 사용한 문필가의 피어스 비누 냄새가 난다. 그는 어쩌면 다시 울기 시작했는지도 모른다.

가만히, 주인이 그에게 말한다. 진정하기를 바란다. 문필가는 우선 안마를 해 주겠다. 그리고 일반적으로 말하면 이렇다. 이세상에는 서로 밀접하게 연관되어 있는 중요한 핵심 사상이 두 개 있다. 딱 두 개뿐이다. 성욕과 자살이다. 이 두 토포스는―그는 그것을 토포스라고 부른다―초월성과 상호 중첩으로 점철되어 있다. 그러면서 남자가 뒤에서 어깨를 잡고 주무르고 있는 동안, 네겔리는 어떻게 이 집에서 최대한 해를 입지 않고 도로 빠져나갈 수 있을지 궁리한다.

정말 그렇다오. 네겔리가 의자에서 이쪽저쪽으로 흔들리는 사이에 문필가는 이렇게 말한다. 신의 저편에서 울리는 그 커다란 소리를 들을 수 있는 것은 오직 요지부동의 농밀한 남성적 정력으로 자살에 대한 굳은 결의를 품고 이를 신념으로 삼은 자뿐이다.

부엌의 많은 칼이 이제서야 눈에 띈 네겔리는 방금 눈물이 면도하지 않은 턱을 타고 돌았다는 사실도 잊어버리고 단호한 스위스적 표정으로 남자를 향해 고개를 돌린다. 그는 방어하듯이, 전혀 그런 뜻이 아니었다고 말하는 것처럼, 두 손을 앞으로 번쩍 든다.

네겔리는 노래하는 피의 합창이 귀에 쟁쟁히 울리는 가운데, 주먹을 움켜쥐고 의자에서 일어나 주인 남자를 거칠게 밀친다. 그러고는 입구에 가만히 놓여 있는 짐을 집어 들고, 잠겨 있지 않은 미닫이문을 격하게 열어젖히며 거리로 나간다. 나가자. 무조건 여기서 떠나자.

제3부 규(急)

40

찰스 채플린은 작은 홈들로 표면이 오돌토돌한, veritas라는 로고가 인쇄된 하얀 골프공을 앞쪽에 초록색 분필로 표시된 지점에다 장중한 태도로 내려놓는다. 하늘은 구름 한 점 없고, 태평양은 평화롭다. 증기선의 스크루가 대양 속에서 단조롭게 돌아간다. 마치 수족관 속에 들어 있는 거품기 같다.

채플린은 반짝이는 골프채를 머리 뒤로 높이 올린다. 클럽이 아래를 향해 흠 없이 깔끔한 은빛 원을 그리며 그의 이색(二色) 신발을 지나가자마자, 공은 벌써 쌩하고 총알처럼 창공으로 날아가고, 결국에는 들리지도 보이지도 않게 되어 아무 의미도 없이 저 멀리 바닷속에 빠져 버린다. 채플린은 분노를 덮어 가리기 위해 ve-ri-tas를 휘파람으로 분다.

그들은 황급히 도쿄를 떠났다. 작별 인사도 하지 않고 꼭 필요한 옷가지만 여행 가방 두 개에 담아 밤의 보호 속에서 요코하마

항으로 갔다. 아마카스는 방파제에서 이다에게 정말 함께 가려는지 물었다. 여기서 떠나면 당분간 되돌릴 수 없을 것인데. 그때 그녀는 그를 보고 미소 지었다. 사랑에 빠졌다고 한다면 과한 표현일 것이다. 아니, 어쩌면 과하지 않을지도 모른다. 귀를 먹먹하게 하는 멜랑콜리한 증기선의 고동 소리가 출발을 알렸다.

아마카스는 하얀 재킷을 벗고 셔츠의 소맷자락을 걷어 올린 다음, 담배에 불을 붙이고 엄지손가락으로 아랫입술을 닦아 낸다. 다음번 골프공이 수평선을 향해 사라져 갈 때 그는 눈을 꼭 감는다. 그렇게 해야 고무로 된 유성(流星)의 포물선을 더 잘 지켜볼 수 있기라도 한 것처럼. 채플린이 또다시 공격적인 태도로 골프채를 넘겨주려 하지만 그는 그것을 받지 않으려고 두 손을 바지주머니에 집어넣는다. 그의 운동신경 부족은 거의 병적인 수준이다. 채플린은 다시 클럽을 휘둘러 공을 때린다.

사람들은 이런 배 여행에서 시간을 죽이기 위해 온갖 아이디어를 짜낸다. 선장에게서 테니스 채를 빌릴 수도 있고, 셔플보드*를 할 수도 있고, 탁구나 당구도 칠 수 있으며, 온갖 종류와 크기의 축구공과 럭비공도 승객에게 제공된다. 살롱으로 가는 계단 옆에 걸린 목록에 이름을 등록하기만 하면 된다. 저녁에는 이틀에 한 번꼴로―주로 바다가 잔잔할 때―영화가 상영된다. 로스앤젤레스행 여객선 **다쓰타 마루***의 뒷갑판에는 이를 위해 스크린이 펼쳐진다.

그래서 저녁이면 채플린과 이다와 마사히코는 화려한 줄무늬의 접의자에 다리를 뻗고 누워 항해 중의 배 위에서 상영되는 모든 영화를 관람한다. 그들은 그러면서 엄청난 양의 브랜디 알렉산더와 무료로 제공되는 커피 몇 잔을 마신다. 카를 프로인트의 〈미라〉*를 보며 오싹해하다 웃음을 터뜨리고, 레니 리펜슈탈의 〈푸른빛〉*, 무르나우의 〈타부〉*와 보리스 칼로프*가 출연한 같은 감독의 영화 〈프랑켄슈타인〉, 또 해럴드 로이드*가 나오는 옛날 영화도 본다. 채플린은 로이드 영화를 보고 눈에 띄게 초조해하면서 아무런 영감도 없이 만들어진 작품이라고 평가절하한다. 아, 이건 **딜레탕트적 활동사진**일 뿐이네.

고노는 로스앤젤레스로 가는 동안 내내 부루퉁한 표정으로 삼등칸 선실에 들어앉아 있다. 그는 배에 오를 때 여러 차례 잘난 척하며 오만방자하게 굴었는데, 보다 못한 채플린은 가차 없이 이제 고노는 제발 입을 닫으라고 말한다. 안 그러면 당장 해고하겠다. 고노는 채플린이 바보라서 오랜 세월 동안 그가 푼돈을 훔쳐 온 걸 모른다고 믿지 말길 바란다. 그 정도야 보아 넘길 수 있지만, 채플린을 이 정신 나간 민족에 무방비 상태로 내맡기고, 그것도 모자라 그를 겨냥한 암살 음모의 덫 속으로 교묘히 몰아간 것은 추악하고, 거의 정신병 수준이다. 아, 똑바로 생각해 보니, 그냥 지금 해고하는 게 맞다. **끝이야!**

밤에, 마사히코는 이미 옆에 잠들어 있는데, 이다는 잠자리에서 일어나 둘이 함께 쓰는 선실을 나온다. 맨발로 걸어 뒷갑판으로 간 그녀는 난간을 꼭 붙들고 밤하늘이 만들어 내는 거대한 우연의 무늬를 정신없이 바라본다.

채플린은―비록 많은 샴페인을 마시면서 한 말이긴 하지

만—그녀에게 성공을 예언했다. 그는 그녀의 성공을 위해 길을 터 주고 싶으며, 그녀는 미국 영화판에서 아주 짧은 시간 안에 유례를 찾기 어려운 빛나는 성공을 거두게 될 것이다. 그녀는 약간 수줍은 척하며 자신이 독일어 억양을 그렇게 쉽게 버리지 못할 것이라고 대답했다. 아니, 아니, 바로 그게 지금 대단히 잘 먹힐 것이다. 그녀는 바로 유성영화로 뛰어드는 게 좋겠다. 그녀의 밝은 금발과 주근깨는 (그녀의 뛰어난 재능은 물론이고) 성공의 보증수표다. 일은 때로 순식간에 벌어진다. 그는 물론 이 일에 딱 맞는 사람들을 알고 있고 그들 모두에게 그녀를 소개할 것이다. 몇 사람이 벌써 눈에 떠오른다. 그러면서 채플린은 매력을 발산하고 뱀장어처럼 파닥거렸다. 그러나 뭔가가 진짜 있지 않다면, 그가 뭣하러 그런 말을 한단 말인가?

이다는 태평양 밤하늘 위에서 별똥별이 꺼져 가는 것이 간절히 보고 싶다. 그러면 거기에 또 다른 소망들을 엮을 수 있을 텐데. 그러나 저 위의 검은 창공에는 아무런 혜성도 가로지르지 않고, 별들은 비타협적으로 냉담하게 반짝거리고 있다. 낮에는 다시 수많은 골프공이 바다로 날아가고 식사 시간에는 다소 둔감한 분위기가 일어난다. 뭔가 기이하게 밋밋하고 질긴 느낌.

어느 날 저녁, 그들은 평소보다 술을 더 많이 마셨고, 바람에 요동하는 선상 스크린으로 하워드 혹스*의 〈스카페이스〉를 보았다. 그러다가 채플린과 아마카스 사이에 험악한 싸움이 벌어진다.

이 배우는 일본을 뼛속 깊이 싫어하게 되었다. 그 자신이 그렇게 말한다. 그러고서 그는 급격하게 무례해지면서 모욕적 언사도 서슴지 않는다. 그는 성이 나서 소리를 지른다. 일본의 보호와 후원하에 평화로운 범아시아적 사회주의를 이룬다는 것은 일본인이 파시스트라는 한 가지 이유 때문에라도 실현 불가능한 꿈에 지나지 않는다. 일본인이라는 민족은 남을 깔아뭉개고 굴욕감을 느끼게 하는 데서 기쁨을 느끼는 게 분명하다. 그들은 자기네 주변의 모두가 야만족이라고 믿는다. 그들은 지구 전체가 저열하고 허약하며 무엇보다도 문명을 모르는 자들로 채워져 있다고 생각하는 것이다.

이다는 자리 가면서, 이런 다툼은 정말 어리석기 짝이 없다고 한마디 해 준다. 아마카스는 살짝 지나치게 오만한 표정으로 빙긋 웃으며 자기도 이만 물러나겠다고 한다. 그러자 채플린은 그의 소매를 붙들고 스크린 뒤로, 소리가 들리지 않게 멀어질 때까지 끌고 간다. 그동안 계속 다음과 같은 말들을 아마카스에게 쏟아붓는다. 이제 자유로운 나라로 돌아가게 되어 얼마나 기쁜지 모른다, 아마카스도 곧 미국인들이 얼마나 환대하는지 보게 될 거다, 거기서는 개인이 중요하다, 집단이 아니라 개개인이 책임을 진다. 그러더니 그는 술잔을 단숨에 비운다.

아마카스는 그 형편없는 기자회견을 여전히 눈앞에 떠올리며 거만하게 손을 내젓는다. 이 항해를 채플린과 그가 함께하게 된 것에 대해 감사하는 마음이다. 하지만 정치에 대한 이해가 전혀 없어 보이는 사람에게서 이런 어리석고 진부한 얘기를 가만히 듣고 있을 만큼 그렇게 맹목적으로 감사해하는 건 결코 아니다. 채플린은 영화에서 찬란한 성공을 거두어 전 세계에서 인정과 갈채를 받고 있다는 데 대해서나 기뻐하기를 바란다. 아니면 그는 혹시 유성영화로 갈아타는 데 실패할까 봐 걱정하고 있는 것인가? 유성영화의 시대는 반드시 온다. 아니 이미 왔다. 일본만 제외한다면 말이다. 하지만 그는 일본으로는 다신 가지 않는다고 하지 않았나. 아마카스는 이렇게 슬쩍 빈정대는 말을 덧붙인다.

그래, 그래, 초라한 가난뱅이니까. 채플린이 말한다. 아마카스는 결코 그런 말은 하지 않았다고 대꾸한다(채플린은 속마음을 읽을 줄 아는 것일까?). 이때 갑자기 채플린이 양복바지의 뒤쪽 심지에서 연발 권총을 빼들고 총신을 상대방의 배에 겨눈 채 비틀비틀 다가와 명령한다. 아마카스는 바다에 뛰어들어라. 아니면 방아쇠를 당길 것이다. 아마카스는 아연실색한다. 잠깐. 잠깐. 가만히. 설마 진심은 아닐 테지. 물론 진심이다. 채플린은 그를 뼛속 깊이 증오한다. 미국 대사관에서의 리셉션 행사 때부터 계속 그랬다. 일본인은 마음대로 선택할 수 있다. 뱃속에 구멍이 나든지, 태평양에서 헤엄쳐서 살아남을 수 있는 실낱같은 기회를 노리든지. 북쪽으로 백 킬로미터 가면 하와이다. 자, 어서.

아마카스는 권총을 재빨리 낚아챌 수 있을까 생각해 본다. 채플린은 겉으로 보기에도 엉망으로 취해 있는 상태다. 아마도 빠르게 방아쇠를 당기지 못할 것이다. 권총에 아예 총알이 장전되어 있지 않을 수도 있다. 1초도 채 안 되는 짧은 시간 동안 제한된 가능성과 그 결과들이 그의 머리를 스쳐 지나간다. 그러나 그의 생각은 언제나 상상조차 할 수 없는 명치의 고통에 대한 것으로 끝난다.

그는 난간에 올라 한 다리를 바다 쪽으로 조심스럽게 내민다. 채플린이 비틀비틀하며 다가와 그를 바닷속으로 밀어 넣는다. 이어서 권총도 던져 버린다.

나중에 이다에게 채플린은 이렇게 이야기할 것이다. 아마카스는 더 이상 보지 못했다. 그, 채플린 역시 자러 갔는데—세상에, 불쌍한 친구가 밤에 술에 취해서 갑판에서 추락했단 말인가? 선장에게도 그는 똑같이 말한다. 그는 세계에서 가장 유명한 배우다. 사람들은 그가 무슨 말을 해도 다 믿었다.

41

마사히코는 헐떡거리며 방향이야 어찌 됐든 몇 번 물을 차고 나아간다. 갑자기 정신이 바짝 들어 살펴보니 증기선의 불빛은 점점 작아져 간다. 한입 가득히 들어오는 짠물을 삼키기를 몇 차례, 잔인하고 끔찍한 이 상황의 전모가 또렷이 의식된다. 나무토막이나, 아니면 다른 뭐라도 붙잡을 게 있었으면. 하와이가 어느 쪽인지 알 수만 있다면 좋을 텐데. 배에 총을 쏘게 놔두기라도 할 것을.

그는 등을 아래로 하고 출렁대는 물살에 몸을 맡긴 채, 위로, 아래로, 떠밀려 간다. 달빛이 무시무시하고 냉혹한 잿빛 풍경을 밝혀 준다. 물이 특별히 차지는 않다. 해류에 대략 시속 6킬로미터 정도로 떠밀려 간다면 열여덟 시간이면 충분히 하와이에 가닿을 것이다. 물론 해류의 방향이 맞아야겠지만. 그게 전부다. 그는 멍해진 채 대양에 떠 있는 섬들의 위치를 지도 위에 그려

본다. 분명 섬은 전부 여덟 개다. 그는 정확히 안다. 그는 섬들이 하나의 갈퀴라고, 그리고 자신이 넓게 벌어져 있는 뾰족한 갈큇발에 포획될 것이라고 상상한다. 그에게는 서른 시간이 남아 있다. 그때까지 땅에 이르지 못한다면 목이 말라 죽고 말 것이다. 칵테일을 그렇게 많이 마시지만 않았어도. 채플린. 그 빌어먹을 미친놈.

그는 파도를 따라 떠밀려 가며 중간중간 몇 초씩 잠이 든다. 이 사태 전체는 뭔가 엄청나게 투명하면서도 또한 가소로운 데가 있다. 그는 죽고 싶지도 않고 죽지도 않았다. 머리가 귀 높이까지 물에 잠긴 채 떠밀려 가는 까닭에, 그의 귀에는 탁탁거리는 소리, 바지직거리는 소리가 들린다. 그것은 이 행성의 근원적인 소리다. 그 사이사이로 마치 멀리서 나는 것 같은, 깊이 가라앉은 진동 소리가 들려온다. 그것은 대양 속에서 어마어마하게 먼 거리를 두고 해양 포유류 동물이 서로를 향해 수줍게 부르는 슬픈, 조율된 노래다.

아무것도 무의미하지 않다고 그는 생각한다. 그리고 마침내 어느 해변에 밀려와 파도의 물거품이 나직하게 쏴아 하는 소리를 내며 힘없이 부드럽게 몸 위를 지나가는 것을 상상한다. 그 해안에서 그는 게와 조개들이 널려 있는 것을 본다. 만질 수 있고 느낄 수 있는, 대지의 창백한 해골. 그 위로 숨 막히도록 파랗게 펼쳐져 있는 하늘의 무한한 선물.

42

기차로 홋카이도 북부에 도착한 네겔리는 연락선을 타고 시베리아로 가는 방향에 있는 쿠릴열도로 건너간다. 항구에서 그는 어선 한 척을 보고 그리로 달려가서 막무가내로 손짓 발짓을 하고 허리를 굽혀 인사하면서 북동쪽 수평선을 가리킨다. 게 잡이 어부들은 그를 다음 섬까지 태워 주고, 또 그다음 섬에도 데려다 준다. 그는 풍상에 찌든 그들의 선량한 얼굴을 촬영한 뒤에, 감사의 표시로 카메라가 든 보따리를 선물할까 생각하지만, 좀 더 숙고하고 마음을 고쳐먹는다. 카메라가 아직 필요할지도 모른다.

러시아 국경에서 어선은 험악하게 생긴 소련 해병들에게 제지당한다. 그들은 구명정을 타고 와서 어선에 탄 사람들을 검문한다. 해안경비선은 상당한 화력의 기관총을 이쪽으로 겨누고 있다. 네겔리는 더듬거리며 말한다. 그는 입국 사증은 없지만 스위스 출신 자연 연구자인데 캄차카반도 직전까지만이라도 가면 안 되겠는지? 근무 중인 소비에트 장교는 당연히 여행을 불허하고 카메라가 든 자루를 조사하기 시작한다. 일이 더 복잡해지기 전에 네겔리는 가지고 있는 담배를 몽땅 병사들에게 선물하고, 장교에게는 남은 달러를 내준다. 어부들과 네겔리는 그들에게 허리를 굽혀 인사한다. 일본인들은 사죄에 사죄를 거듭한 뒤 뱃머리를 돌려 네겔리를 홋카이도 해안에 도로 내려 주면서, 친절하게도 이 계절에 때로 인간을 습격하는 불곰을 조심하라고 일러 준다.

그는 사람의 손길이 닿지 않은 홋카이도의 미개간지를 이리저리 돌아다닌다. 지금 일본은 초여름이고, 언덕과 해안의 가파른 벼랑은 보라색 꽃을 피우는 야생 백합과 앵초로 뒤덮여 있다. 네겔리는 계속해서 정처 없이, 아무런 계획도 없이, 발길 닿는 대로 걸어간다. 그러다 저녁이 되면 나뭇가지로 잘 집을 짓거나, 아니면 그냥 별빛 아래서 잠을 잔다. 개울에서 물병을 채우고 물고기는 맨손으로 잡아 날로 먹으며, 이따금 주변에 불곰이 나타나면 살금살금 다가가서 촬영을 시도하기도 한다.

그에게 자연은 거칠고 사나운 것, 꽉 찬 것, 힘이 넘치는 것으로 느껴진다. 그는 밤이면 어마어마하게 큰, 불 꺼진 화산들의 꿈을 꾼다. 그 꿈속에서, 산비탈들이 멀리서 무질서하게 모습을 드러낸다. 그는 간혹 밤하늘을 보다가 마음을 진정시키는 화산의 오렌지색 빛을 실제로 발견한다. 수백 킬로미터 떨어진 곳에서 오는 화산의 빛. 한 여우 가족이 며칠 동안 안전거리를 유지하며 뒤를 따르는 일도 있다. 둥지를 짓는 새들은 서쪽으로 날아가는 동료들을 향해 **피-디-부스**라고 지저귄다.

그는 걸어가다가 몇 번 어떤 작은 손이 자기 손을 잡는 것 같은 느낌을 받는다. 그의 엄지손가락이 아이의 손에 감싸인다. 그래서 손을 내려다보면 당연히 아무도 없다. 그는 그냥 계속 걸어가지만 그 생생한 느낌을 떨쳐 버릴 수 없다. 어떤 작은 아이가 옆에 함께 가고 있는 것만 같다. 본능은 뒤에서 누가 쳐다보고 있다고 말한다. 그러나 돌아보면 역시 혼자뿐이다.

그는 이 기이한 느낌이 자연 속의 고독함 탓이라고 확신하고 더 이상 신경 쓰지 않는다. 그러나 몇 주일, 몇 달이 지났을 때 또 갑자기 아버지가 나타난다. 세심한 면도로 깔끔하게 다듬어진, 햇볕에 그을린 뒷목, 0.5밀리미터 정도의 짧은 흰 머리털, 유쾌한 검버섯, 윙크하는 눈. 그래, 젠장, 아버지는 유머가 있었다. 반복하여 표출되는 우아한 잔인성에도 불구하고 말이다.

이제 갑자기 분명히 깨닫는다. 아버지는 어느 날 그를 더 이상 좋아하지 않게 되었는데, 그것이 그, 즉 에밀이 한 번 아버지에게서 손을 빼냈기 때문이라는 것을. 그로서는 나이를 어느 정도 먹은 아이가 아버지 손을 붙잡고 옆에서 따라간다는 게 체면 깎이는 일이라고 생각해서 한 행동이었지만. 그렇다. 그는 생각한다. 그 일이 두 사람 사이를 갈라놓은 것이다. 그리고 그 책임은 전적으로 그에게 있다. 아버지의 잘못은 없다. 아버지가 갑자기 그리워진다.

43

일주일간의 도보 행진 뒤에―이에 걸맞게 발에는 따가운 물집이 났다―그는 가난하고 사람이라곤 거의 없는 작은 도시 아사히카와에 도달한다. 오래전에 활동을 중지한 화산들이 우뚝 솟아 이 도시를 지켜 주고 있다(네겔리는 후지산의 자매인 이 완벽한 산들을 전부터 뇌 속의 그림 목록에 늘 지니고 있었던 것처럼 느낀다). 그는 좌우에 임시변통으로 뚝딱 지어진 나무 집들이 줄지어 서 있는 대로를 걸어 내려가면서 여관이나 호텔을 찾아본다.

그는 호텔 대신 가게를 하나 발견한다. 아마 잡화점일 것이다. 또는 기념품 가게. 그는 나무와 유리로 된 문을 통해 안으로 들어간다. 머리 위에서 작은 종이 딸랑거리며 오후의 고요함 속에 파문을 일으킨다. 우선 소리 내어 헛기침을 하고 이어서 인사말로 사람을 불러 보지만 아무도 나오지 않는다. 가게에는 아무도 없는 것 같다. 아예 장사를 접은 것인지도 모른다.

푹신한 어스름에 눈이 익숙해지자, 도처에 쌓여 있는 밝은 갈색 먼지가 보이기 시작한다. 테이블마다 황금색 비단실을 짜 넣은 벨벳 커튼들이 펼쳐져 있고, 그 위에는 부엉이와 물총새의 박제품들이, 그 옆에는 식사 도구류 컬렉션에서 꺼내 놓은 은제 포크들이 놓여 있다. 저쪽에는 섬세하게 만들어진 다기 세트, 말린 꽃들, 찌그러진, 그래도 여전히 고급스러워 보이는 사모바르, 녹슨 장난감 열차, 밝은색 나무로 된 슈트리를 넣어 놓은 야생동물 가죽 단화들, 볼테르의 데드마스크 복제품이 있다.

난로 위쪽에는 몇 개의 그림이 걸려 있는데, 가까이 들여다보면 고가의 작품임을 알 수 있다. 그는 이곳, 아시아의 맨 끝에 와서, 사라져 버린, 이미 오래전에 기억에서조차 지워진 옛 유럽을 떠오르게 하는 기억의 방 속에 와 있는 것처럼 느낀다. 네겔리는 옆으로 손을 뻗어 벽에 달린 전등 스위치를 올린 다음, 볼렉스 카메라를 들고 손을 찬찬히 움직이면서 방과 그 속에 있는 모든 것을 촬영한다.

44

　로스앤젤레스에 와서 처음 얼마 동안은 정말 엄청나게 홍분되는 나날이 이어진다! 지중해풍의 온화한 캘리포니아의 빛―그게 그리 특별할 것이 없다고 말하는 사람들도 있지만 사실은 그저 부러워서 그럴 뿐이다―을 실컷 쐬고, 그 빛에 근심도 잊어버린 이다는 전차를 타고 백만 인구의 도시를 이리저리 쏘다닌다. 한번은 여기에 내려 작은 소시지를 한 개 먹고, 한번은 저기에 내려 맥아더 공원에서 닥스훈트를 쓰다듬는다. 그녀는 끝도 없이 칵테일파티에 다니고 수많은 미술관을 방문하여 그곳에 전시된 미국 회화 작품들을 감탄의 눈으로 감상한다. 그 충격적이고 나이브한 생명력으로 전통적인 유럽의 모더니즘과 대적하는 작품들. 그녀는 멋진 회오리바람 한가운데 있는 것만 같다. 그 바람이 그녀를 후후 불어 유럽과 비교할 수 없을 정도로 다채롭고 문화적으로 풍요로운 이 도시 이곳저곳으로 날려 보내는 것이다.

이다는 어떤 영화 한 편에 출연하도록 권유받는다. 그것은 우파 영화사가 미국에서 전혀 이름 없는 존재인 하인츠 뤼만을 알리기 위해 계획한 영화인데, 뤼만은 뤼만대로 무명의 배우와 공연하는 것을 원치 않기에 이다가 자신의 상대역을 맡는 것에 반대한다. 그는 물론 베를린에서 네겔리와 함께한 저녁 시간을 기억하지 못하고, 그러니 이다와 스위스 감독을 연결시켜 볼 생각은 아예 하지 못한다. 영화는 제작되지 않고 결국 뤼만은 미국에 한 번도 발을 디디지 않을 것이다.

다음 영화 프로젝트 오디션에서 사람들은 그녀에게 말한다. 오케이. 그녀의 비행사 스타일은 철지난 것이긴 하지만, 배역을 맡겨 주겠다. 뒤를 봐주는 강력한 배경이 있는 것처럼 보인다. 찡긋 찡긋. 작품은 월리스 비어리'가 주연인 B급 영화에 지나지 않지만, 그녀는 레슬러인 남편이 판판이 지기만 하는데도 곁에서 꿋꿋한 버팀목이 되어 주는 가정주부 연기를 열과 성을 다하여 해낸다. 그녀는 그를 굳게 믿고, 그에게 용기와 자신감을 북돋아 준다. 그러나 모든 것이 걸린 빅매치에서 승리한 남편은 창녀와 놀아나며 그녀를 배신한다.

시나리오는 형편없는 데다, 살이 물렁하고 퉁퉁한 비어리는 촬영 내내 끊임없이 그녀의 엉덩이를 꼬집고, 일단 옷 갈아입는 차량 안에서 단둘이 되기만 하면 그녀의 젖가슴을 아플 정도로 주물러댄다. 그래도 그녀는 흔들리지 않는다. 그녀는 스타가 되려 한다. 이 정도는 그 과정에서 으레 있는 일이다.

그러나 안타깝게도 파라마운트사와 메트로-골드윈-메이어사 사이의 협약이 효력을 발함에 따라 이미 편집까지 끝난 영화 〈싸움의 정신〉은 상영이 취소된다. 영화는 개봉되지 않은 채 아카이브로 직행한다. 이다는 취소된 영화에 대한 소액의 출연료를 받고, 가까운 시일 내에 서부영화의 배역을 맡을 수 있을 거라는 얘기를 듣는다. 물론 지금보다 15킬로그램을 뺀다는 전제가 달리긴 하지만.

그녀는 한 달 동안 거의 죽을 지경이 될 정도로 굶었지만, 스튜디오에서는 이렇게 통보한다. 대단히 감사하다. 그러나 그녀에게는 눈에 띌 만한 재능이 보이지 않는다. 물론 그게 큰 문제는 아니다. 다만 지금은 열정적인 남미 여자 타입에 대한 수요가 높다. 그녀가 보여 주는 차가운 북구 여성의 이미지는 아웃이다. 물론 성형 수술의 가능성도 있기는 하다. 그녀가 용의가 있다면 말이다. 아니, 그녀는 그럴 용의가 없다. 어허. 그러면 영화사로서는 할 수 있는 일이 없네. 장래를 위한 한마디 충고. 개명하는 게 좋겠다. 이 나라에서 아무도 발음할 수 없는 지금 이름은 버리고.

그래서 그녀는 대단히 유명한 여배우의 집 청소 일을 시작한다. 처음에는 부업으로 했지만 결국 전일 근무가 된다. 그녀가 전달받은 바에 따르면 레이디는 흑인도, 유대인도 절대 고용하지 않는다고 한다. 그녀는 아리아족이라서 당장 일을 시작할 수 있는 거다. 그녀는 일단 하늘색 하녀 제복을 마련해야 한다. 그렇게 하고 매일 아침 베벌리힐스 선셋대로에, 큰 야자수들이 그늘을 드리운, 스페인 미션 양식'의 멋진 빌라 문 앞에 출근한다.

여배우는 매일 늦은 오전에 얼굴에는 유성크림을 바르고 아침 화장복 차림으로 그레이트데인' 두 마리, 아르투스와 란첼로트를 대동하고 저택의 2층 발코니에 모습을 드러낸다. 그녀의 행동거지는 참고 보아주기 어렵다. 그녀는 기분 내키는 대로 아무 데나 담뱃재를 털고, 숙취가 있을 때는 얇게 썬 살라미 조각과 청나라 화병을 고용인들에게 던진다. 오후에는 선글라스를 끼고 홀딱 벗은 몸에 오일을 바른 채 수영장에 눕는다. 쭉 뻗은 채로 가만히 있는 손에는 승마용 채찍이 들려 있고, 눈에는 오이 두 조각이 얹혀 있다.

그녀는 이다가 어떤 실수를 저지르기만 기다리는 듯이 보인다. 큰 저녁 파티가 예정되어 있다. 이다는 보조 인력으로, 수프를 나르는 등의 일을 해야 한다. 신사 숙녀가 황색 살롱에서 식전주를 마시고 나서 성대하게 꾸며진 연회석 자리에 들어설 때, 그녀는 부엌과 통해 있는 문의 틈을 통해 손님들 사이에 서 있는 찰리 채플린을 발견한다. 그는 구릿빛으로 탔고, 기분은 최상이다. 그녀는 그를 포옹하기 위해 불쑥 달려든다. 하얀 앞치마를 두른, 더 이상 아주 젊지는 않은 비쩍 마른 아가씨. 그녀는 정신이 온전하지 않은 팬처럼 보인다. 채플린은 히죽 웃으며 파티의 여주인에게 고개를 돌린다. 그녀는 이다의 옷자락을 잡아끌고 부엌으로 나가 세차게 뺨따귀를 날린다. 왼쪽에 한 번, 오른쪽에 한 번. 그리고 해고다. 지금 당장.

45

오랜 배 여행 끝에 스위스에 돌아온 네겔리는 니더도르프*에 있는 자신의 작은 아파트에 들어와서, 차 한 잔을 끓이고, 식탁 위에 쌓여 있는 상당한 양의 우편물을 대충 훑고, 담배를 세 대 연달아 피운다. 담배를 피우면서 저 건너편 외를리콘에 있는 노르디스크 지사의 빤짝빤짝하는 새 스틴벡 편집기에서 대강 편집해 온 필름을 영사기에 건다. 영화를 두 번 본 뒤에 그는 자랑스럽게 조용히 속으로 미소 짓는다. 걸작임을 알기 때문이다.

그는 밖에서 아파트 문을 잠그고, 호수에서 천천히 부드럽게 흘러나오는 리마트강으로 걸어 내려가서 한동안 백조들을 지켜본다. 머리를—지금은 늦가을이다—우아하게, 멋을 부리듯이 날개 아래로 집어넣는 백조들을. 그러다가 투명하게 반짝이는 강가의 얕은 물에서 천천히 돌아가는 자전거의 바큇살들을 발견한다. 호수 저편 멀리, 동남쪽에 눈 덮인 알프스가 보인다.

그 위에는 퓐 속에 구름이 층층이 쌓여 올라간다. 어렸을 땐 저 구름들을 몇 시간이고 정신없이 바라보곤 했지.

그의 머리는 다시 예전의 익숙한 길이로 자라 있다. 선선해진 바람 속에서 그것을 느낀다. 그는 어깨를 으쓱하면서 두피를 더 듬어 뒤통수에 빈자리가 더 커진 것을 확인한다. 그는 홋카이도에서 오래 걸어 다닌 바람에 근육이 단단해지고 몸은 말랐다. 그의 시선에는 어딘지 멍한, 몽상에 빠진 듯한 기운이 있다.

그에게 스위스는 이제 1년 전만큼 그렇게 낯설게 느껴지지 않는다. 보아하니 사람들이 그래도 그의 부재를 아쉬워한 모양이다. 그사이에 사람들은 그의 창작에 대해 숙고했고, 그리하여 그에게 베른대학 객원교수직을 제안하는가 하면, 로만디*에서 무슨 동메달을 수여하기도 했다. 그 외에도 취리히 연방공대에서 스위스 영화의 미래에 대한 연속 강연이 그에게 맡겨졌다. 그는 새롭게 자신에게 향하는 이런 부르주아적인, 심지어 거의 다정하기까지 한 고향의 관심이 흐뭇하게 느껴지는 것에 대해 속으로 뜨끔해한다.

그는 영화에 이 책과 같은 제목을 붙이고 아직 완전히 편집되지 않은 초벌본을 오페라하우스와 아주 가까운 제펠트*의 소박한 작은 상영관에서 발표한다. 이 늦은 오후 시간은 평소에 비해 지나치게 덥다. 호수 위에 떠 있는 구름에서 번개가 찌직 하고 내리친다.

여자 피아니스트와 유감스럽게도 꽤나 재주 없는 남자 첼리스트의 연주가 소리 없이 깜빡거리는 흑백 풍경과 함께한다. 일본인 남자와 밝은 금발의 젊은 여자가 보인다. 무개차에서 남자는 신문을 읽고 있다. 다음은 하늘 저 위로 타원을 그리며 멀어져 가는 골프공, 눈 덮인 원추형 휴화산의 봉우리, 쓸모없는 잡동사니로 가득 찬 어두운 헛간, 초점이 흔들려 흐릿해진, 불곰처럼 보이는 짐승들, 그물을 수선하는 아시아 뱃사람들의 거친 손, 짓밟혀 찌그러진 종이컵에 오래 머물러 있는 카메라의 시선. 모든 관객이 끝까지 깨어 있는 것은 아니다.

영화가 끝나자 조심스러운 갈채가 들린다. 차갑게 보관된 발레주의 백포도주 팡당 네 병이 나온다. 관심 있는 기자 몇 사람이 자리에 왔고, 네겔리의 친구들도 몇 명 왔다. 그 친구들은 다음 날 그를 전위주의자이자 초현실주의자라고 명명한 신문들을 보여 주며 그를 인정하는 의미에서 환하게 홍소를 터뜨릴 것이다. 다만 「노이에 취르허 차이퉁」은 그를 멍청한 자라고 평한다. **감히 스위스에서 이런 영화라니!** 그 신문에는 그렇게 씌어 있다. 아마카스와 이다가 성교하는 장면은 단지 예술에서 뻔뻔스럽고도 계산적인 경향이 유감스럽게도 도처에 퍼지고 있음을 보여 주는 좋은 실례로서 언급되는 정도에 그친다. 독일에서는 후겐베르크가 요제프 괴벨스로 교체되었다. 그는 네겔리가 우파 영화사에 빚진 영화 한 편을 결코 제출하지 않으리라는 것을 잊었는지, 모른 척하는 것인지 아무 말도 없다. 간혹, 그것도 아주 드물게 네겔리는 이다와 마사히코를 생각한다. 그는 친구의 친구들을 통해 듣는다. 둘이 함께 미국으로 건너갔고 거기서 결혼했다고. 그녀는 여배우가 되었고, 부유하게 살고 있을 거라고.

문화 없는 미국이라는 나라는 그에게 관심 밖이다. 미워하냐
고? 아니, 그는 더 이상 이다를 미워하지 않는다. 그는 서부영화
를 아주 즐겨 보니까, 어쩌면 스크린에서 그녀를 볼 날이 있으
리라. 어쩌면. 그는 속으로 말한다. 어쩌면 그는 다시 한 번 함순
을 찾아가 초인종을 울려 볼 것이다.

46

불쌍한 이다. 그녀는 이 오디션에서 저 오디션을 전전한다. 한 편의 영화 출연도 성사되지 않는다. 그녀는 그나마 할리우드 대로에 있는 한 극장에서 **임시 대역** 자리를 제안받고 역에 맞게 밝은 금발 머리를 갈색으로 염색하려 하지만, 그러다가 거품투성이 머리가 뭉텅이로 빠져 손에 잡혀 있는 것을 본다. 이제 그녀는 정말 흉해 보인다. 두말할 것도 없이 바로 해고다. 그녀는 계약 해지에 대한 보상으로 4달러를 달랑 손에 쥐고 야자수가 양옆에 늘어서 있는 가위가로 쫓겨난다. 사람들은 말한다. 저런, 그것도 얼마나 다행인지 알아야 한다.

채플린은 전화를 받지 않는다. 아니면 그녀의 전화가 중간에서 차단되는지도 모른다. 그녀는 매일 여러 차례 전화를 걸어보지만, 아무 소용이 없다. 어차피 끝도 없이 많은 약속이 있는 사람이니까. 그녀는 속으로 생각한다. 아니면 그는 아예 기억하지 못하는 거겠지(어찌 그럴 수 있나? 얼마 전에 분명히 그녀를 알아보았는데). 어쩌면 미국이란 곳이 워낙 이런지도 몰라. 온통 지키지 않은 약속들, 깨져 버린 경솔한 희망들.

집 주인도 바로 계약 해지를 통보한다. 전기는 이미 끊어졌다. 그녀는 한 주일 한 주일 줄에 대롱대롱 매달려 나아가듯 살아간다. 그녀는 며칠 동안 귀걸이를 들고 전당포를 전전하기도 했다. 그나마 커웽거가의 간이식당에서는 베이컨과 계란 프라이를 외상으로 먹을 수 있다. 그곳 사람들이 그녀를 좋아하니까.

어떤 브라질 신사(가느다란 콧수염, 가늘고 긴 엽궐련, 새끼손가락에 에나멜을 입힌 아르데코 반지)가 어느 날 오후 간이식당에서 열두 잔째 공짜 커피를 앞에 두고 앉아 있는 그녀에게 말을 건다. 그는 그녀를 캐년에 있는 자신의 저택에 데리고 간다. 거기, 벨벳 쿠션이 깔려 있고 가운데가 움푹 꺼진 거실에는 이미 다른 날씬한 아가씨들이 기다리고 있다. 그들에게 브랜디와 헤로인이 제공된다. 그녀는 거절하지만, 오랫동안 고민해야 한다.

브라질인은 아가씨들을 쿠션 위에 죽 앉힌다. 몇몇은 옷을 다 벗고 알몸이 된다. 무비카메라 한두 대가 돌아간다. 조수가 나무로 된 커다란 야구 방망이를 부엌에서 가져온다. 현관문은 이미 안쪽에서 잠가 버렸다. 이다는 겁에 질리고, 따귀를 얻어맞는다. 바깥 잔디밭에는 스프링클러가 돌고 있다. 스프링클러가 뿌리는 아주 고운 수십억 개의 물방울은 마법처럼 하나의 무지개를 만들어 내고는 양치류와 다즙식물을 타고 미끄러져 내려 듬성듬성 심어진 키 작은 캘리포니아 꽃나무 밭으로 스며들어 간다.

이다는 비명을 지르고 또 지른다. 조수가 유리로 된 미닫이문을 열어 준다. 그녀는 비틀거리며 맨발로 잔디밭으로 뛰쳐나가, 스프링클러에서 뿜어져 반짝거리며 떨어져 내리는 물방울들 사이로 황급히 달려간다. 베이지색 비단에 금실을 박아 넣은 짧은 원피스가 젖어서 속이 비친다. 그녀를 따라가던 카메라맨 중 한 명이 그런 그녀를 촬영한다. 휘청거리며, 흐느끼며, 달아나는 그녀의 모습을. 저택에서 경멸적인 웃음소리가 그녀의 뒤를 쫓아온다.

아파트 앞에 돌아와 보니 잠금 장치는 교체되어 있고 세간살이와 가구들이 문 앞 보도 위에 나와 있다. 몇몇 행인이 벌써 물건을 이용하기도 하고 이것저것 그냥 집어가기도 했다. 그녀는 무릎을 당기고 연석에 앉아 울어야 할지 생각한다. 저 위, 흠 없이 새파란 하늘 아래 바짝 말라 있는 언덕의 **할리우드랜드** 표지판이 거대한 재앙의 조짐처럼 눈에 들어온다. 그녀에게 마사히코가 나타난다. 그녀를 정말로 만진 첫 남자. 그러나 어쩌면 네겔리도 그리운 것 같다. 일이 이렇게 돼야 했을까. 그래. 정말 계획된 건 아니었어. 애초에 계획이란 건 없었지.

그녀가 철자 H의 기둥을 오를 때는 벌써 저녁이다. 앞쪽 아래, 쇠기둥 사이로 절제를 모르는 도시가 반짝이며 활활 타오르고 있는 것이 잘 보인다. 끝없이 펼쳐진 그 도시는 군청색 수평선에서 서서히 까매져 가는 밤하늘과 하나가 되는 것처럼 보인다. 거기까지 수수께끼 같은 탄력 있는 평면이 펼쳐져 있다. 자동차의 헤드라이트 불빛을 받아 황금빛으로 부풀어 오른 십자 대로들의 단순한 괘선이 원근법적으로 멀리 늘여 놓은.

이다는 점점 높이 기어 올라가, 강철 프레임에 싸인 철자의 끝 부분에 말 타듯이 걸터앉는다. 그리고 이제 다른 다리를 앞으로 뻗는다. 아, 참 이상해. 그녀는 생각한다. 글자 H. 꿈에서 본 그 대로야. 모든 존재의 망각. 우리의 본질이 입을 다무는 것. 우리는 모든 걸 발견한 것만 같은데.

그녀의 머리가 아래로 떨어진다. 안전하게 붙잡고 자리에 앉아 있을 수 있는 마지막 한계를 넘어설 때까지. 그녀는 미끄러진다. 마지막 순간에 다시 매달려 본다. 놀라 소리를 지른다. 나동그라지며 추락하는 그녀의 몸은 결국 선인장 위에서 조용히 축 늘어진다. 날카롭고 잔혹한 선인장 가시가 얼굴 피부를 찢는다. 아니, 거의 벗겨 낸다.

구급차와 영구차가 와서 멀홀랜드 제일 위쪽에 주차한다. 비쩍 마른 코요테가 피 냄새에 끌려 살금살금 다가오다가 아무의 눈에도 띄지 않고 관목숲으로 돌아간다. 경찰관 세 명이 차의 전조등 불빛을 받으며 메모한다. 그중 한 명은 부끄러워하며 옆으로 물러나 토한다. 저 아래, 캐년의 출구에서 로스앤젤레스의 불빛들이 영원히 암호문을 뱉어 낸다.

반라가 된 이다의 몸은 일단 조심스럽게 들것에 실렸다가 영구차 안으로 밀어 넣어진다. 기자 한 명이 플래시를 여러 방 터뜨리며 벌겋게 짓찢긴 그녀의 얼굴을 카메라에 담는다. 그는 센세이셔널한 사망 사고를 전문으로 다루는 잡지에 이 사진을 팔아넘길 것이다. 그 기사는 그녀가 조약돌 속에 잠들어 있는 불덩어리 같다고 적어 놓을 것이다.

주

11   **조** 이 책의 각 부 제목으로 쓰인 조하규(序破急)는 일본의 전통극
       인 '노(能)'의 구성 형식이다. 옮긴이의 해설에 더 자세한 설명이
       담겨 있다.

17   **투르가우** Thurgau. 스위스 동북부에 있는 주. 주도는 프라우엔펠
       트(Frauenfeld).
       보덴호 Bodensee. 스위스, 오스트리아, 독일 3국 사이에 있는 호수.
       프랑켄 지방 Franken. 동(東)프랑켄 방언을 사용하는 독일 바이에
       른주 북부와 그에 인접한 바덴뷔르템베르크주, 튀링겐주, 헤센주
       일부 지역을 포함한다.

18   **피펫** Pipette. 일정한 용적의 액체를 재는 데 쓰는 가는 유리관.

21   **달걀까개** Eierköpfer 달걀 받침대에 세워 놓은 삶은 달걀을 숟가락
       으로 퍼 먹기 위해 달걀 머리 부분의 껍질을 깔 때 사용하는 도구.

22   **이마와시이** 꺼림칙한(일본어).

23   **유틀란트 반도** Jütland. 북부 독일 내륙에서 북쪽으로 뻗어 있는 반
       도. 남쪽 3분의 1은 독일에 속하고 나머지가 도서 지역을 제외한
       덴마크 국토 전체에 해당한다. 덴마크어로는 윌란(Jylland)이라
       고 한다.

24   **발트해** 스웨덴, 핀란드, 발트3국, 러시아, 폴란드, 독일 해안에 둘

러싸인 북유럽의 바다. 독일에서는 동해(Ostsee)라고 부른다.

26 **아마카스 마사히코** 甘粕正彦(1891~1945). 일본 제국 군대의 장교. 관동대지진 후 헌병대 지휘관으로서 사회주의자, 무정부주의자들을 살해하는 만행을 저질렀다. 1931년 만주사변과 만주국 수립에 관여하고 청의 마지막 황제 푸이를 만주국의 꼭두각시 왕으로 세운다(베르톨루치의 영화 〈마지막 황제〉에 등장). 또한 1939년 만주영화협회 회장을 맡고 독일 우파 영화사의 영화들을 일본에 수입했다. 그는 1945년 전쟁이 끝났을 때 자살했다. 이 소설에서의 아마카스는 허구성이 많이 가미된 인물이다.

27 **무르나우** Friedrich Wilhelm Murnau(1888~1931). 독일 표현주의 영화의 대표적 감독. 대표작으로 〈노스페라투. 공포의 교향악 (Nosferatu. Eine Symphonie des Grauens)〉(1922), 〈최후의 인간(Der letzte Mann)〉(1924), 〈파우스트. 독일 전설(Faust. Eine deutsche Volkssage)〉(1926) 등이 있다. 할리우드로 건너가서 활동하다가 1931년 샌타바버라의 해안도로에서 불의의 교통사고로 사망했다.

리펜슈탈 Leni Riefenstahl(1902~2003). 독일 영화감독, 영화제작자. 히틀러 선전 다큐멘터리 영화 〈의지의 승리(Triumpf des Willens)〉(1934), 베를린 올림픽 기록 영화 〈올림피아(Olympia)〉(1938) 등으로 명성/악명이 높다.

르누아르 Jean Renoir(1894~1979). 프랑스 영화감독. 화가 르누아르의 아들. 대표작으로 〈위대한 환상(La Grande illusion)〉(1937), 〈게임의 규칙(La Règle du jeu)〉(1939) 등이 있다. 프랑스가 나치 독일에 점령되자 미국으로 망명하여 할리우드에서 활동했다.

드레위에르 Carl Theodor Dreyer(1889~1968). 덴마크 영화감독. 대표작으로 〈잔 다르크의 수난(La passion de Jeanne d'Arc)〉(1928), 〈뱀파이어(Vampyr—Der Traum des Allan Grey)〉(1932) 등이 있다.

27 **오즈** 오즈 야스지로(小津安二郎, 1903~1963). 일본 영화감독. 대표
작으로 〈태어나기는 했지만(大人の見る絵本 生れてはみたけれど)〉
(1932), 〈늦봄(晩春)〉(1949), 〈동경 이야기(東京物語)〉(1953) 등
이 있다.

미조구치 미조구치 겐지(溝口健二, 1898~1956). 일본 영화감독. 대
표작으로 〈기온의 자매(祇園の姉妹)〉(1936), 〈잔기쿠 이야기(殘菊
物語)〉(1939), 〈우게쯔 이야기(雨月物語)〉(1953) 등이 있다.

30 **우니베르줌 영화사** 우니베르줌 영화 주식회사(Universum Film
AG). 약칭은 우파(Ufa)이며, 1917년에 설립된 독일 영화사다. 독
일 영화의 황금기를 구가하다가 1933년 나치당의 집권 후 국영화
되었다. 레니 리펜슈탈의 나치 선전 영화도 우파에서 제작되었다.

31 **미국 영화 제작사 및 배급사 협회** The Motion Picture Producers and
Distributors of America. 1922년 미국 영화 스튜디오들이 창설한
단체. 1945년에 미국영화협회(The Motion Picture Association)
로 개명했다.

32 **아르놀트 팡크** Arnold Fanck(1889~1974). 독일 영화감독. 산악
영화의 선구자. 대표작으로 여기 언급된 〈몽블랑의 폭풍(Stürme
über dem Mont Blanc)〉(1930) 외에 〈신성한 산(Der heilige
Berg)〉(1926), 〈하얀 도취(Der weiße Rausch)〉(1931) 등이 있
다. 일본 문부성의 위탁으로 독일-일본 합작영화 〈사무라이의 딸
(Die Tochter des Samurai)〉(1936)을 만들기도 했다.

프리츠 랑 Fritz Lang(1890~1976). 오스트리아 태생의 독일 표현주
의 영화의 대표적 감독이며 나치 집권 이후 망명하여 미국에서 활
동했다. 대표작으로 〈니벨룽겐의 노래(Die Nibelungen)〉(1924),
〈메트로폴리스(Metropolis)〉(1927), 〈M〉(1931) 등이 있다.

카를 프로인트 Karl Freund(1890~1969). 독일 무성영화 시대의 대
표적 촬영감독. 무르나우와 많은 작업을 했고 랑의 〈메트로폴리
스〉 촬영도 맡았다. 할리우드로 진출하여 감독으로도 활동했다.

제복의 처녀 Mädchen in Uniform. 성장기 여학생들의 이야기를

다룬 독일의 1931년 영화. 레온티네 사간(Leontine Sagan)과 카를 프뢸리히(Carl Fröhlich) 감독 작품. 일본을 비롯하여 많은 나라에서 성공을 거두었다.

33 **후겐베르크** Alfred Hugenberg(1865~1951). 독일 언론 재벌. 언론을 통한 영향력으로 나치의 발흥에 크게 기여하고 히틀러 첫 내각의 장관을 지냈다. 1927년에 재정적 어려움을 겪던 우파 영화사를 인수했다.

34 **발저** Robert Walser(1878~1956). 스위스 작가. 대표작으로『벤야민타 하인학교(*Jakob von Gunten*)』(1909),『산책(*Der Spaziergang*)』(1917) 등이 있다.

36 **아레강** Aare. 라인강의 지류로서 스위스에서 제일 긴 강.
마테 구역 Matte. 베른 구시가의 한 구역.

39 **브레송** Robert Bresson(1901~1999). 프랑스 영화감독. 대표작으로 〈죄지은 천사들(Les Anges du péché)〉(1943), 〈시골 사제의 일기(Journal d'un Curé de Campagne)〉(1950), 〈잔다르크의 재판(Procès de Jeanne d'Arc〉(1962) 등이 있다.
비고 Jean Vigo(1905~1934). 프랑스 영화감독. 대표작으로 〈품행 제로(Zéro de Conduite)〉(1933), 〈라탈랑트(L'Atalante)〉(1934) 등이 있다.
도브젠코 Aleksandr Dovzhenko(1894~1956). 우크라이나 태생 소련 영화감독. 우크라이나를 배경으로 한 3부작인 〈병기고(Arsena)〉(1929), 〈대지(Zemlya)〉(1930), 〈이반(Ivan)〉(1932)이 대표작으로 꼽힌다.

40 **마리 투소** Marie Tussaud(1761~1850). 밀랍 조각가. 런던에 있는 밀랍인형 박물관 마담 투소의 설립자다.

41 **작품 속에서 부르주아처럼 단정하고 평범할 수 있도록 삶에서 난폭하고 독창적으로 되시오** 플로베르의 1876년 편지 구절의 패러디. 플로베르의 원문은 "작품 속에서 난폭하고 독창적일 수 있도록 삶에서 부르주아처럼 단정하고 평범해지시오."

42 **투르네도 로시니** Tournedos Rossini. 프랑스 스테이크 요리.

43 **노르디스크 영화사** Nordisk Film. 1906년 영화 제작자 올레 올센 (Ole Olsen)이 설립한 덴마크 영화사.
고틀란드섬 Gotland. 스웨덴의 가장 큰 섬. 스웨덴 동남부 발트해에 있다.

44 **쇠를란데트** Sørlandet. 노르웨이 남부의 지역.
신비 Mysterier. 크누트 함순의 장편소설. 1892년 출간.
예테보리 Göteborg. 스웨덴 서부 연안에 위치한 베스트라예탈란드주의 주도.
말뫼 Malmö. 스웨덴 서남부 스코네주의 주도.

49 **호문쿨루스** 연금술사들이 인공적으로 만들 수 있다고 여겨지는 인조인간의 일종.

66 **미하일 포킨** Michel Fokine(1880~1942). 러시아 출신 안무가, 무용수. 1919년에 미국으로 망명하여 그곳에서 활동했다. 현대 발레의 창설자다.

67 **빌헬름 졸프** Wilhelm Solf(1862~1936). 독일의 인도학자, 정치가, 외교관. 1차대전 후 1920년에 독일과 일본의 외교 관계가 재개되면서 주일 대사에 임명되어 1928년까지 근무했다. 1929년에 독일에 돌아와 베를린 일본문화원 원장을 지냈고 일본과의 문화 교류에 큰 역할을 했다.

69 **아마테라스** 아마테라스 오미카미(天照大御神). 일본의 전통적인 신앙인 신토 최고의 신이다.

72 **도진보** 東尋坊. 후쿠이현의 대표적 관광지. 파도에 침식된 바위들이 길게 이어져 특별한 경관을 이룬다.

78 **외를리콘** Oerlikon. 취리히시에 속한 구.
아우구스트 블롬 August Blom(1869~1947). 덴마크 영화의 황금기를 이끈 대표적 영화감독.

82 **선지 소시지** Blutwurst. 돼지 피로 만든 소시지.

83 **목모** 털처럼 가늘게 만든 목재 제품. 절연용 등으로 쓰인다.

89 **고노 도라이치** 高野虎市(1885~1971). 히로시마에서 태어나 1906년 미국으로 이주했고, 1916년부터 1934년까지 채플린의 집사이자 비서로 일했다. 채플린의 영화〈모험가(The Adventurer)〉(1917)에 출연했다.

90 **이누카이** 이누카이 쓰요시(犬養毅, 1855~1932). 일본의 정치가. 1931년에 총리로 임명된 뒤 만주사변을 일으키고 만주국을 세웠다. 1932년 5월 15일에 해군 소위 구로이와 이사무(黒岩勇)에게 암살당했다.

92 **도쿄의 합창** 東京の合唱. 1931년 작.

파리의 지붕 밑 Sous Les Toits De Paris. 1930년 작.

93 **임페리얼 호텔** 데이코쿠 호텔(帝国ホテル). 1890년에 세워진 도쿄의 호텔. 임페리얼 호텔(Imperial Hotel)은 영문명이다.

94 **프랭크 로이드 라이트** Frank Lloyd Wright(1867~1959). 미국의 건축가. 1923년에 임페리얼 호텔을 건축했다. 이 건물은 1968년에 해체되었다.

99 **이누카이 다케루** 犬養健(1896~1960). 일본의 정치가이자 소설가. 이누카이 쓰요시의 삼남이다.

100 **에즈라 파운드** Ezra Pound(1885~1972). 미국의 시인. 모더니즘 시 운동의 대표자였으며, 파시즘에 동조했다. 중국 시, 일본 시, 노에 큰 관심을 가지고 있었다.

104 **회의는 춤춘다** Der Kongreß tanzt. 1815년 빈 회의(Wiener Kongress)를 소재로 한 에리크 카렐의 1931년 영화.

105 **비네** Robert Wiene(1873~1938). 독일 영화감독. 그의〈칼리가리 박사의 밀실(Das Cabinet des Dr. Caligari)〉(1920)은 독일 표현주의 영화의 선구적 작품이다.

팝스트 Erich Pabst(1890~1955). 독일의 연극배우, 연출가, 시나리오 작가. 프리츠 랑의 영화에 출연했다.

뵈제 Carl Boese(1887~1958). 독일 영화감독, 영화제작자. 대표작으로〈게이샤와 사무라이(Die Geisha und der Samurai)〉

(1919), 〈골렘(Golem, wie er in die Welt kam)〉(1920) 등이 있다.

105 **슈테른베르크** Josef von Sternberg(1894~1969). 오스트리아 출신 미국 영화감독. 대표작으로 마를레네 디트리히 주연의 〈푸른 천사(Der blaue Engel)〉(1930), 〈모로코(Morocco)〉(1930), 〈상하이 특급(Shanghai Express)〉(1932) 등이 있다. 미국식으로 '조셉 폰 스턴버그'로 표기되기도 한다.

우치키 Gustav Ucicky(1899~1961). 독일-오스트리아 영화감독. 구스타프 클림트와 그의 모델이었던 마리아 우치키 사이에서 태어난 아들로 알려져 있다. 나치 시대 대표적 감독이다.

두도프 Slatan Dudow(1903~1963). 독일에서 활동한 불가리아 출신 영화감독. 대표작으로 다큐멘터리 영화 〈시대문제: 노동자들은 어떻게 거주하고 있나(Zeitprobleme: Wie der Arbeiter wohnt)〉(1930), 브레히트 등과 시나리오를 함께 쓴 〈쿨레 밤페 혹은: 세상은 누구의 것인가?(Kuhle Wampe oder: Wem gehört die Welt?)〉(1932) 등이 있다.

하인츠 뤼만 Heinz Rühmann(1902~1994). 독일 영화배우, 영화감독. 희극적인 뮤지컬 〈주유소의 세 친구(Die Drei von der Tankstelle)〉(1930)로 이름을 알렸다. 괴벨스와 친분이 두터웠으며, 나치 집권기에 코미디 배우로 성공적 활동을 이어 갔다.

106 **푸치 한프슈탱글** Ernst Hanfstaengl(1887~1965). 독일 기업가, 정치가, 히틀러의 후원자, 나치 정권의 외국 언론 담당 수석. 히틀러와의 관계가 나빠지면서 영국으로 망명했으나 2차대전 발발로 영국에서 수감되어 캐나다 포로수용소로 이송되었다. 여기서 다시 미국으로 보내져 루스벨트 정부에 협력했다. 푸치는 별명이다.

야닝스 Emil Jannings(1886~1950). 독일 연극 및 영화배우. 〈최후의 사람(Der Letzte Mann)〉(1925), 〈육체의 길(The Way of All Flesh)〉(1927) 등으로 유명하며 나치에 협력하여 2차대전 후에는 극계에서 추방되었다.

111 **지크프리트 크라카우어** Siegfried Kracauer(1889~1966). 유대계 독

일 사회학자, 영화이론가. 프랑크푸르트학파 구성원들과 긴밀하게 교류했으며 1933년 나치를 피해 파리로 망명했고, 1941년에 미국으로 망명했다. 『회사원: 최근의 독일(*Die Angestellten: Aus dem neuesten Deutschland*)』(1930), 『칼리가리에서 히틀러로: 독일 영화의 심리적 역사(*From Caligari to Hitler: A Psychological History of the German Film*)』(1947), 『영화의 이론: 물리적 실재의 구원(*Theory of Film: The Redemption of Physical Reality*)』(1960) 등의 저서가 있다.

111 **케스트너** Erich Kästner(1899~1974). 아동청소년 작가. 바이마르 공화국 시절 케스트너는 포츠담의 바벨스베르크구에 몰려 있는 영화 스튜디오들에서 시나리오 작가로 활동했다.

112 **로테 아이스너** Lotte Eisner(1896~1983). 유대계 독일 영화이론가, 영화비평가. 1933년 프랑스로 망명했으나 나치에 프랑스가 점령된 1940년부터 종전 때까지 남프랑스에서 수용소 생활을 했다. 전후 프랑스에서 영화비평가로 활동하며 『카이에 뒤 시네마』 등에 기고했다. 대표작으로 독일 표현주의 영화 연구서인 『악마적 스크린(*Das dämonische Leinwand*)』(1952) 등이 있다.

115 **호프만 방울약** 프리드리히 호프만이 개발한 졸도, 강한 구토, 경련성 질환 등에 사용되는 적제(滴劑).

116 **팀북투** Timbuktu. 말리의 통북투주에 있는 도시.
기호 2번 국가사회주의당(나치) 후보의 선거 기호.

117 **갈색셔츠단** 나치 조직 가운데 하나. 나치의 성립과 함께 당의 집회를 보호하는 준군사적 단체로 조직되었으나 1921년 대중조직으로 발전하였고, 1934년 이후부터 군사교육 단체가 되었다.

118 **안나 메이 웡** Anna May Wong(1905~1961). 본명은 黃柳霜(Wong Liu Tsong). 로스앤젤레스의 차이나타운에서 태어난 중국계 미국 영화배우. 할리우드에서 활동을 시작하여 할리우드뿐만 아니라 독일 등 유럽에서 최초의 동아시아계 여배우로서 스타 반열에 올랐다. 〈상하이 특급〉(1932)에 출연했다.

126 **납주물 놀이** Bleigießen. 납 또는 주석을 촛불에 녹였다가 찬물에 굳히는 놀이. 금속이 굳으며 만들어 내는 모양에서 새해의 운수를 읽는다.

127 **친구야, 좋은 친구야** Ein Freund. Ein guter Freund. 베르너 리하르트 하이만(Werner Richard Heymann)이 1930년 뮤지컬 영화 〈주유소의 세 친구〉를 위해 작곡한 노래.

128 **상하이 특급** 슈테른베르크 감독의 1932년 영화. 마를레네 디트리히가 주연을 했고, 안나 메이 웡이 출연한다.
오트란토성 The Castle of Otranto. 호레이스 월폴의 1764년 소설. 최초의 고딕소설이다.
노스페라투 Nosferatu. 무르나우 감독의 1922년 공포 영화.

129 **치네치타** Cinecittà. 1937년 무솔리니가 설립한 이탈리아 국가 영화제작소.

130 **앙트루 누** entre nous. 우리끼리, 우리 사이에(프랑스어).

132 **레르터역** Lehrter Bahnhof. 베를린과 하노버를 잇는 철도의 베를린 쪽 종점. 1871년에 건설되어 2차대전 때 심하게 파손되고 1951년에 완전히 폐쇄되었다.

133 **마부제 박사의 유언장** Das Testament des Dr. Mabuse. 1933년 작. 프리츠 랑의 마부제 박사 3부작 가운데 두 번째 작품이다.
그러니까 테아는 당연히 베를린에 남았다 ~ 마지막에 누가 불을 지르는지는 그녀도 알지 않느냐고 『니벨룽겐의 노래』에 현재의 상황을 비유한 것이다. 에첼은 훈족의 왕으로 『니벨룽겐의 노래』 2부에서 크림힐트와 결혼한다. 테아 폰 하르보우(Thea von Harbou)는 극작가로서 랑과 〈메트로폴리스〉를 비롯하여 여러 영화 작업을 함께했고, 잠시 결혼 생활을 하기도 했다. 『니벨룽겐의 노래』의 영화화를 위한 작업도 랑과 함께한 바 있다.

135 **비더마이어 세크리터리** Biedermeier Sekretär. 19세기 독일 비더마이어 양식의 책상 겸용 장.

138 **헤이스티 푸딩 클럽** 1795년에 창립된 하버드대학의 학생 클럽.

143 **오스와리쿠다사이** 앉으세요(일본어).

155 **에다마메** 일본에서 간식이나 안주로 즐겨 먹는 풋콩.

156 **조퍼스** 승마용 바지.

156 **바버라 스탠윅** Barbara Stanwick(1907~1990). 미국 영화배우. 1940년대 여배우로서 할리우드에서 최고 인기를 구가했다.

160 **튜더베스식** 19세기 말 튜더 왕조와 엘리자베스조 시대의 건축을 본뜬 건축 양식.

164 **요시카와 미츠코** 吉川満子(1901~1991). 일본 영화배우. 오즈의 영화 〈외아들(一人息子)〉(1936), 〈도다가의 형제자매들(戸田家の兄妹)〉(1941) 등에 출연했다.

177 **귀도 레니** Guido Reni(1575~1642). 바로크 시대 이탈리아 화가.

182 **셔플보드** 19세기 대서양 횡단 호화 선박의 승객들이 즐기던 놀이. 큐라는 손잡이가 긴 장비를 사용하여 원반을 이동시켜 득점을 겨룬다.

다쓰타 마루 龍田丸. 일본우선회사(日本郵船會社)에서 운영하던 태평양 횡단 여객선. 1930년에 출항을 시작했다. 1942년 태평양 전쟁에 징집되어 수송선으로 사용되었고, 1943년 미쿠라지마 근해에서 미군 잠수함에서 격발한 어뢰에 침몰했다.

183 **미라** The Mummy. 1932년 작. 보리스 칼로프가 주연한 미국 공포 영화.

푸른빛 Das blaue Licht. 1932년 작. 리펜슈탈이 벨러 빌라주(Béla Balázs)와 함께 만든 낭만주의적 산악 영화.

타부 Tabu: A Story of South Seas. 1931년 작. 1931년 3월 무르나우가 교통사고로 죽은 후 1주일 만에 뉴욕에서 개봉되었다.

보리스 칼로프 Boris Karloff(1887~1969). 영국 연극 및 영화배우. 공포 영화 주인공으로 유명하다.

해럴드 로이드 Harold Lloyd(1893~1971). 미국 영화배우. 채플린, 버스터 키튼과 함께 무성영화 시대 최고의 희극배우로 꼽힌다.

184 **하워드 혹스** Howard Hawks(1896~1971). 할리우드의 고전기

를 주도한 미국 영화감독. 대표작으로 〈스카페이스(Scarface)〉 (1932), 〈깊은 잠(The Big Sleep)〉(1946), 〈레드 리버(Red River)〉(1948) 등이 있다.

196 **월리스 비어리** Wallace Biery(1885~1949). 미국 영화배우. 실패한 권투선수의 이야기를 그린 킹 비더(King Vidor) 감독의 영화 〈챔피언(The Champ)〉(1931)으로 오스카 주연상을 받았다.

198 **스페인 미션 양식** 18, 19세기에 스페인 선교사들이 캘리포니아에 세운 선교단 건물의 양식.

그레이트데인 독일 품종의 큰 개.

199 **니더도르프** Niederdorf. 취리히시 구시가의 일부 지역.

200 **로만디** 스위스 서부의 프랑스어 사용 지역 전체를 가리키는 명칭.

제펠트 Seefeld. 취리히시에 속한 구.

카메라의 형이상학과 우울

김태환(서울대 독어독문학과 교수)

망자란 무엇인가

이 소설은 첫 장부터 충격적인 죽음의 묘사로 시작한다. 한 일본 장교가 할복자살하고 그것을 무비카메라로 촬영하여 한 편의 짧은 영화 기록물로 만드는 것이 1장의 내용이다. 또한 소설은 마지막 장에서 여주인공 이다가 로스앤젤레스의 할리우드 사인 중 H 자에 기어 올라가 투신자살하는 것으로 끝난다. 자살에서 시작하여 자살로 끝나는 소설이다. 그러니 소설의 제목이 '망자들(Die Toten)'이라는 것도 그리 놀라운 일은 아니다. 이 외에도 소설은 수많은 인물의 죽음 이야기로 점철되어 있다. 우선 아버지의 죽음은 소설 내내 주인공 네겔리의 의식을 따라다닌다. 네겔리가 영화를 만들기 위해 일본에 와 있는 동안에는 그의 어머니가 죽는다. 네겔리에 준하는 비중을 가진 제2의 주인공 아마카스 마사히코는 소설 종반부에서 태평양에 빠져 (아마도) 익사한다. 마사히코가 어렸을 때 그가 사랑한 보모는 자동차 사고로 처참한 죽음을 당한다. 네겔리가 사랑하던 토끼 세바스티안은 이웃 농부에게 넘겨져 가죽이 벗겨지는 신세가 된다. 네겔리의 친척 아주머니는 외로움을 견디지 못해 면도날로 목을 따 자결한다. 일본 총리대신 이누카이 쓰요시는 젊은 해군 장교들에게 암살당한다. 마사히코는 도진보에 갔다가 젊은 여자가 절벽에서 떨어지는 것을 목격한다. 주인공 네겔리는 비록 죽음을 맞이하지는 않지만 그에게도 죽음의 그림자가 짙게 드리워져 있다. 중년에 접어들면서 삶과 예술에서 위기 국면에 처한 네겔리라는 영화감독의 이야기는 토마스 만(Thomas Mann)의 소설『베니스에서의 죽음(Der Tod in Venedig)』을 강하게 환기한다. 구스타프 폰 아셴바흐가 모종의 위기의식 속에서 충동적으로 베니스 여행을 결심하는 것처럼, 최근 영화에서 몇 번의 실패를 겪은 에밀 네겔리 역시 어떤 전기를 마련할 수 있을 것이라는 막연한 기대감으로 일본행을 택한다. 일본에서 젊어지기 위해 이발소에서 치장을 하고 나오는 네겔리의 모습은 베니스 여행 중에 한 이발소에서 회춘을 시도하는 구스타프 폰 아셴바흐를 모델로 하고 있다. 네겔리는 그래도 무사히 일본 여행을 마치고 고향 베른에 돌아오지만, 아셴바흐는 사랑의 유혹에 빠져드는 바람에 콜레라가 창궐하는 베니스에 계속 머무르다가 집으로 돌아오지 못하고 죽고 만다. 이뿐만이 아니다. 소설에서 네겔리는 일본으로 가기 전에 노르웨이에 있는 크누트 함순을 방문하여『신비』의 영화화를 허락받고자 한다. 그런데 이 작품의 주인공 이름이 나겔(Nagel)이다. 네겔리의 이름이 나겔에서 나왔음을 짐작할 수 있다. 나겔은 어느 작은 마을에 난데없이 등장한 이방인이며 세상에 적응하지 못하는 기인이다. 그는 결국 자살로 생을 마감한다.

소설에 편재하는 죽음과 죽음의 암시는 '망자들'이라는 제목을 충분히 정당화하는 것처럼 보이지만, 이 제목이 과연 말뜻 그대로 죽은 사람을 가리키는 것인지는 좀 더 생각해 볼 필요가 있다. 왜냐하면 아마카스와 네겔리의 첫 만남을 서술하는 다음 대목에서 '망자들'은 분명히 뭔가 다른 의미로 사용되고 있기 때문이다.

아마카스와 네겔리는 방금 복도에서 말하자면 꿈속에서 생전의 기억을 떠올리듯이 서로 킁킁 냄새를 맡으며 상대의 진짜 존재를 확인했다. 일반적으로 그들 같은 종류의 인간들 사이에서 이런 일은 1초도 채 안 되는 순간에 처리되고, 그다음부터는 그냥 서로 무시하고 지내게 마련이다. 윤회의 길은 다른 동류의 인간과 함께 나누기에는 너무 고되고 끔찍한 것이다. 망자들은 끝없이 고독한 피조물이다. 그들 사이에는 어떤 유대도 존재하지 않는다. 그들은 혼자 태어나서 죽고, 또 혼자서 다시 태어난다(162쪽).

여기서 아마카스와 네겔리는 서로가 같은 종에 속한다는 것을 알아본다. 그 종의 이름은 '망자'다. 왜 그들은 망자인가? 보통 사람들이 아직 죽지 않은 자, 앞으로 죽을 자라면, 아마카스와 네겔리는 삶과 죽음을 반복하며 윤회하고 있기 때문에 이미 죽은 적이 있는 자다. 그래서 망자라고 불리는 것이다. 죽음을 앞에 둔 것이 아니라 뒤에 둔 사람들. 이때 윤회는 불교에서 말하는 모든 생명의 보편적 운명이 아니다. 크라흐트의 세계에서는 특별한 인간만이 윤회의 길을 걷고 이로 인해 망자라고 불린다. 그러나 소설은 아마카스나 네겔리의 윤회에 대해 직접 이야기하지는 않는다. 이를테면 그들의 전생에 관해 명시적으로 언급된 바는 없다. 오직 위에 인용된 구절만이 그들의 고독한 윤회를 증언할 뿐이다.

그러나 이 증언을 출발점으로 삼아 두 인물에게 일어나는 일을 면밀히 검토해 보면 윤회의 간접적인 증거가 언뜻언뜻 나타난다. 윤회는 죽음을 겪은 뒤에 다시 삶으로 돌아오는 것을 의미한다. 윤회하는 망자는 결코 넘을 수 없는 삶과 죽음의 장벽을 넘은 자다. 삶과 죽음의 경계는 한쪽으로만 열려 있는 관문이어서 삶에서 죽음으로는 넘어갈 수 있지만, 반대 방향으로는 결코 다시 넘어올 수 없다. 그리스 신화에서 오르페우스나 오디세우스처럼 저승에 갔다가 돌아온 자들을 특별히 기억하는 것은 이 때문이며, 윤회설이 오르페우스교의 핵심 교의가 된 것도 우연이 아니다. 망자는 하나의 삶과 다른 삶 사이의 세계에 대한 기억을 어렴풋이 가지고 있다. 크라흐트는 그 세계를 중간세계라고 부르며, 예컨대 다음의 대목에서 네겔리의 중간 세계

체험에 대해 이야기한다.

에밀은 오후에 부모님의 비단 소파에 드러누워서 쿠션을 뒷목 밑에 밀어 넣고 몇 시간 동안 창밖으로 보이는 구름 모양의 변화에 빠져 있다가 잠이 들었다. 그러다 몇 초 만에 다시 깨어 났는데 실은 여섯 시간이 지나 있었다. 그리고 그는 이 중간 세계에서 자신의 특별한 능력을 깨달았다. 평생에 단 한 번 누군가를 저주할 수 있다는 것. 그 저주는 백 퍼센트 실현된다는 것.
그렇게 누워 있을 때 그는 또한 꽤 멀리 떨어진 곳에 있는 아주 특별한 나무를 하나 발견했다. 그것은 그가 앞으로 살아가면서 계속 다시 만나게 될 나무였다. 그는 그 나무를 스위스에서뿐만 아니라 독일의 발트해 연안에서도, 이탈리아령 소말릴란드에서도, 일본에서도, 시베리아에서도 볼 것이었다(57쪽).

네겔리는 깊이 잠들었다가 중간 세계를 방문하고 돌아온다. 중간 세계에 빠졌을 때는 이 세상의 시간에 대한 감각이 없어진다. 그래서 몇 초 눈을 붙였을 뿐이라고 생각했지만 실은 여섯 시간이나 흘러 버린 것이다. 그것은 아마도 중간 세계가 이 세상의 시간 바깥에 놓인 세계이기 때문일 것이다. 또한 중간 세계에서 네겔리는 인생을 살아가면서 세계 곳곳에서 거듭 마주치게 될 나무를 한 그루 발견한다. 그런데 어떻게 스위스에서, 발트해 연안에서, 소말릴란드에서, 일본에서, 시베리아에서 한 그루의 동일한 나무와 거듭 마주칠 수 있단 말인가? 물론 평범한 세계 속에서, 이 세계의 한계에 머물러 있는 의식의 관점에서, 스위스의 나무와 일본의 나무는 각각 별개의 나무로 나타날 것이다. 그러나 그 나무들은 실은 모두 하나의 나무인데, 왜냐하면 그 나무도 윤회하는 나무이기 때문이다. 그리고 네겔리가 세계 곳곳에 출몰하는 나무의 동일성을 알아볼 수 있는 것은 그 자신이 윤회하는 자이고 중간 세계를 들락거릴 수 있는 존재이기 때문이다. 이 세상에서 싹을 틔워 붙박이처럼 자라고 있는 나무가 아니라 그러한 나무의 몸으로 세계를 전전하는 윤회하는 나무 자체, 이미 죽은 적이 있는 나무, 망목(亡木)을 직접 볼 수 있는 것은 중간 세계에 대한 입장권을 지닌 자, 그 스스로 윤회하는 망자뿐인 것이다.

예술적 구성 장치로서의 윤회

소설에서는 이보다 훨씬 더 작은 나무도 윤회한다. 소설 곳곳에서 출몰하는 연보라색 연필이 그것이다. 연보라색 연필은 네겔리가 아라버지와의 파리 여행을 회상하는 7장에서 처음으로 등장한다. 아버지는 연보라색 연필로 파리의 레스토랑에 예약 편지를 작성한다. 그런데 묘하게도 연보라색 연필은 네겔리가 일본에서의 영화 제작 계획에 관해 논의하기 위해 독일 우니베르줌(우파) 영화사 대표 후겐베르크의 사무실을 방문했을 때 재출현한다. 네겔리는 대기실에서 후겐베르크가 부르기를 기다리다가 "바닥에 놓여 있는 (어디선가 에테르를 통과하여 그 장소에 나타난) 연보라색 연필을 발로 이리저리 굴"린다(125쪽). 크라흐트는 그 연필이 "어디선가 에테르를 통과하여 그 장소에 나타"났다고 씀으로써 그것이 네겔리의 아버지가 수년 전 베른에서 파리의 레스토랑에 편지를 쓸 때 사용한 바로 그 연필임을 암시하고 있다. 그 연필이 중간 세계를 거쳐 후겐베르크의 베를린 사무실에 굴러 들어온 것이다.

　소설적 구성의 차원에서 연보라색 연필의 반복적 등장은 바그너가 악극에 도입하고 이후 토마스 만이 문학에 적용한 라이트모티프 기법이라고 볼 수 있을 것이다. 작품의 전개 속에서 반복적으로 등장하는 라이트모티프의 기능은 다양한 상황이나 사건이 서로서로를 상기하며 연결되도록 하는 데 있다. 크라흐트는 라이트모티프라는 구성적, 수사법적 장치를 이야기 우주 속에서 일어나는 윤회의 사건으로 만든다. 연보라색 연필은 구성적 장치로서의 동일성(연보라색 연필의 모티프가 반복된다) 외에 존재로서의 동일성(동일한 연보라색 연필이 에테르를 통해 다양한 세계를 넘나들며 거듭 출몰한다)을 지닌다. 소설의 구성적, 수사법적 차원과 이야기 우주의 사건적 차원은 서로 구별되지 않는다. 윤회가 일어나는 우주는 작가의 예술적 구성물로서의 소설 자체와 등가다. 따라서 네겔리가 윤회하는 나무를, 윤회하는 연보라색 연필을 알아본다는 것은 그에게 허구적 인물로서의 한계를 뛰어넘어 자신을 창조한 작가의 세계에까지 침투할 가능성이 있음을 의미한다. "(어디선가 에테르를 통과하여 그 장소에 나타난) 연필을 이리저리 굴"릴 때, 연필의 윤회에 대한 인식을 보여 주는 괄호 안의 주석은 서술자의 설명일 뿐만 아니라 네겔리의 (무)의식을 반영하는 것이기도 하다. 망자인 네겔리는 그 연보라색 연필의 비범한 기원을—거의 무의식적으로—알아차리고 발로 이리저리 굴린 것이다. 네겔리가 연필의 윤회를 알고 있다는 보다 분명한 증거는 연보라색 연필의 세 번째 출현 장면에서 발견할 수 있다. 연필은 이번에는 일본에 막 도착한 네겔리가 탄 택시 바닥에서 나타난다.

네겔리는 뭔가 신발 아래 있는 것을 느끼고 택시 바닥을 내려다보며 손을 더듬어 그것을 집는다. 연필, 누군가 거기다 흘린 연보라색 연필이다. 그는 딸각거리는 여덟 면의 연필 자루를 손 안에서 굴려 보고 상의 주머니에 집어넣는다. 마치 그 기억술적 맥락을 예감하기라도 하듯이, 그 뜻이 무엇인지 깨달을 때까지만 그 연필을 보관하기로 마음먹은 것처럼(149쪽).

네겔리는 연필을 주워 넣으며 그 의미를 생각하고 그 기억술적 맥락을 예감한다. 그는 마치 연보라색 연필의 윤회를 인식하는 데 그치지 않고 이를 라이트모티프로서, 즉 소설적 의미를 생산하는 구성적 장치로서 파악하고 이에 대해 숙고하고 있는 것처럼 보인다. 소설 속 등장인물인 네겔리가 자신을 창조한 크라흐트가 사용한 라이트모티프 기법의 의미에 대해 생각한다. 즉 네겔리는 자신이 사는 세계를 구성하는 작가의 창조적 과정을 어렴풋이나마 의식하고 있으며 그렇게 해서 작가의 세계와 허구적 세계를 가로막는 엄격한 장벽을 뛰어넘는다.

주인공과 작가: 차원의 위반

네겔리가 망자로서 일상적 세계와 죽음의 세계를 넘나들 수 있다면, 이중 세계 거주자로서의 그의 특성은 작가와의 관계에서는 허구 세계의 차원과 그것을 창조한 작가의 차원을 오갈 수 있는 능력으로 나타난다. 따라서 네겔리가 일본에서 귀국하여 발표한 영화의 제목이 크라흐트 소설의 제목과 동일한 것 역시 놀라운 일은 아니다.

그는 영화에 이 책과 같은 제목을 붙이고 아직 완전히 편집되지 않은 초벌본을 오페라하우스와 아주 가까운 제펠트의 소박한 작은 상영관에서 발표한다(200쪽).

이 대목은 모호하며 다양한 해석 가능성을 향해 열려 있다. 가장 상식적인 해석은 크라흐트가 주인공이 '망자들'이라는 제목의 영화를 만드는 내용의 소설을 썼고 이에 따라 소설 자체의 제목도 '망자들'로 정했다는 것이다. 반면 반직관적이지만 현재 논의의 맥락에서 가장 의미 있는 해석은 네겔리가 크라흐트 소설의 제목을 알고 의도적으로 같은 제목을 자신의 영화에 붙인다는 것이다. 이 해석은 "이 책과 같은 제목을 붙이고"라는 표현 자체가 네겔리의 의식에서 유래한 것이라고 가정한다. 네겔리가 연보라색 연필의 기억술적 맥락(라이트모티프로서의 성격)을 예감할 정도로 작가의 창작적 차원에 깊이 발을 들여놓고 있다는 점을 고려한다면 그러한 가정은 결코 터무니없는 것이 아니다. 또한 크라흐트가 "그는 영화에 '망자들'이라는 제목을 붙이고"라는 자연스러운 표현을 마다하고 굳이 영화 제목을 직접 언급하기를 피하면서 "그는 영화에 이 책과 같은 제목을 붙이고"라고 썼다는 점이 이 가정에 설득력을 더한다.

네겔리가 잠깐 동안 중간 세계에 빠져들었다가 얻은 자신의 특별한 능력에 대한 깨달음도 이러한 맥락에서 이해할 수 있다. 그는 중간 세계의 방문을 통해 자신이 평생 단 한 번 누군가를 저주할 수 있고 그 저주가 백 퍼센트 실현된다는 것을 깨닫는다. 훗날 그는 일본에 와서 정말 누군가를 저주한다. 자신을 배신한 약혼녀 이다와 그녀의 연인 아마카스 마사히코가 바로 이 무시무시한 네겔리의 저주를 받은 자들이다.

마사히코와 이다에게는 어서 고통스럽게 죽으라는 저주를 퍼부은 뒤, 다시 한 번 힘차게 (그러나 상상력이 부족하다) 스탠드를 걷어차고 빌라를 떠나 버린다(175쪽).

이 저주는 찰리 채플린을 통해 실현된다. 네겔리에게 관계가 발각된 뒤 마사히코와 이다는 채플린과 함께 미국행 배에 올라타는데, 마사히코는 한밤중에 갑판에서 채플린과 시비가 붙고, 결국 술 취한 채플린의 권총 위협에 할 수 없이 망망대해에 몸을 던진다. 애인을 잃은 채 로스앤젤레스에 도착한 이다는 스타가 되도록 돕겠다고 했던 채플린에게 의지해 보려 하지만 철저히 외면받고 몰락한다. 그녀는 로스앤젤레스에 있는 거대한 할리우드랜드 사인의 H 자에 기어 올라가 투신함으로써 생을 마감한다.[1] 저주는 매우 잔인하게 실현된다.

중간 세계가 네겔리에게 심어 준 미래에 대한 확신은 이로써 증명된다. 그런데 중간 세계에서 이처럼 신비로운 확실성에 도달할 수 있다면, 소설의 주인공에게는 중간 세계에의 입장이 곧 작가의 창조 영역을 침범하는 것에 상응하는 현상임이 다시 한번 분명해진다. 작가의 창조 영역을 엿볼 수 있는 주인공은 작가가 계획한 플롯 속에 이미 확정되어 있는 자신의 미래를 알 수 있을 것이기 때문이다. 주인공은 작가가 계획한 플롯의 차원에 올라감으로써 자신의 과거와 현재와 미래를 동시에 조감할 수 있다. 그는 세계 내의 모든 존재자를 얽어매고 있는 시간의 굴레에서 벗어난다. 따라서 중간 세계를 체험하는 네겔리가 자기 삶의 마지막 순간을 분명히 눈앞에 떠올릴 수 있는 것도(57쪽), 그리고 네겔리와 같은 부류에 속하는 또 한 사람의 망자 마사히코가 신비로운 예지 능력을 보이는 것도 놀라운 일은 아니다. 마사히코는 네겔리와 처음 마주치고서 그가 자신과 같은 망자라는 것을 알아본 순간 이렇게 생각한다.

---

1 크라흐트는 이 에피소드를 여배우 펙 엔트위슬(Peg Entwistle, 1908~1932)의 자살 사건에서 따왔다.

아마카스는 이 상황이 그를 어디로 데려갈지 조금도 예상할 수 없지만, 그곳이 놀랍고도 기이한 장소일 것이라는 것은 느끼고 있다. 거실에 다시 들어섰을 때 그는 불과 몇 초의 짧은 시간 동안 맥아향과 흡사한 바다의 원초적 향기를 맡는 듯한 환각을 경험한다(162쪽).

마사히코는 네겔리의 저주로 자신에게 닥쳐올 불행한 운명, 즉 바닷물 속에 빠져 죽게 될 자신의 미래를 네겔리를 처음 만난 순간에 벌써 바다 향기의 환각이라는 형태로 예감한다.

그러나 망자에게도 미래 전체가 명료하게 알려지는 것은 아니다. 네겔리는 자신의 저주가 한 번 완벽하게 실현될 것이라는 것을 깨달았을 뿐, 그것이 언제 누구에게 어떻게 실현될 것인지는 알지 못한다. 심지어 저주가 실현된 뒤에도 정작 그 자신은 이에 대해 알지 못한다. 네겔리는 마사히코와 이다가 미국에서 결혼했다는 헛소문을 믿고 언젠가 서부영화에 등장하는 이다의 모습을 보게 될지도 모른다고 생각할 따름이다(202쪽). 마사히코에게도 미래는 바다의 원초적 향기로 어렴풋이 나타나는 데 그친다. 네겔리와 마사히코가 두 차원의 세계를 오간다고는 하지만, 신비로운 중간 세계는 그들에게도 꿈이나 무의식, 수수께끼 같은 환상을 통해서만 언뜻언뜻 모습을 드러낼 뿐이며, 그들은 일상적 삶을 영위하기 위해서 그것을 아예 외면하거나 망각하려 애쓰기도 한다. 예컨대 마사히코는 도진보에 갔다가 절벽 아래 동굴 속에서 끔찍한 상태에서 연명하고 있는 버려진 여인을 만난다. 그는 떠나지 말라고 애원하는 그녀에게 반드시 그녀를 구하기 위해 사람들을 데리고 돌아오겠다고 약속하지만 일단 그 세계에서 벗어나자 자신의 약속은 씻은 듯이 잊어버린다.

한 시간은 족히 올라간 다음에야 그는 절벽의 돌출부에 도달했고 다시 이것을 타고 올라가서 평평한 땅에 발을 디뎠다. 이 땅은 이제 변치 않는 든든하고 안전한 장소로 여겨졌다. 저 아래 끔찍한 꿈의 세계가 침범하지 못할(77쪽).

예술을 통한 구원: 형이상학적 카메라

망자에 대한 크라흐트의 진술을 다시 떠올려 보자. "윤회의 길은 다른 동류의 인간과 함께 나누기에는 너무 고되고 끔찍한 것이다. 망자들은 끝없이 고독한 피조물이다. 그들 사이에는 어떤 유대도 존재하지 않는다. 그들은 혼자 태어나서 죽고, 또 혼자서 다시 태어난다." 인간에게 삶이 고통이라면, 죽음은 그러한 고통에서 벗어날 수 있는 해방을 의미할 수도 있다. 그러나 윤회하는 자에게는 죽음조차 그 고통을 끝내지 못한다. 죽음 이후에 다시 태어나야 하기 때문이다. 윤회의 길이 너무 고되고 끔찍한 것이라면, 그것은 망자가 단순히 윤회하는 데 그치는 것이 아니라, 자신이 윤회한다는 것을 알고 있기 때문이다. 이전의 삶에 대한 모든 기억이 깨끗이 지워진다면, 그리고 자신이 죽은 뒤에 다시 태어날 것이라는 전망에 대해 조금의 예감도 갖지 못한다면, 그런 인간은 실제로 윤회한다고 하더라도 망자의 대열에 속할 수 없다. 망자는 자신을 윤회하는 자로서 자각하고, 윤회의 길의 괴로움을 느낄 수 있는 자다. 망자는 영원에 대한 감각을 가진 자, 지상의 유한한 삶과 그 세계의 한계에 갇혀 있지 않고 윤회의 과정 전체를 직관할 수 있는 어떤 초월적 차원에 진입할 수 있는 자, 그 영원의 차원에 대한 감각이 있기에 지상의 삶을 무한 반복하여 돌을 굴려 올리는 시시포스의 저주스러운 운명처럼 느끼면서 윤회의 굴레에서 벗어나 영원한 고향에 돌아가기를 희구하는 자다. 망자의 불행은 그가 이중 세계 거주자라는 점, 세상의 고통과 잔인함에 내던져진 비참한 존재인 동시에 그렇게 내던져지기 이전의 영원한 동일성을 가진 존재이기도 하다는 점에 있다. 보통은 지상에서 태어난 곳을 고향이라고 하지만, 망자는 태어남과 함께 타향에 던져진다. 탄생 자체가 결핍과 함께 시작된다. 불행한 결핍에 대한 감각은 구원에 대한 동경과 결부되어 있다.

이중 세계 존재자로서의 망자는 자신을 둘러싼 세계와 대상도 이중적 관점에서 보려는 경향을 보인다. 그는 하나의 개별적인 나무 뒤에서 윤회하는 나무를 알아본다. 어렸을 때 이웃집 농부에게 잔인하게 죽음을 당한 토끼 세바스티안은 일본에서 하얀 장갑을 낀 택시 운전사의 두 손으로 회귀한다. 기억을 통한 토끼의 상징적 환생을 경험하면서 네겔리는 예술을 통한 구원의 가능성을 생각한다.

경쾌한 엔진 소리가 가까운 덤불에서 들려오는 새의 지저 귐과 어우러져 활발한 기억의 연쇄 반응을 일으키자, 네겔리는 이전에도 자주 그랬듯이 오래전에 가라앉은 유년의 세계 속에 깊이 침잠해 들어간다. 그의 눈앞에 운전사의 흰 장갑이 보인다. 운전대의 왼쪽과 오른쪽에 가만히 머물러 있는 흰 장갑 두 개는 그에게 기회를 엿보며 끈기 있게 기다리는 세바스티안, 그의 작은 흰 토끼를 떠오르게 한다. 중국식 고문의 희생자처럼 가죽이 벗겨진 세바스티안. 그리고 이 순간 그는 마치 자신이 세상의 고통과 잔인함을 잠깐 동안이나마 빌려 와서 그것을 뒤집어 놓을 수 있을 것만 같이, 그것을 뭔가 다른 것, 뭔가 좋은 것으로 바꿀 수 있을 것만 같이, 자신의 예술을 통해 구원을 가져올 수 있을 것만 같이 느낀다(151쪽).

세상의 고통과 잔인함을 뒤집어 놓겠다고 생각할 때 네겔리는 카메라를 통한 존재의 변용을 꿈꾼다. 카메라는 우리의 일상적 의식이 지각하는 유한한 사물의 뒤편으로 우리를 데려가며 사물의 더 높은 차원, 윤회의 굴레 너머에 있을 사물 자체, 영원한 사물을 볼 수 있게 해 준다. 네겔리의 걸작 영화 〈풍차〉에 대한 아마카스 마사히코의 감상은 이 점을 잘 말해 준다.

적막한 스위스 산지 마을을 배경으로 한 단순한 이야기로서 (…) 아마카스에게는 그것이 초월적인 것, 영적인 것을 정의하려는 시도로 보였다. 네겔리는 분명 영화 예술의 수단으로 사건의 부재 속에서 신성한 것, 말로 표현할 수 없는 것을 드러내는 데 성공을 거두고 있었다.

네겔리의 카메라는 때때로 석탄 아궁이에, 장작더미 위에, 동그랗게 머리를 땋은 하녀의 뒤통수에, 금빛 솜털이 먼지처럼 앉은 뒷목에 오랫동안 별 이유 없이 머물러 있다가, 열려 있는 창을 통해 마법처럼 전나무 숲 쪽으로, 눈 덮인 산정으로 미끄러져 나아갔다. 카메라는 비물질적인 순수한 시선인 것처럼 느껴졌다. 그 영화감독의 카메라는 마치 유영하는 정령 같았다(27~28쪽).

정령 같은 카메라의 비물질적인 순수한 시선은 그것이 포착하는 대상의 비물질성과 순수성에 조응한다. 원래 카메라는 렌즈와 같은 광학 장치를 통해 오직 물리적 실재의 이미지만을 재현할 수 있는 것이지만 네겔리의 카메라는 정령의 시선 혹은 망자의 시선으로서 존재의 신성함, 존재의 형이상학적 차원을 드러낸다. 네겔리의 무비카메라는 우리의 물리적, 가시적 현실을 기계적으로 복제하는 일반적인 카메라 재현의 미학과 날카롭게 절연한다. 위의 인용문에서 아마카스가 카메라의 순수한 시선이라고 말하는 것은 현실을 고스란히 비추어 주는 거울처럼 투명한 시선이 아니다. 그것은 잡다한 물질적 현실을 순수하게 변모시킬 수 있는 시선, 그러한 변용을 통해서 직접적으로 주어진 현실 너머의 차원을 포착할 수 있는 시선을 의미한다.

네겔리가 무비카메라에서 이런 가능성을 발견할 수 있었던 것은 그의 예술적 역량 덕택이기도 하지만, 이 소설의 시대적 배경을 이루는 영화 초창기에 무비카메라가 재현 매체로서 가지고 있던 특성과도 관련이 있다. 카메라는 아직 천연색을 재현하지 못했고, 영상은 아직 소리를 얻지 못했다. 유성영화는 이 소설의 시간인 1932년경 막 시작되고 있었으며 네겔리는 아직 무성 시대에 머물러 있다. 그의 영화 〈풍차〉뿐만 아니라 일본에서 찍은 〈망자들〉도 흑백 무성영화였다. 카메라가 현실을 놀라운 기계적 정확성으로 핍진하게 재생한다는 사실에 열광한 사람들에게 천연색의 재현이 불가능하다는 것, 영화 영상이 현실의 장면과 달리 침묵할 수밖에 없다는 것은 심각한 기술적 한계 또는 결함으로 받아들여졌을 것이고, 이후 기술의 발전도 이러한 한계를 극복하여 더욱 완전한 현실의 재현을 가능하게 하는 방향으로 이루어졌다. 유성영화가 도입되고, 천연색 영화가 나왔으며, 심지어 삼차원 영상을 제공하려는 시도도 계속되어 왔다. 완벽한 현실 경험의 제공을 약속하는 가상현실 역시 이러한 기술적 발전의 연장선상에 있다. 반면 네겔리는 유성영화가 이미 가능해진 상황에서 무성영화를 고집하고, 이 소설 속에서 네겔리에게 많은 영향을 준 것으로 되어 있는 오즈 야스지로 역시 실제로 늦게까지 무성영화를 거부한 것으로 유명하다.[2] 기술의

---

2 오즈 야스지로는 1936년에 자신의 첫 유성영화 〈외아들(一人息子)〉을 발표한다. 이 영화에서 주인공 료스케는 도쿄에 처음 올라온 어머니를 모시고 극장에서 독일 영화를 관람한다. 이때 료스케는 어머니에게 "이게 유성영화라는 거예요"라고 설명한다. 오즈는 자신이 처음 만든 유성영화 속에 유성영화를 처음 보는 인물을 등장시킨다. 이러한 자기 반영적 장면은 크라흐트 소설의 특징을 상기시킨다.

진보가 영화의 발명으로 이어지고 그 토양 위에서 영화감독들이 등장할 수 있었다면 바로 그 감독들이 (일부나마) 기술의 진보에 적대적인 태도를 취한 것을 어떻게 설명할 수 있을까? 그것은 기술적 한계가 영화를 단순한 복제 기술이 아닌 매체의 고유한 언어를 통해 대상을 변용하고 재창출하는 예술로 만들었기 때문이다. 흑백 영상은 현실 세계의 이미지를 핍진하게 재현하는 것은 사실이지만, 그 이미지에 비현실적인 흑백의 옷을 입힌다. 그것은 현실의 색깔이 아니라 매체의 색깔이다. 모든 소리와 그 밖의 감각적 자극이 제거된 순수한 시각적 이미지 역시 자연적인 인간의 현실 지각과 분명히 구별되는 영화 장르만의 고유한 세계를 만들어 낸다. 현실 세계에서 색채를 제거하여 대상을 변용하는 무비카메라의 능력을 네겔리는 형이상학적이라고 생각한다.

그는 (머리를 약간 기울인 채로) 속으로 자문했다. 언젠가 이루어질 천연색 영화의 발명이 현재 막 시작 단계에 있는 유성영화보다 미학적으로 훨씬 더 중대한 영향을 미치지 않을까. 색과 영화, 그렇지 않은가, 이 두 가지는 근본적으로 대립적인 성질을 지닌다. 무비 카메라처럼 형이상학적인 도구(이 신체 외적인 중심 기관)로 현실을 모사할 때 그것이 흑백이어야 함은 너무나 명백하다. 색채. 정신병적 놀이. 망막의 미성숙한 혼돈. 이것을 보여 주는 것은 무의미하다(79쪽).

네겔리의 견해에 따르면 영화는 대상을 재현하되 망막의 미

236

성숙한 혼돈을 재생산하는 것이 아니라 그 재현 속에서 영화 고유의 형이상학을 구현한다. 소설 첫 장에서 상세히 묘사된 장교의 자살 장면조차 아마카스의 영화 속에서는 잔혹한 핏빛을 잃고 탈감각화되며 어느 정도 정신화된 죽음, 죽음의 형이상학적 이미지가 된다. 이처럼 영화 카메라가 생산하는 것은 현실 그대로의 이미지가 아니라 철저하게 영화 매체의 특성에 따라 가공된 이미지이며 어떤 의미에서 현실의 왜상(歪像)이다. 그것은 영화의 방식대로 분할되고 일그러진 영화적 이미지다. 정확히 말하면 흑백의 무비카메라가 만드는 것은 현실의 모상이 아니라 영화다. 빛의 반사를 통해 만들어지는 왜곡된 영상의 모티프가 소설 속에서 자주 나타나는 것은 의미심장하다.

아스팔트의 움푹 팬 자리에 물이 가득했고, 그런 물구덩이마다 저녁때면 식당의 화려한 조명 간판과 초롱들이 고집스럽게 비치고 있었다. **박자도 없이 철벅이는 끝없는 소낙비 줄기에 부서지고 쪼개진 인공의 빛**(13쪽, 인용자의 강조).

그때 갑자기, 마치 뭔가에 눈이 부신 것처럼, 그녀는 재빨리 두 손을 얼굴로 가져갔다. 그러나 너무 늦었다. 재채기는 벌써 터져 나와, 태풍처럼 전방으로 불어댔다. **반짝이는 긴 콧물방울이 코에서 대롱거렸고, 별실의 닥종이벽과 천장에 달린 따뜻한 노란 등뿐만 아니라 완전히 경악한 그 자리의 일본인들의 표정도 그 속에 비쳤다**(97쪽, 인용자의 강조).

그들이 함께 내는 이 뻔뻔하고 구역질 나는 신음소리, 그것을 바라보는 자의 이 굴욕. **구멍에 대고 있는 그의 눈 속 담청색 홍채에 방 안의 광경이 비쳐, 마치 그의 시선 자체가 이 혐오스러운 장면을 만들어 내는 영사기인 것만 같다**(173쪽, 인용자의 강조).

특히 세 번째 인용문에 주목할 필요가 있다. 크라흐트는 한편으로 방 안의 광경이 벽의 구멍을 통해 훔쳐보는 네겔리의 홍채에 비치고 있다고 말하지만(현실의 반영), 다른 한편으로는 그의 홍채에 담긴 그림이 영사기를 통해 투사되어 방 안의 광경이 생산되는 것처럼 보인다고 말하기도 한다. 이는 영화에 대한 훌륭한 비유가 된다. 무비카메라가 현실을 찍은 것인가, 아니면 무비카메라에 포획된 영상이 현실처럼 보이는 무언가를 만들어 내는 것인가. 아마도 둘 다 옳은 말일 것이다. 모순적으로 보이는 진술이 둘 다 옳을 수 있는 것은 무비카메라가 찍은 현실과 영사기가 우리 눈앞에 만들어 내는 현실이 다른 것이기 때문이다. 영화에 주어진 현실과 영화가 생산한 현실 사이의 간극. 그 간극은 흑백 영상 같은 매체 자체의 기술적 특성을 통해서만이 아니라 이를테면 하녀의 뒷목에 별 이유 없이 오랫동안 머물러 있는 카메라의 시선을 통해서도 창출된다. 네겔리는 이렇게 창출된 간극에서 존재의 숨어 있는 근원적인 (형이상학적인) 차원을 끌어내고자 한 것이다. 삶의 고통과 잔인함을 뒤집어 놓을 수 있는 구원의 가능성이 거기에 있다.

소설의 양식성과 자기 반영성

영화 예술에 대한 네겔리의 입장은 소설 자체의 구성에도 영향을 미친다. 우리는 크라흐트가 사용한 라이트모티프 기법이 네겔리의 의식에 영향을 미친다는 것을 앞에서 보았다. 이는 역으로 말하면 망자로서의 주인공의 윤회에 대한 의식과 초월적인 것에 대한 동경이 소설 내에서 다양한 인물과 상황, 사건들의 상호 지시, 상호 참조라는 기법으로 구현된 것이라고 할 수 있을 것이다. 네겔리에게 반복적으로 출현하는 연보라색 연필은 한프슈탱글이 갇혀 있는 수용소 의사의 손에서 다시 등장하고(140쪽), 어린 마사히코의 집에서는 펀치가 뱉어 내는 동그란 연보라색 종잇조각으로 변형되어 회귀한다(53쪽). 한프슈탱글이 자랑스럽게 내보이는 하버드대학의 배지에 새겨진 문구 베리타스(107쪽)는 네겔리의 앞에 놓인 잔 속 얼음이 녹으면서 나타나기도 하고(126쪽) 채플린이 치는 골프공 속에서도 출현한다(181쪽). 일본인 장교의 자살 장면이 벽 구멍에 설치된 무비카메라를 통해 촬영되듯이(14쪽), 네겔리는 마사히코와 이다의 정사 장면을 촬영하기 위해 침실 벽 구멍으로 카메라 렌즈를 집어넣는다(173~174쪽). 두 상황은 카메라의 기계음이 들리지 않게 카메라와 구멍 둘레 사이의 틈을 천으로 틀어막는 것까지 동일하다. 네겔리가 이 장면을 자신의 영화 〈망자들〉에 포함시킴으로써, 소설 서두에 제시된 영화(마사히코가 독일에 보낸 장교의 자살 영화)와 소설의 마지막을 장식하는 영화 사이에 정확한 상응 관계가 수립된다. 어린 마사히코가 사랑한 보모는 교통사고로 자동차 안에서 비참하게 죽는데(51쪽), 이는 추락을 거듭하다가 자살로 생을 마감하게 될 마사히코의 애인 이다의 운명을 예고하는 듯하다(206쪽). 네겔리의 아버지가 죽기 직전 네겔리의 귓전에 속삭인 H(하) 음은 죽음의 징조가 있는 장면마다 거듭 등장하며 이다가 할리우드 사인의 H 자에서 몸을 아래로 던짐으로써 그 의미의 정점에 도달한다. 이처럼 유난히 눈에 띄는 다양한 반복은 소설 전체에 비현실적이고 환상적인 분위기를 불어넣으며, 소설은 어떤 현실적 사태의 재현이라기보다 몇몇 주제가 변화하고 회귀하면서 일정한 패턴을 만들어 내는 시적, 음악적 구성처럼 느껴지기에 이른다. 이러한 패턴은 소설이 제시하는 세계가 소설 이전에 주어진 현실의 재현이 아니라 소설의 예술적 장치를 통해 생산된 것임을, 즉 작가의 예술적 의도에 따라 창조된 결과물임을 뚜렷이 부각시킨다. 소설은 흑백 무비카메라와 같이 현실을 재현하는 동시에 그 현실과 어긋나는 세계를 산출하는 재현적-반(反)재현적 매체로 기능한다.

크라흐트는 라이트모티프 외에도 다양한 방식으로 현실과 소설 세계 사이의 간극을 만들어 낸다. 라이트모티프가 반복을 통한 패턴 만들기라면, 이 소설은 고도로 양식화된 다른 장르의 패턴을 빌려 오기도 한다. 조(序)-하(破)-규(急)라는 노(能)의 극적 패턴이 그것이다. 마사히코는 이다, 찰리 채플린, 채플린의 비서 고노 등과 함께 노를 관람하는데, 이때 고노는 채플린에게 조-하-규 구성에 대해 다음과 같이 설명한다.

노의 본질은 **조하규**(序破急)의 개념이다. 1막 **조**에서는 사건의 템포가 느리게 출발하여 기대를 고조시키고 2막 **하**에서는 속도가 빨라지다가 마지막 **규**에서는, 단박에, 가능한 한 신속하게 절정으로 치닫는다(101쪽).

크라흐트는 고노가 설명한 조-하-규 3 단계 구성을 자신의 소설에 적용한다. 1부(조)는 한편으로 마사히코가 독일 우파 영화사에 영화 합작 사업을 제안하는 편지와 함께 장교의 자살을 촬영하게 한 시점에서, 다른 한편으로는 네겔리가 우파 영화사에서 일본 파견에 관한 제안 편지를 받고 베를린행 비행기를 타고 가는 시점에서 시작한다. 그런데 소설의 40퍼센트 이상을 차지하는 1부에서 두 인물의 시간은 거의 앞으로 나아가지 않고 가까운 과거 또는 유년의 회상이 그 내용의 전부를 차지한다. 그래서 2부 시작 부분에서야 아마카스는 편지를 부친 뒤 미대사관에서 열리는 찰리 채플린 환영 리셉션장에 가고, 네겔리는 이제서야 베를린 공항에 착륙하는 것이다. 이야기의 본격적인 줄거리는 2부(하)에서 비로소 전개되기 시작한다. 아마카스와 이다가 만나서 두 사람의 관계가 발전하는 가운데, 네겔리가 베를린에서 우파 영화사 대표인 후겐베르크와 면담하고 일본에 도착하여 이다를 만남으로써 지금까지 병렬적으로 진행되던 이야기의 시간이 하나로 합류한다. 그러나 2부 마지막 부분에서 아마카스와 이다의 관계가 네겔리에게 들통나면서 아마카스와 네겔리의 줄거리/시간은 다시 갈라진다. 2부의 분량은

1부보다 약간 많지만 사건의 진행이 순차적으로 제시되기 때문에 1부에 비해 더 속도감 있게 읽힌다. 마지막 3부(규)는 전체의 15퍼센트 남짓한 분량인데 2부 마지막에서 네겔리와 이다의 관계가 파탄 난 이후에 네겔리, 마사히코, 이다의 운명이 그려진다. 네겔리가 새 영화를 가지고 고향에 돌아오고, 마사히코가 바다에 수장되고 이다가 몰락하는 과정이 단숨에 이야기된다. 3부는 시간적으로 가장 긴 과정을 다루지만 '규(急)'라는 이름에 걸맞게 가장 빨리 끝나 버린다.

조-하-규를 일종의 서사적 구조의 도식이라고 본다면, 서양 극문학의 전통에서 3막극 혹은 5막극 구성과 비교할 수 있을 것이다. 그러한 극 구성은 도입-절정-대단원을 줄거리의 세 주요 거점으로 하고 도입과 절정 사이에 전개부를, 절정과 대단원 사이에 하강부를 두는 방식이다. 물론 이러한 전통적 도식 역시 재현의 대상이 되는 현실 자체에 내재하지 않는 장르 자체의 예술적 양식 내지 패턴이지만, 서양 문학의 생산자나 수용자들에게는 오랜 전통 속에서 굳어지고 지극히 익숙해져서 마치 사건 자체의 구조인 것처럼 여겨질 지경이 되었다. 크라흐트는 그 자신이 속한 문학 전통의 패턴을 포기하고 이와는 극히 이질적인 전통에서 가져온 패턴에 따라 이야기를 직조함으로써(서양극 전통에서 앞으로 전개될 줄거리를 이해하기 위한 최소한의 정보 제공에 한정되는 도입부가 노에서는, 그리고 노 양식을 취한 크라흐트 소설에서는 무려 전체의 40퍼센트를 차지한다), 주어진 현실과 소설이라는 매체를 통해 구성된 세계 차이의 간극을 극명하게 드러낸다. 이 때문에 크라흐트의 소설이 들려주는 이야기는 전통적 패턴을 따르는 이야기보다 훨씬 더 비현실적이고 양식화된 것으로 느껴진다.

　노 양식의 차용과 관련하여 또 한 가지 꼽을 수 있는 이 소설의 중요한 구성적 특질은 자기 반영성이다. 이 소설 자체가 하나의 노 작품이라면, 마사히코와 이다와 채플린과 고노는 노의 등장인물들이다. 노의 인물들이 노를 관람하고 노의 구성에 대해 이야기한다. 일종의 극중극이다. 네겔리는 아우구스트 블롬의 〈뱀파이어 무희들〉을 관람한다(78쪽). 소설 속에 등장하는 크라카우어도, 로테 아이스너도, 후겐베르크도 네겔리가 만들 공포 영화에 대해 이야기한다(117~118쪽, 127~128쪽). 그런데 이 소설 자체가 일종의 공포물이다. 마사히코가 도진보에서 만난 동굴 속의 여인은 동물의 피를 빨아먹고 사는 일종의 흡혈귀이며, 그가 그 동굴과 도진보의 절벽을 떠나온 이후에도 간헐적으로 유령처럼 마사히코의 주위에 나타난다(72~77쪽). 중간 세계를 드나드는 망자들, 네겔리와 마사히코 자신이 이미 귀신이며 그러한 사실이 이 소설을 환상적인 귀신 이야기로 만든다. 마사히코는 뱀파이어의 면모를 보여 준다. 이다는 그에게 성적으로 정복된 뒤에("그녀를 정말로 만진 첫 남자") 망자의 제국인 중간 세계를 접한다(168쪽). 마사히코와의 관계를 통해 이다 역시 망자가 된 것이다. 가장 결정적인 자기 반영성의 예는 크라흐트의 『망자들』이 네겔리의 〈망자들〉이라는 영화가 어떻게 만들어졌는지를 이야기하는 소설이라는 사실이다. 이 소설

은 영화에 관한 소설인데 영화와 소설이 서로를 비추는 관계에 있다.[3]

그렇다면 일본에 가서 만들 영화에 대한 네겔리의 구상은 곧 작가 자신이 쓰고 있는 소설에 대한 구상으로 보아도 무방할 것이다.

영화를 통해서 어떤 투명한 막을 창조하여 천 명의 관객 가운데 어쩌면 **한 사람**에게라도 사물 뒤의 어둡고 신비로운 마법의 빛을 알아볼 수 있게 해 준다 한들 그것으로는 충분치 못하다. 그는 무언가를 창조해야 한다. 최고도로 인공적인 동시에 자기 자신과 관련되기도 한 무언가를. 벌써 여러 주일 전에 베를린에서 크라카우어와 아이스너와 함께 있을 때 그에게 나타난 저 도취적 환상, 그에게 일본행을 택하게 만든 그 환상은 단지 어떤 새로운 길을 갈 수 있는 가능성이 존재한다는 사실을 보여 주었을 뿐이다. 그는 이제 실제로 뭔가 비장한 것을

---

3 자기 반영이란 거울이 거울을 비추는 것이다. 거울은 본래 사물을 비춤으로써 제구실을 하는 물건이다. 그런데 사물의 자리에 거울이 들어섬으로써 거울과 사물의 관계는 간접화되고 심지어 사물이 소실되는 현상이 일어난다. 이발소에서 두 거울 사이에 선 네겔리의 심연화(mise en abyme) 체험에서 볼 수 있는 것처럼. "거의 바닥까지 내려오는 마노 틀 거울 두 개가 가제 수건에 잘 덮인 채—그렇게 거울을 덮어 둔 것은 다소 구식인 일부 일본인들 사이에 퍼져 있는 뭔가 미묘한 미신, 초상과 인간 영혼 사이에 직접적 연결이 존재한다는 미신 때문이다—정확히 마주보도록 걸려 있다. 네겔리가 두 거울 사이에 서자 거울상이 수백 개로 늘어나면서 무한 속에 소멸된다."(153쪽) 거울과 거울의 자기 반영 속에서 거울에 비치는 대상은 무한한 간접화의 과정 속에 던져져 소실되어 간다. 이것은 다음과 같은 공식으로 나타낼 수 있다. 거울 이미지는 거울 이미지의 이미지다. 대상의 반영을 거듭하면서 대상에서 멀어지는 거울의 이미지는 자기 반영적 기법을 통해 현실을 넘어서 고유한 세계를 창조하는 크라호트 소설의 특징을 상징적으로 보여 준다. 작가와 주인공, 크라호트와 네겔리 사이의 자기 반영적 관계는 꿈 장면에서도 암시된다. "바로 이 순간 네겔리는 카메라 앞에 선 것도 자기요, 카메라 뒤에 선 사람도 자기임을 깨닫는다. 그리고 이러한 분열 상태 앞에서 어떤 비인간적인, 곤혹스러운 전율을 맛본다."(18쪽)

만들어야 한다. 두드러지게 인공적인, 그리하여 관객에게 과
도하게 기교적이고 무엇보다 부적합하다고 느껴질 그런 영화
를 찍어야 한다(150쪽).

역사의 몽타주

크라흐트의 소설은 독일의 일부 평론가에게 과도하게 기교적
인 표현 방식, 불필요하게 생경하거나 의고적인 어휘 구사로 비
난을 받기도 했지만, 일반적인 소설적 기준에 비추어 볼 때 가
장 심각한 문제점으로 지적할 수 있는 것은 줄거리 전체가 중대
한 시간 착오에 근거하고 있다는 사실이다. 이 소설의 구성적
특징 가운데 하나는 거의 대등한 두 명의 주인공 네겔리와 아마
카스를 내세워 그들의 이야기를 교대로 제시한다는 점이다. 따
라서 독자는 두 줄기의 이야기 흐름을 동시적으로 따라가게 된
다. 문제는 네겔리 스토리의 시작 지점과 아마카스 스토리의 시
작 지점 사이에 시차가 있다는 점이다. 소설은 일단 아마카스가
자살 영화를 만들게 하고 베를린에 보내는 무렵에서 출발한다.
그렇다면 네겔리 스토리가 시작되는 시점, 즉 네겔리가 베를
린행 비행기를 탄 시점은 아마카스 스토리의 출발 시점과 어떤
관계에 있는가? 아마카스가 베를린에 보낸 편지는 우파 영화
사 대표 후겐베르크에게 바로 전해지지 못한다. 그는 스위스에
서 스키 여행 중이었기 때문이다. 후겐베르크는 일본에서 편지
가 독일에 도착한 다음에도 적어도 며칠 뒤에야 아마카스의 제

안에 대해서 알게 되었을 것이고 누구를 보내는 것이 좋을지 알아보았을 것이다. (후겐베르크는 베를린에서 네겔리를 만났을 때 이미 아르놀트 팡크 감독과 접촉이 있었고 그에게서 거절당한 뒤에 그 대인으로 네겔리에게 연락을 취한 것임을 밝힌다.) 후겐베르크가 네겔리에게 베를린으로 방문해 달라는 초청장을 보냈을 때 네겔리는 함순을 만나기 위해 노르웨이에 있었고, 그의 비서가 오슬로 우체국으로 그 초청장을 다시 보냈다. 네겔리는 그 편지를 받고 노르웨이에서 스위스의 집으로 돌아왔다가 취리히에서 비행기를 타고 베를린으로 간다. 그러니 아마카스가 후겐베르크에게 편지를 보내고 나서 네겔리가 베를린행 비행기에 몸을 싣기까지 상당한 시일이 소요되었을 수밖에 없다. 그래서 2부에서 본격적으로 교차 진행되는 아마카스 스토리와 네겔리 스토리는 그만큼의 시간적 편차를 두고 진행된다고 보아야 한다. 아마카스가 미국 대사관에서 채플린을 만난 것, 레스토랑에서 이다를 알게 된 것, (아마도 그다음 날) 노 공연을 총리 아들의 안내로 채플린, 고노, 이다 등과 함께 간 것, 일본 총리 이누카이 쓰요시가 그날 밤 암살된 것 등등, 이 모든 일은 네겔리가 베를린 공항에 도착하기 훨씬 이전에 일어난 것일 수밖에 없다. 게다가 베를린에서 네겔리가 후겐베르크의 제안을 받아들이고 난 뒤에 고베항을 통해 일본에 입국하여 도쿄에 마련된 빌라에 도착하기까지는 또다시 적어도 한 달 이상의 시간이 소요되었을 것이다(당시 독일에서 배편으로 일본까지 여행은 6주 정도가 걸렸다). 따라서 현실적으로 계산했을 때 아마카스

246

가 독일에 편지와 자살 영화를 보내고 리셉션장에서 채플린을 처음 만난 날로부터 네겔리가 도쿄의 빌라에 들어서기까지 시간은 아무리 보수적으로 잡더라도 3개월은 지난 시점이어야 한다. 그런데 채플린과의 식사 자리에서 처음 만나 벌써 은밀한 성적 교감을 나눈 바 있는 아마카스와 이다는, 네겔리가 빌라에 도착했을 때 잠자리를 나눈 지 이제 겨우 일주일 정도밖에 되지 않은 사이로 그려진다. 채플린이 아슬아슬하게 모면한 암살 사건(채플린이 총리의 저녁 식사 초대 전갈을 제대로 받았다면 그는 암살 당일날 총리의 식탁에 앉아 있었을 것이다)의 기억은 아직 생생하며 아마카스는 암살자들에 대한 속보를 이다와 네겔리에게 읽어 준다. 이로써 마치 아마카스 스토리와 네겔리 스토리가 지금까지 거의 동시적으로 진행되다가 자연스럽게 하나의 줄기로 합류한 것 같은 인상이 만들어진다. 아마카스의 시간은 천천히 흐르고 네겔리의 시간은 빨리 흘러서 한 시점에서 만나기라도 한 것처럼.

스스로 전체적인 상황을 설계하고 시간적 관계를 설정한 작가가 이처럼 엄청난 시간 격차를 지워 버린 것은 결코 의도치 않은 실수라고 할 수 없을 것이다. 그는 이렇게 함으로써 서로 다른 시간대에 살고 있는 인물들이 마주치고 교차할 수 있는 비현실적인 소설적 시공간을 창조한다. 상황 전체를 급속한 파국으로, 즉 규의 국면으로 몰아가는 아마카스와 네겔리의 극적 충돌이 바로 이러한 비현실적 시간 착오 속에서 일어난다는 것은 매우 의미심장하다. 마치 조-하-규라는 노의 인공적 구조가 이와 마찬가지로 인공적인 시간 구조를 필요로 한다는 듯이. 비현실적인 시간 구성이 주는 부조리한 인상은 이 소설이 현실의 여러 단편을 조합하여 짜 맞춘 것임을 징후적으로 드러낸다.

『망자들』은 실제 역사적 인물과 사건들을 소재로 한 소설이지만, 그러한 소재를 상당 부분 자의적으로 재조합하고 변형하고 전도시킨다는 점에서, 그리하여 실제 역사와 차이를 생산하고 여기에서 의미를 끌어내려 한다는 점에서 일반적인 역사소설의 범주에서 벗어난다. 크라흐트가 끌어온 역사적 현실의 조각들 가운데 가장 핵심적인 것은 찰리 채플린의 실제 일본 여행(채플린은 1932년 5월 14일에 일본에 도착하고 총리 암살 사건은 그다음 날인 5월 15일에 일어났으며 그가 일본을 떠난 것은 3주가 지난 6월 초였다)과 일본 정부가 독일 영화감독 아르놀트 팡크를 초청하여 추진한 일본-독일 영화 합작 사업(아르놀트 팡크는 일본에 1936년 봄에 도착하여 영화 〈사무라이의 딸〉을 만든다)이다. 크라흐트는 실제 역사 속에서 시도된 일본-독일 영화 합작 사업 일화를 가져와서 이 사업에 참여한 아르놀트 팡크를 허구적 인물인 스위스 감독 에밀 네겔리로 대체한 뒤, 다시 이 일화를 채플린의 일본 방문 및 총리 암살 사건과 결합하여 하나의 이야기로 만들어 낸다. 몇 년의 간격을 두고 상이한 맥락에서 발생한 역사적 사건이 한 편의 소설 플롯으로 조합된 것이다. 아마카스의 시간과 네겔리의 시간 사이에 존재하는 심각한 불일치와 이에 따른 플롯의 모순성은 두 역사적 사건 사이의 봉합선을 표시하는 역할을 한다. 『망자들』은 그런 의미에서 역사를 소재로 사용한 몽타주 소설이라고 할 수 있다. 몽타주로 구성된 인공적 세계 속에서 인물과 사건은 현실적 시간이 아닌 소설 고유의 시간 차원에 존재하고 전개된다. 그것은 노의 고유한 예술적 구성을 위해 만들어진 몽타주, 가공된 시간의 몽타주다.

예술가와 파우스트적 계약

네겔리가 일본에 도착하면서 선상에서 마사히코와 연애 중인 이다에게 전보를 보냈을 때 마사히코의 시간은 네겔리의 시간과 처음으로 만난다. 이는 소설 속 라이벌의 숙명적인 대결을 예고한다. 네겔리와 마사히코는 망자로서 같은 종에 속한 인물이며, 영원한 것, 초월적인 것에 대한 열망을 공유한다. 그러나 그들은 여러 가지 면에서 대조적이기도 하다. 그들이 서로에 대해 분신과 같은 존재라면 그 관계는 지킬과 하이드의 관계와 유사한 것일 수도 있다. 천재성과 결합한 괴물 같은 악마성을 노골적으로 드러내는 것은 마사히코 쪽이다. 기숙학교에서 그가 행한 잔인하고 신비로운 복수, 학교 건물을 전소시킨 방화 행각이 이를 잘 보여 준다. 이에 비하면 네겔리는 차라리 수줍음 많고 고분고분한 편이다. 그에게 아버지와의 관계는 매우 중요하다. 네겔리는 아버지를 두려워하면서도 그의 사랑을 갈구했다. 반면 마사히코는 아버지에게 거의 무관심하고 오히려 아버지가 천재적이고 냉담한 아들을 두려워한다. 우리는 마사히코에게서 악마적인 천재 예술가의 이미지를 쉽게 떠올리지만 정작 그는 예술가가 아니다. 그는 정부의 고위 관리로서 영화 사업과 관련되어 있을 뿐이다. 『망자들』은 네겔리라는 인물 때문에 예술가 소설의 성격을 띠지만, 일반적인 예술가 소설과는 달리 예술가 주인공 네겔리의 형성 과정에 대해 거의 이야기하지 않는다. 그의 학교생활에 대해서도, 그가 어떻게 영화감독이 되었는지에 대해서도 우리는 전혀 알지 못한다. 단편적인 유년의 기억들만 불쑥불쑥 나타날 뿐이다. 소설이 학교생활을 포함해 성장 과정을 어느 정도 연속적으로 서술하는 것은 마사히코의 경우다. 그래서 독자는 마사히코가 어떻게 학교를 졸업하고 관리가 되었는지에 대해 머릿속에 대강의 그림을 그릴 수 있다. 예컨대 소설이 이야기하는 기숙학교에 대한 마사히코의 강렬한 반감에는 소년 시절 기숙학교에서 끔찍한 경험을 한 크라흐트 자신의 내면이 투영되어 있다.[4] 크라흐트와 네겔리 사이뿐만 아니라 크라흐트와 마사히코 사이에도 자기 반영의 관계가 성립하는 것이다. 그렇다면 마사히코는 네겔리의 제2의 자아라 할 수 있지 않을까.

물론 일본 농가의 소박하고 친밀한 분위기 속에서 깊은 충족감을 느끼며 세상과의 화해 가능성을 생각하는 네겔리의 태도(59~62쪽)는 천재적 악마성을 드러내며 끊임없이 파괴적인 죽음의 세계에 이끌리는 마사히코의 성향과 극명한 대조를 이룬

---

4 크라흐트는 2018년에 프랑크푸르트대학에서의 강연에서 자신이 캐나다의 레이크필드 칼리지스쿨에 다닐 때 성적 학대를 당한 경험이 있음을 처음으로 고백했다.

다. 모든 면에서 소극적인 네겔리는 애인의 충격적인 배신을 목도한 뒤에도 (처음에는 채플린에게 권총을 빌려 현장을 피바다로 만들어 버릴까 생각하기도 하지만) 두 남녀에게 저주의 말만을 던지고 스스로 짐을 꾸려 정처 없는 방랑길에 오르는 데 그친다. 또한 복수와 공격의 포기가 자기 자신에 대한 공격으로 전환되지도 않는다. 황폐해질 대로 황폐해진 네겔리를 집에 초청한 일본인 문필가가 성욕과 자살이 초월성과 중첩된 토포스라고 설교할 때(178쪽), 네겔리가 자리를 박차고 일어나 다시 길을 떠난 것은 의미심장하다. 그는 자살을 거부하고 길을 떠돌며 영화를 만든다. 죽음의 반대편에 예술의 길이 있다.

　물론 네겔리 자신에게도 어둡고 파괴적인 면이 있음은 부인할 수 없다. 앞에서도 살펴본 것처럼 그가 마사히코와 이다에게 내뱉은 저주는 엄청난 힘으로 두 사람의 운명을 파괴한다. 그러나 예전에 깨달았던 저주의 신비로운 기회가 실현된 것을 정작 그 자신은 전혀 짐작도 하지 못한다. 그것은 파괴적이고 어두운 충동이 그림자처럼 네겔리의 의식의 배후에 머물러 있다는 것을 암시한다. 마사히코 혹은 마사히코적인 것은 네겔리 자신의 그림자 자아이지만 네겔리는 이를 외면하고 부정한다. 그는 마사히코의 죽음 충동과 에로스적 충동을 부정하고 그러한 포기의 대가로 걸작 예술영화, 시대의 첨단을 달리는 전위적 작품을 얻는다. 이 영화에도 마사히코와 이다의 정사 장면이 보여 주듯이 어두운 질투와 복수심의 흔적이 남아 있기는 하지만, 그것은 소리 없는 흑백의 화면 속에서 변용의 과정을 겪으며, 온 세상을 전전한 뒤에 세계 동쪽의 끝자락에 있는 어느 버려진 잡화점에 도달한 오래된 유럽의 물건들이 남기는 인상 뒤로 흐릿해진다.[5] 네겔리는 말년에 자신을 브레송, 비고, 도브젠코, 오즈 야스지로와 함께 영화사상 다섯 명의 천재 가운데 한 사람으로 꼽는다.

그렇다면 네겔리는 영원히 빛나는 별이 됨으로써 망자의 저주스러운 운명에서 벗어난 것인가? 소설은 자신의 악마적 충동을 제압한 한 예술가의 승리를 이야기한 것인가? 그것은 크라흐트 자신이 품은 소망의 투영인가? 하지만 그렇게 단순하게 해석하기에는 네겔리와 마사히코의 관계가 너무 복합적이다. 네겔리는 후겐베르크의 수상쩍은 제안에 동의함으로써 일본행을 결정한다. 네겔리는 알지 못하지만 후겐베르크 제안의 배후에는 마사히코와 그의 악마적인 자살 영화가 있다. 그렇다면 네겔리의 일본행과 그의 영화 프로젝트 자체가 악마와의 계약으로 시작된 것이라 할 수 있을 것이다. 후겐베르크 역시 일종의 악마적 형상이다. 그는 막대한 금전적 지원을 약속하면서 자신의 전략적 구상 속에 네겔리를 투입하고 소모시키려 한다. 역사적 인물로서 후겐베르크는 나치즘의 중요한 후원자였고, 이는 소설 속에서 영화평론가 로테 아이스너의 비꼬는 말을 통해서도 암시되어 있다(112쪽). 물론 베를린에 온 네겔리도 후겐베르크의 수상한 명성에 대해 잘 알고 있고, 나치 집권 전야의 분위기 속에서 반유대주의의 심각성을 실감한다(116쪽의 택시 운전사 사건을 참조

---

5 그 물건들은 어쩌면 영원에 이른 망자들의 상징적 표상일 것이다.

하라). 그러나 네겔리는 일본행이 자신에게 예술적 전기를 가져올 수 있으리라는 예감에서 "스위스적 양심"에도 불구하고 "부적절한 파우스트적 계약"(119~120쪽)을 받아들인다. 그렇다면 예술을 위한 이러한 거래는 정당화될 수 있는 것인가?

일본에서의 네겔리는 어떤가? 네겔리가 일본에 도착했을 때, 이곳 역시 정치적으로 위험스러운 국면에 접어들어 있었다. 젊은 장교들의 총리 암살 사건은 일본의 본격적인 군국주의화를 알리는 신호탄이었다. 독일과 일본의 평행적 발전과 상호 접근이 이후 인류 역사에 어떤 참혹한 결과를 가져왔는지는 새삼스럽게 설명을 덧붙일 필요가 없을 것이다. 독일과 일본의 영화 합작 시도는 실제로 이런 정치적, 외교적 문맥 속에서 이루어진 것이다. 아르놀트 팡크 감독은 히틀러에 협력하지 않은 탓에 경제적으로 곤경에 처해 있었고 그것이 그로 하여금 일본 정부의 초청을 받아들이게 한 하나의 계기가 되었다. 그는 일본의 만주국 개척을 선전하는 영화 〈사무라이의 딸〉을 만들었으며, 독일에 돌아와서도 나치에 본격적으로 협력하기 시작했다. 이런 정치적 맥락은 소설에서 마사히코가 독일에 보내는 편지에서 셀룰로이드 추축 동맹의 필요성을 주장하는 데서도 충분히 암시되어 있다. 그런데 네겔리의 행적은 이런 정치적 음모와 역사적 격랑의 한복판을 가로지르면서도 기이하게 그 영향을 비껴가는 것처럼 보인다. 그는 스위스적 양심을 저버리면서까지 친나치주의자의 지원을 받아 일본에 왔지만, 뜻하지 않은 사정으로 일본–독일 합작 사업이 파탄 나는 바람에 어떤 정치적 압력이나 의무 이행에 대한 요구도 받지 않게 된다. (마사히코가 자신이 주도한 사업을 내팽개친 것은 이다와의 관계 때문이지만 소설의 행간을 살펴보면 총리 암살 사건으로 변화한 정치적 지형 역시 그가 일본을 떠나게 하는 촉매제로 작용했음이 분명하다.) 결국 그는 그 누구와의 합작도 없이, 혼자서 카메라를 들고 되는 대로 일본 이곳저곳을 돌아다니다가, 다소간 우연히 촬영된 필름만을 들고 고향 베른으로 돌아온다. 일본에서도 주로 외딴 시골이나 오지를 다니며 농부, 어부를 만나고 다녔기에 일본의 정치적 상황과도 전혀 무관하게 지낸 셈이다. 일본 내의 정치적 갈등으로 인해 하마터면 총리와 함께 암살당할 뻔한 채플린과는 대조적이다.

네겔리의 이러한 상황을 무어라고 규정할 수 있을까? 악마와 계약을 했는데 악마가 선물만 남기고 사라져 버린 형국이다. 그런데 그것이 과연 네겔리의 예술이 악마와 맺은 관계를 완전히 지워 버릴 수 있는 것일까? 네겔리는 아르놀트 팡크에 비해 얼마나 나치와의 연루에서 자유로운가? 현실을 초극하는 위대한 예술적 걸작이 현실과의 수상쩍은 연루에 그 기원을 둔 것이라면? 네겔리가 일본에서 돌아왔을 때 독일 우파 영화사의 대표는 이미 후겐베르크에서 괴벨스로 바뀌어 있었다. 그것은 네겔리에게 계약 의무 불이행에 대해 추궁할 존재가 없어졌음을 의미한다.

독일에서는 후겐베르크가 요제프 괴벨스로 교체되었다.

그는 네겔리가 우파 영화사에 빚진 영화 한 편을 결코 제출
하지 않으리라는 것을 잊었는지, 모른 척하는 것인지 아무
말도 없다(201쪽).

네겔리는 괴벨스가 독일 영화계를 손아귀에 넣은 사태에 대
해 그 정도에서 생각을 그친다. 그가 우니베르줌 영화사와 맺은
계약에서 악마는 사라졌지만, 현실에서 악마의 힘은 더욱 강화
되고 있었다. 파시즘과 전쟁의 광기로 나아가는 세계 속에서 조
용한 고국 스위스로 돌아와 예술적 성공을 구가하는 네겔리의
모습에는 쓸쓸한 뒷맛이 남는다.

　파시즘과 예술 사이의 관계를 암시한다는 것, 예술을 악마와
의 계약의 산물로 제시한다는 것, 파시즘에 협력하여 오명을
안은 예술가를 모델로 한 작품을 쓴다는 것. 이는 크라흐트 같
은 작가에게는 정말 예사로운 문제가 아니다. 크라흐트는 전작
『제국』(2012)을 발표한 뒤에 파시즘 사상을 유포한다는 비난
에 휩싸인 바 있기 때문이다. 물론 그것은『슈피겔』지에 게재된
게오르크 디츠(Georg Diez)의 서평에서 표명된 단독 의견일
뿐이었지만, 그 글에서 제기된 비난은 대단히 심각한 것이었으
며, 독일 평단에 큰 논란을 일으켰다. 그런 경험 뒤에 크라흐트
는 다시 파시즘과 연루된 인물을 주인공으로 하는 후속작을 발
표한 것이다. 일찍이 토마스 만이 파시즘의 전조로 생각한 예술
적 퇴폐와 죽음의 분위기가 강하게 감도는 작품을. 물론 크라흐
트는 죽음과 퇴폐의 충동, 악마적 천재성을 마사히코 쪽으로 분

산시킴으로써 네겔리에게 토마스 만의 주인공 구스타프 폰 아셴바흐(『베니스에서의 죽음』)나 아드리안 레버퀸(『파우스트 박사(Doktor Faustus)』)의 비극적 운명을 피하게 해 주었지만, 그리고 아르놀트 팡크처럼 자의든 타의든 노골적인 파시즘적 선전 영화를 만드는 운명에서도 벗어나게 해 주었지만 말이다. 그러나 네겔리의 영화 〈풍차〉에 대한 묘사는 산악 영화, 자연 다큐멘터리로 명성을 얻은 팡크의 작품 세계, 마사히코가 "사물 뒤편의 어떤 것", "어떤 금단의 횔덜린적 지대"에 들어선다고 평한 그 세계에서 그리 멀리 떨어져 있지 않다. 네겔리가 귓속에 '하(H)' 음을 속삭이던 임종 직전의 아버지, 마치 죽음의 세계로 유혹하는 듯한 아버지를 끊임없이 생각하고 그리워한다면 그 역시 마사히코가 생각한 "흠 없는 죽음의 동경을 지닌 독일인들"(29쪽)에 속하지 않는다고 말할 수 있을까?

네겔리는 망자다. 망자에게는 이 세상이 고향이 아니다. 망자는 이 세상에서 저 세상으로 건너다니는 존재이며 자신이 살아 있는 곳에서 언제나 방랑자의 자리에 있다. 그들은 현실 세계에 발을 반쯤만 걸치고 있다. 그것이 네겔리가 자신을 둘러싼 현실적 정치 상황에 대해 다소 무심한 태도를 보이는 이유일지도 모른다. 그런데 예술가라는 존재가 바로 현실에 대해 이와 유사한 관계에 있다고 할 수 있지 않을까? 예술가는 현실을 부유하는 유령 같은 존재가 아닌가? 따라서 이 소설의 제목인 '망자들'은 예술가의 다른 이름이라고 할 수 있을 것이다. 예술가는 현실에 어쩔 수 없이 의존하면서도, 현실을 비껴가는 존재이고, 그러한 비껴감 덕택에 현실을 뛰어넘는 고유한 예술적 세계를 창조할 수 있는 것이다. 그런데 예술적 창조를 위해 어느 정도의 무심함, 어느 정도의 무책임이 허용될 수 있는가? 악마와 계약을 맺은 예술적 천재라는 관념은 오늘에도 용인될 수 있는 것일까? 네겔리는 영화의 전위로 칭송받는다. 전위는 예술적 창조의 자유와 불가분의 관계에 있는 이념이다. 가상의 세계인 예술에서만큼은 모든 한계를 뛰어넘을 자유, 허용되지 않는 것의 영역으로 나아갈 자유, 재현을 거부할 자유, 또는 금지된 것을 재현할 자유가 인정될 때, 전위가 등장하고 존중받을 수 있다. 점점 더 문학과 정치, 문학과 현실 윤리 사이의 구별이 어려워져 가는 오늘의 상황에서 문학적 전위가 살아 있을 수 있는가? 그것은 파시즘이 발흥하던 1930년대 초의 역사적 상황을 배경으로 삼으면서도 이 시대를 무엇보다 예술적 표현의 전환기로 파악하고(무성영화에서 유성영화로의 전환기), 예술적 구성과 문체, 기교를 고도로 가동하여 현실의 재현보다는 새로운 소설적 표현의 가능성을 탐색하는 작가 크라흐트 자신에게 되돌려질 질문이기도 하다. 재현의 완벽성을 향해 유성영화로 나아가는 시대에 흑백 무성영화의 형이상학을 믿은 네겔리는 예술이 더 현실에 밀착되어 가고 예술적 전위의 가치가 더 이상 자명하지 않게 된 21세기에 여전히 전위의 가능성을 고집하는 크라흐트 자신의 모습의 반영이기 때문이다.

판본 소개

번역에 사용된 판본은 독일의 Kiepenheuer & Witsch 출판사에서 2016년에 발간한 『망자들(*Die Toten*)』이다.

크리스티안 크라흐트 연보

1966   스위스 자넨(Saanen)에서 태어남. 스위스, 프랑스, 미국, 캐나다 등지에서 성장. 여러 국제 기숙학교를 다님.

1989   미국 세라로런스대학 졸업.

1991   독일 라이프스타일 매거진 『템포(*Tempo*)』 편집자.

1990년대 중반   『슈피겔(*Spiegel*)』 인도 통신원. 『슈피겔』을 떠난 후 방콕에 거주하며 아시아 국가들 여행. 여행기를 『벨트암존탁(*Welt am Sonntag*)』에 기고.

1995   첫 소설 『파저란트(*Faserland*)』 출간.

2000   아시아 여행기 『노란 연필(*Der gelbe Bleistift*)』 출간.

2001   소설 『1979』 출간.

2004~2006   카트만두에 거주하면서 악셀 슈프링어 출판사에서 문학 잡지 『데어 프로인트(*Der Freund*)』를 작가 에크하르트 니켈(Eckhard Nickel)과 발간.

2006   에바 문츠(Eva Munz), 루카스 니콜(Lukas Nikol)과 북한 방문의 기록을 담은 사진집 『김정일의 총체적 기억』 출간. 같은 해 『뉴 웨이브 1999-2006(*New Wave. Ein Kompendium 1999-2006*)』

출간(단편소설과 르포들).

2007 킬리만자로 등반 후 잉고 니어만(Ingo Niermann)과 함께 쓴 소설 『메탄(*Metan*)』 출간.

2008 소설 『나 여기 있으리 햇빛 속에 그리고 그늘 속에(*Ich Werde Hier Sein Im Sonnenschein und Im Schatten*)』 출간.

2012 소설 『제국(*Imperium*)』 출간. 빌헬름 라베 문학상 수상.

2013 영화 〈핀스터월드(Finsterworld)〉 시나리오로 독일영화평론가상 수상.

2016 소설 『망자들』 출간. 이 소설로 스위스 도서상(Schweizer Buch-preis) 수상. 헤르만 헤세 문학상 수상.

새롭게 을유세계문학전집을 펴내며

을유문화사는 이미 지난 1959년부터 국내 최초로 세계문학전집을 출간한 바 있습니다. 이번에 을유세계문학전집을 완전히 새롭게 마련하게 된 것은 우리가 직면한 문화적 상황에 적극적으로 대응하기 위해서입니다. 새로운 을유세계문학전집은 세계문학의 역할이 그 어느 때보다 중요해졌다는 인식에서 출발했습니다. 오늘날 세계에서 타자에 대한 이해는 우리의 안전과 행복에 직결되고 있습니다. 세계문학은 지구상의 다양한 문화들이 평등하게 소통하고, 이질적인 구성원들이 평화롭게 공존할 수 있는 문화적인 힘을 길러 줍니다.

을유세계문학전집은 세계문학을 통해 우리가 이런 힘을 길러 나가야 한다는 믿음으로 만들어졌습니다. 지난 5년간 이를 준비하기 위해 많은 노력을 기울였습니다. 세계 각국의 다양한 삶의 방식과 문화적 성취가 살아 있는 작품들, 새로운 번역이 필요한 고전들과 새롭게 소개해야 할 우리 시대의 작품들을 선정했습니다. 우리나라 최고의 역자들이 이들 작품 속 한 문장 한 문장의 숨결을 생생히 전하기 위해 심혈을 기울였습니다. 또한 역자들은 단순히 번역만 한 것이 아니라 다른 작품의 번역을 꼼꼼히 검토해 주었습니다. 을유세계문학전집은 번역된 작품 하나하나가 정본(定本)으로 인정받고 대우받을 수 있도록 최선을 다했습니다. 세계문학이 여러 경계를 넘어 우리 사회 안에서 주어진 소임을 하게 되기를 바라며 을유세계문학전집을 내놓습니다.

을유세계문학전집 편집위원단(가나다 순)
김월회(서울대 중문과 교수)
박종소(서울대 노문과 교수)
손영주(서울대 영문과 교수)
신정환(한국외대 스페인어통번역학과 교수)
정지용(성균관대 프랑스어문학과 교수)
최윤영(서울대 독문과 교수)

을유세계문학전집

을유세계문학전집은 계속 출간됩니다.

을유세계문학전집 연표